長夜難明

A NOVEL

THE LONG NIGHT

BY

ZI JINCHEN

紫金陳

春天出版

Spring Publishing

楔子

嫌疑人殺人棄屍，卻因意外在大庭廣眾下被當場抓獲，現場至少有幾百個目擊證人，他對整個犯罪經過也供認不諱。人證、物證、口供，證據鏈齊全，就在檢察機關對嫌疑人正式提起公訴之時，案情卻陡然生變……

1

二〇一三年三月二日，周六下午，陽光明媚，杭市地鐵一號線西湖文化廣場站。

地鐵站外的馬路中段有一個紅綠燈，此刻，那個男人手裡正拉著一只碩大的行李箱，耐心地站在路口等待綠燈。

不過顯然更多人缺乏這種耐心，尤其是在繁忙的道路上，彷彿一群人一起闖紅燈，就無所謂素質高低了，大家穿梭而過，知道車不敢朝一群人撞過來，於是闖紅燈就成了理所當然，每個人都跟隨周圍的人流穿行而過。

男人鄙夷地看著人群，輕蔑地笑了：「人們已經想不起來第一次闖紅燈的時間了，有了第一次，就會有第二次、第三次……」

綠燈亮了，他拉起行李箱，朝地鐵站走去，來到電扶梯前，旁邊一對大學生情侶正與他並行步入扶梯，看到他上去後，主動退開一步，過了幾秒，直到他下了五六級後，離得遠了才跟上。因為他看上去不太「平易近人」。

他大概四十歲出頭，穿著件皺巴巴的夾克，頭髮全是油膩，似乎很多天沒洗，戴著一副破舊的塑料眼鏡，眼球微微腫脹著布滿血絲，臉上覆蓋著一層油脂，又混合著灰塵，渾身透出濃重的酒氣和汗臭。如果他手邊多根棍子，他就是丐幫弟子。

無論多擁擠的車廂，人們都會善良慷慨為乞丐騰出方圓一米的舒適空間，何況是路上。

下了電扶梯後，男人拖著那只笨重的行李箱，繼續往前走，周圍人聞到他的滿身酒氣，都主動遠遁，他毫不在意，往購票機裡投入硬幣，拿到一張地鐵卡，然後慢吞吞地朝安檢口走去。

這時，他注意到遠處地鐵站另一個出入口的台階上，有目光向他投來，他扶了下眼鏡，也朝那裡看去。那裡站著兩名中年男子，一人滿臉怒意，緊緊握住拳頭瞪著他，一人面無表情，只是用手指了指眼睛。他心領神會地做了一個很輕微的點頭動作朝他們回應，摘下眼鏡，臉上露出一絲不易覺察的微笑，隨後又戴上眼鏡，再也不看他們倆，繼續朝安檢口前進。

快到安檢口時，他裹了下舊夾克，弓起背，縮著頭，拉住行李箱，突然加快了步伐，跟著人群往前擠，似乎想混在人群中間穿過安檢口，但還是被保安攔住了：「箱子放上去過安檢。」

「我……我這裡面是被子。」他微微一停頓，攥緊了行李箱。

保安見過太多第一次坐地鐵的土包子了，像往常一樣隨口應付：「所有箱包都要過安檢。」

「裡面……裡面真的是被子。」他試圖再往前一步，但保安伸出大手，像張印度甩餅一樣攔在了他面前。

「所有箱包都要過安檢。」保安再次重複了一句，絲毫沒有商量的餘地。

「真的是被子，不用檢。」他身體向一旁傾了下，擋住了後面排隊的人，引起身後一陣不滿的催促。

保安抬起頭，開始注意起這個渾身透著酒氣的男人，他臉上寫滿了慌張。保安眉角微微皺起，心中逐漸警惕，本能地握緊了手中的對講機。

對視了一兩秒後，突然，男子猛一腳朝保安踹去：「我不進去了！」

他用力很足，一腳踹翻猝不及防的保安後，掉頭一聲大吼，凶悍地撞開身後排隊的人群，一把掀翻隔離欄，拖著箱子拔腿就跑。

在逃跑的過程中，他摘下眼鏡扔到面前，故意一腳踩碎。

保安急忙爬起身，抓起警棍就朝他追去，一邊口中大叫「站住」，一邊朝對講機裡狂喊請求支援。

地鐵站很擁擠，男子拖著沉重的大箱子沒能跑出多遠，就被趕來的幾名保安前後包夾圍在了通道中間，隨即，兩名駐站的派出所民警也趕了過來。

「你們別過來啊！」男子見無處可逃，站在路中間，箱子立在身後，屈膝呈半蹲狀，一手張開五指，攔住要衝過來控制住他的保安和警察，怒目圓睜，「別過來，我有殺傷性武器！」

一聽到「殺傷性武器」，所有人本能地停下腳步，心中頓時一緊。警察趕忙示意旅客往後退。地鐵站裡的旅客吃驚地看著這一幕，按照社交慣例，有危險是吧，先別管那麼多了，人們紛紛拿起手機，對這個奇怪的中年男子拍了一通照，發到網上。當然，少不了年輕女性趁機轉過身，調到前置攝像頭，自拍美顏一番，配上文字「我就在地鐵站，出了大事，好危險啊，怕怕的」。

警察和保安死死盯住男子，預防他的下一步動作。男子也死死盯住他們，一隻手伸進了衣服，一把抽出一只乒乓球拍，揮舞著喝道：「別過來，你怕不怕？你們別過來啊，箱子裡真沒東西！」

見他所謂的「殺傷性武器」只是一個乒乓球拍，圍觀人群發出一陣哄笑，手機拍照鍵按得更快了。

民警頓時鬆了口氣，看來這傢伙是個喝醉酒的瘋子，若是強行衝上去控制住他，免不了腦門被乒乓球拍甩上幾下，瘋子力氣通常比較大，還是從身後包抄為好。同時，警察注意到了他的後半句話，不禁把注意力轉到了他身後的這個大箱子，警察隔空揮舞著警棍，厲聲質問：「箱子裡裝著什麼？」

「沒……沒東西。」中年男子慌張言語。

「打開！」民警的語氣不容置疑。

「不——不能碰——」

這時，被身後突然跳上來的警察一把抱住肩膀的他還想試圖揮舞乒乓球拍，但立馬就被其他警察和保安撲上來壓倒在地，嗷嗷直叫。

控制住他後，警察轉身看著箱子，剛要去打開，男子突然高聲大叫：「不能打開，很危險，會爆炸的！」

當聽到「會爆炸」時，警察的手停在了半空，誰也不敢對這可疑箱體貿然行動，警察轉過身，盯住他，同時掏出對講機，向上級匯報，說地鐵站裡有個行為古怪的男子攜帶一個可疑箱體，人已被控制住了，但對方稱箱子打開會爆炸，他們不敢貿然行事。

涉及公共安全問題誰都不敢冒險，尤其地鐵站民警都受過專門的突發應對訓練。

很快民警得到上級回覆，既然箱子是被那個男人拉來的，那表明拉著應該不會出什麼事，只要不打開就行。先把箱子移出地鐵站，放到馬路空曠處，馬路實行臨時交通管制。

現場的警務人員連忙啟動廣播，通知旅客西湖文化廣場站臨時停運，地鐵過站不停留，請旅客盡快有序出站。

與此同時，民警不敢耽擱，兩個民警硬著頭皮小心翼翼地兩人拉住箱子，盡量不顛簸，往地鐵站外移去。

「怎麼這麼重？該不會真的是炸藥吧？」一名民警低聲道，他們一拉箱子就感覺不對勁，由重量可知裡面不可能是被子——至少有一百多斤重。

另一位民警什麼話也沒說，一臉嚴肅，絲毫不敢怠慢，如果箱子裡這分量是炸藥，那威力簡直不可想像，他想到今天出勤早，還沒來得及看女兒一眼。

身後跟著押來的那個該死的嫌疑人還在苦苦勸他們：「危險啊，小心一點，千萬別打開，你們倆還年輕。」

聽得兩個警察突然好想爸爸媽媽。

很快，地鐵站外的道路上車輛被清空，兩頭實施交通管制，警察攔起了前後二十幾米的警戒線，中間立著那只箱子，旁邊是被民警控制住的嫌疑人。

在這期間，西湖文化廣場站因某男子攜帶可疑箱體而緊急停運的消息在社交網路上迅速發酵，這是杭市地鐵一號線試運行三個月以來首次因突發事故而停運，媒體記者紛紛趕往事發地，警戒線外的旅客們拿起手機充當自媒體即時播報著這個轟動新聞。大家都在猜測箱子裡到底是什麼，有人猜炸藥，有人猜毒品，有人猜音響和話筒，因為看裝扮這男人像是苦大仇深、很有故事的流浪歌手，可能只不過在《中國好聲音》上沒得到導師轉身，於是轉投行動藝術想獲得大眾的關注，結果還沒來得及等人問「夢想是什麼」，就被警察撲倒在地無法動彈。

十五分鍾後，下城區公安分局的刑警和除爆機動隊趕到現場，用儀器檢查過箱子後，發現裡面沒有爆炸品，可當警察現場打開行李箱時，遠處圍觀的人群集體發出了一聲驚呼。

一具赤裸的屍體！

這條新聞迅速在杭市炸開了鍋。

2

二〇一三年三月二日晚上。

下城區公安分局刑偵大隊的審訊監控室，大隊長和副局長走進門，朝裡面的值班警察問：「怎麼樣，招了嗎？」

一名警察指著畫面裡正銬在椅子上的男人，說：「嫌犯已經承認人是他殺的，具體過程還在交代，態度很配合。死者是他朋友，據他說是因為債務糾紛一時衝動失手殺了人。」

副局長看了眼審訊監控，聯想到他今天的行為，撇嘴道：「這人腦子有病吧？」

「腦子正常，還是個律師呢。」

「律師？」

刑警說：「他叫張超，是個律師，開了家律師事務所，他本人專接刑訴案，好像在杭市還略有名氣。」

「刑辯律師張超？」大隊長微微皺眉回憶著，「這人我好像有點印象，對了，去年我們有起案子移交檢察院，嫌犯找了他當辯護律師，聽說辯得挺好的，最後法院判了個刑期下限，搞得檢察院同志一肚子氣。」

副局長朝畫面裡的張超看得更仔細了些，遲疑問：「他殺了人後，把屍體帶到地鐵站做什麼？」

「棄屍。」

「棄屍？」副局長瞪大了眼睛，「帶到地鐵站棄屍？」

「他想坐地鐵去蕭山的湘湖，到那兒把屍體連著箱子拋進湖裡。」

副局長懷疑地看著監控裡的張超，道：「這怎麼可能？哪有坐地鐵去棄屍的？他為什麼不開車去？」

刑警解釋：「張超是在他的一間房子裡殺害了被害人的，殺人後，他很害怕，在房子裡待了一晚上，今天上午，他下決心準備去蕭山湘湖棄屍，毀屍滅跡。棄屍前，他喝了很多酒壯膽，結果……他酒量不好，喝醉了，不敢自己開車過去，怕出交通事故，酒駕被查的話，一定是連人帶車被帶走，箱子裡的屍體馬上就會曝光。所以他選擇搭車，可是很不幸，他坐上出租車後，開到了地鐵站附近時，出租車被一輛拐彎車輛追尾了，兩個司機都說是對方責任，報了交警來處理，他怕交警趕來發現箱子的事，就藉口有急事，從後車廂裡抬出箱子先行離開了。這時他突然想到地鐵站還在試運行，猜想安保可能不是很嚴，就想混上地鐵，再一路坐到湘湖棄屍，所以就去地鐵站碰碰運氣。結果在安檢口被保安攔住，他心中膽怯掉頭就跑，被保安和民警趕上來圍住了。」

副局長皺眉道：「那他為什麼在地鐵站一會兒說有殺傷性武器，一會兒說箱子會爆炸？結果導致杭市地鐵第一次停運，新聞都炒翻了。」

刑警無奈道：「他那時酒勁上來，頭腦已經不太清醒了，心裡又害怕箱子被民警打開，驚慌失措下，徹底胡言亂語。現在他倒是酒醒了，說對地鐵站發生的一切只記得大概，又有些模糊。」

大隊長吐口氣：「難怪剛抓來時一副醉醺醺的樣子，說話都不清楚，一個勁地說箱子裡沒東西。」

副局長點點頭，又叮囑手下刑警：「他是刑辯律師，對我們的調查工作很了解，對他說的話不能全信，要仔細審，別讓他鑽了漏子，他交代的筆錄要和後面的證據勘查一一核實，這起案子影響很大，不能出錯。」

「那是一定的，」大隊長瞥了眼監控裡張超低頭認罪的可憐模樣，冷笑，「刑辯大律師啊，自己犯了事，還不是得老老實實交代。他對司法程序清楚得很，人贓俱獲，現場這麼多目擊證人，狡辯抵賴沒用，只能老老實實認罪，配合我們工作，也許最後還能請求法院輕判。」

審訊室裡，張超一臉垂頭喪氣，目光裡透著無助，語氣也是有氣無力，似乎對目前自己的遭遇深感絕望。

審訊人員問他：「你當時用繩子勒死死者時，是從正面還是背面？」

「我——我想想，當時場面很混亂，記得不是很清楚，好像是……好像是從他身後。」

兩位審訊隊員目光交流了一下，一人道：「你再想想清楚。」

「那——那就是從正面。」張超很慌張，整個人處於恐懼之中。「作案用的繩子你放哪兒了？」

「扔外面了？垃圾桶？好像也不是，我殺人後很害怕，後來又喝了酒，到現在頭還是很痛，腦子一片糊塗，好多細節都記不清了，我——我怎麼會就這樣把人勒死了，我——我根本沒想殺死他的……」他痛苦地按住頭，輕聲啜泣著。

副局長又看了一會兒監控，囑咐他們：「如果案情不複雜，那你們這幾天就辛苦一點，早點核實完畢移交檢察院。這案子我們要快點結案，今天是杭市地鐵站第一次停運，記者都快把公安局擠爆了，市政府也打了好多通電話催促，上級要求我們用最快速度向社會通報案情。」

大隊長點頭應著：「法醫今晚會出驗屍報告，案發現場已經派人初步去看過，等明天白天再派人仔細勘查一遍，和他的口供一一比對，看看有沒有出入，順利的話，三四天左右就可以結案了。」

接下去的幾天，一切調查核實工作都在有條不紊地進行著。

張超認罪態度很好，錄口供很配合，殺人動機、過程都交代得很主動，想來因為他是刑辯律師，很清楚流程和政策，希望以此求取輕判。他也被帶回案發現場，指認了現場，找到凶器，法醫拿出了驗屍報告和鑑識報告，與嫌疑人的口供一一比對核實。

各項證據與他的口供完全吻合，所有證據鏈都齊全。

其實這本是起稀鬆平常的凶殺案，只不過當時引發地鐵站停運半小時，這是杭市地鐵開通以來首次因突發事故導致停運，現場又有成百上千個目擊者看到了箱子裡的屍體，連日來這個案子一直是網路上的熱門話題，各地新聞媒體更是天天往公安局跑，追蹤報導案件背後的真相，為大家提供茶餘飯後的談資。

所以下城區公安分局在幾天後特別組織了一次新聞發布會，公布整個案子的來龍去脈。

嫌疑人叫張超，曾經是大學裡的一名法律系老師，後來辭職當起了律師，他對整起犯罪供認不諱，並深感後悔。

死者叫江陽，曾是金市檢察院的一名檢察官。他和張超相識十多年了，大學時，他是張超的學生，畢業後兩人一直保持著聯繫，屬於很好的朋友關係。

不過江陽為人不端，當檢察官期間收受他人賄賂，還向他人索賄、賭博，並且有不正當男女關係，因此前妻多年前與他離婚，他也隨後被人舉報到紀委，後經查實被判刑入獄三年。

出獄以後，他常跑杭市找張超，藉口是工作、家庭不順來杭散心。張超對這位十多年的老友很是熱心，他父母前幾年過世後留下了一間市區的小房子，他免費提供給江陽居住，還一直勸他振作起來，找份像樣的工作謀生。江陽也表態要重新開始人生，說前妻獨自帶著孩子租房住，實在不忍心，他向張超借了三十萬，說要回金市買房，與前妻復婚，到時再做點小生意。

張超很大方地借了他錢，可過了一個月，江陽又再次問他借錢，他心中起疑，找江陽前妻打聽，前妻卻壓根兒沒聽江陽說過買房的事，更沒說過復婚。在他一再追問下，江陽只好承認這些錢被他賭博花完了。張超大怒，要他還錢，江陽不但不還，還想問他再借錢翻本。兩人多次發生爭吵，還打過架。就在案發前兩天，兩人因爭吵打架驚動了派出所，派出所裡還有出警紀錄。

終於，三月一日晚上張超再次去找江陽，兩人爭吵中又動了手，張超一時衝動用繩子將江陽勒死了。

事後，張超深感恐懼和後悔，不知所措，他不敢報警，一旦報警，他現在讓人羨慕的事業、家庭都將毀於一旦。

他呆坐在房子裡整整一夜沒回家，第二天，張超決定前往蕭山湘湖棄屍來掩蓋這起命案。因棄屍前喝了不少酒，他不敢自己開車，於是搭車，結果出租車與其他車輛刮擦，情急之下，他拖著箱子跑到了旁邊的地鐵站。在醉酒和恐懼的狀態下，發生了後面的事。

證據方面非常充分，小區門口的監控顯示，張超的座駕於三月一日晚上七點駛入小區，隨後兩人在房子裡發生衝突。江陽死於當晚八點到十二點之間，是被人從正面用繩子勒住，機械性窒息而死，凶器繩子上有大量張超的指紋，死者指甲裡有大量張超的皮膚血液組織，張超的脖子、手臂等處也有相應的傷痕。

第二天棄屍一開始坐的出租車也已找到，司機說當時張超帶著一個很大的箱子，看得出箱子很重，對方拎了好幾次花了很大力氣才抬上後車廂，期間司機還問他，需不需要幫忙，他拒絕了。他一坐上車，司機就聞到他身上滿是酒味。出租車開到離地鐵站一個路口的馬路上時，被一輛拐彎的私家車追尾，司機與私家車主討論賠償事宜期間，張超藉口趕急事，就先行下車搬了箱子匆忙離開。

一切口供都與調查完全吻合。

案子很簡單，新聞發布會很快結束，記者們還不滿足，希望能採訪到凶手，了解他的想法。警方商量後又徵求了張超本人意見，他認罪態度良好，並且願意接受採訪，便安排記者隔著鐵窗採訪。

幾個問題的答覆和發布會內容差不多，當被問及是否悔恨時，張超停頓片刻，很平靜地面對鏡頭：「也沒什麼好後悔的。」

這句話沒有引起任何人警覺，新聞也照常播出。

沒人覺得有什麼不妥，一切熱鬧的新聞在幾天後就消費盡了大眾的新鮮感，很快無人問津，很快煙消雲散，很快，人們再也記不起在鐵窗那頭接受採訪的張超，以及，那一刻他有點古怪的眼神。

3

二〇一三年五月二十八日，杭市中級人民法院一審開庭審理張超殺害江陽一案。

這次開庭非常引人注目。整起案件極具新聞傳播的第一要素「話題性」。

當初地鐵運屍發生後轟動全國，網上有大量網友現場拍到的照片，手裡揮舞乒乓球拍的張超被做成各種表情包，帶著Rap節奏的「你怕不怕」神曲廣為人知，新聞曾連續多天霸佔各大媒體頭條，甚至一些明星發通告都無奈地避開這幾天霸道日。

警方向社會做了案情通報後，又激起了新一輪的話題爭議。「你有交到過欠錢不還的朋友嗎？」「你的好朋友問你借錢去賭博，你借不借？」大多數人都遇到過被人借錢不還的情況，人們就算記不起初戀長相，也不會忘記借錢不還者的「音容笑貌」。於是，輿論滔滔如水。

被害人江陽本人聲名狼藉，受賄、賭博、嫖娼，還坐過牢，甚至他前妻接受媒體採訪時，都不願開口替他說話，更是激起大多數人的同情心，認為張超殺人是一時衝動，應該輕判。

在法院公告開庭日期後，當初的新聞再度發酵，很多網站做了專題頁面報導。全國各大媒體記者紛紛申請旁聽，熱烈程度堪比明星涉案——還是一線大牌明星的待遇。

除了吸引公眾目光之外，這起案件也引起了全國法律圈的關注，因為這次張超請的辯護律師團太大牌了。

他本人就是刑辯律師，在杭市圈子裡也算小有名氣，不少朋友以為這次他會自己辯護，可他家屬最後為他找來了兩位刑辯大牌。

一位是張超早年讀博士時的導師，如今已經六十多歲、退休在家的申教授。申教授是法律界權威，「全國人大刑法修正案」起草委員會的委員。另一位是他的同門學長，申教授的得意弟子，號稱浙江刑辯一哥的李大律師。

申教授已多年沒替人出庭了，李大律則一直活躍在刑辯第一線，只不過他收費很高，請得起他的人不多，張超能請到他顯然是因為申教授的緣故。兩位大牌律師同台為他辯護，這種場面很是罕見，諸多法律界人士也都向法院申請旁聽，學習兩位大律師在這起案子上的辯護策略。

案情本身很簡單，不涉及不方便公開的隱私，法院徵求了張超和被害人江陽家屬的意見，雙方均同意公開審理，於是法院特地備了個大庭來盡可能滿足旁聽人數的需要。

庭審前，公訴人與被告辯護律師交換前置證據，法院開了三次模擬庭，張超都沒有任何異議。

開庭後，很快，檢察官宣讀了起訴書，出示罪證，詢問被告對起訴書是否有不同意見。所有人都知道他認罪態度良好，整個案情簡單，犯罪過程清晰明瞭，理所當然認為他沒有意見。這只是走個過場，重點是待會兒辯護律師與公訴人關於張超犯罪的主觀惡意性的辯論，看是故意殺人呢，還是過失殺人。

這時，張超咳嗽了一聲，拿起一副前幾天才向看守所申請配戴的眼鏡，不慌不忙地戴上，隨後拉了一下黃背心，使得囚服更挺一些，整個人更精神了些。

他微微閉上眼，過了幾秒鐘，重新睜開，挺直了脊背，緩緩開口道：

「對於公訴人的犯罪指控，我個人有很大的不同意見。」

大家感到一絲好奇，他的兩位大牌律師互相對視一眼，但都以為是他想自己反駁檢察官對殺人主觀惡意性方面的指控，只不過他這開場措辭聽起來有點怪怪的。

「請被告陳述。」法官說道。

張超低下頭，嘴角露出一絲旁人覺察不到的笑意。他摸了摸額頭，然後不疾不徐地抬起頭，朝後面諸多旁聽人員掃了一遍，說：「今天我站在這裡，我很害怕，但更多的是不解，我不知道為什麼我要站在這裡接受審判。因為我從來沒有殺過人。」

他臉上掛滿了無辜，彷彿比竇娥還冤，但接下來整個法庭都被一片驚訝和唏噓所籠蓋，法官槌子都快敲斷了。

「什麼……你沒有殺人？」檢察官有些反應不過來。檢察官應付過很多故意殺人案的公訴，被告往往也只能從故意還是過失的角度進行申辯，從沒遇到被告對前面的證據都沒異議，突然最後冒出來全盤否認殺人的情況。

老教授連忙小聲提醒：「你幹什麼！證據確鑿，你現在翻供來不及了，只會加重刑罰！我們不是早就商量好對策，你只能從犯罪主觀上辯，我和李律會幫你！」

張超低聲向導師道歉：「對不起，有些真實情況我只能現在說，再不說就來不及了。」

他不管兩位大牌律師，目光朝著旁聽席上的眾多記者和政法從業人員筆直投射過去，深吸一口氣，突然將音量提高了一倍，鎮定自若地說道：「我說，我沒有殺人！法醫出具的驗屍報告顯示我在三月一日晚上八點到十二點間殺害了江陽，但實際情況是，三月一日中午我就坐飛機去了北京，第二天也就是三月二日上午坐飛機回杭市，在江陽被害的時間裡，我沒有任何作案時間。關於我在北京的情況，有兩地的機票、監控、登機紀錄、旅店住宿可以查，並且，我在北京的這一天，分別去會見了我事務所的兩位客戶，一位一起吃了晚飯，一位跟我在咖啡館聊到很晚。在這短短不到一天的時間裡，大部分時間我都能證明我在北京，無法證明的獨處時間只有幾個小時，在這短短幾個小時裡，我不可能從北京回到杭市，殺了人後再次回到北京。江陽是被人勒死在杭市，當天我全天在北京，怎麼可能是我殺人？我之所以在公安局寫下認罪書，是因為我在裡面受到了某種巨大的壓力。但是，我沒有殺人，我是清白的，我相信法律！我相信法律會還我清白！我要求出示相關證據！」

他環顧一圈沉默的四周，挺起胸口，目光毫不躲閃地迎向了所有人。

當天晚上，最具轟動性的新聞引爆網路。凶手試圖棄屍在地鐵站被當場抓獲，現場有成百上千個目擊證人，事後凶手對犯罪事實供認不諱，還上了電視認罪。結果到了庭審這一天，他卻突然翻供，一席話推翻了檢察官的所有證據鏈，法院當庭以事實不清為由，暫停審理。

原本清晰明瞭的案件頃刻間變得撲朔迷離。

事後，他的兩位大牌辯護律師告訴記者，事發突然，張超在此前的會面中從未向他們透露這個情況，但目前看來，張超在江陽被害當天人在北京的證據是充分的，至於張超在公安局到底有沒有受到某種壓力，他們不方便做過多猜測和解讀。

當天媒體的新聞稿中，引述了張超自稱受到某種巨大壓力的情況下才寫了認罪書的說法，事實上他根本沒有犯罪時間，人們有充足的理由懷疑張超遭到了警方的刑訊逼供。

就在幾個月前，浙江省高院平反了轟動全國的蕭山張氏叔侄殺人冤案，當年辦案的「女神探」聶海芬走下神壇，被控透過對嫌疑人刑訊逼供來錄根本不存在的犯罪口供。有此前科，下城區公安分局更是對張超的案子百口莫辯。

法律學者、人大代表看到相關報導後，紛紛建言對案件和相關辦案人員進行嚴肅調查。

與此同時，省市兩級檢察院領導大怒，認為公安在這起案件辦案的過程存在嚴重漏洞，極大抹黑了本省司法機關的形象，監察部門則要求隔離約談辦案警察。

下城區公安分局頓時深感壓力重大，正副局長一齊趕到市政府匯報情況，儘管他們反覆表明此案中他們從未對張超進行刑訊逼供，張超認罪態度一直很好，證據鏈也非常扎實，但上級領導對他們的工作依舊半信半疑。

一位領導問他們，張超那天坐飛機去了北京，你們怎麼會不知道，怎麼沒查他的機票、酒店紀錄？副局長直想罵對方白癡，如果張超不承認自己殺人，警方自然要他出示不在場證明；現在他自己承認殺人，難道警方還要證明他犯罪時，人不在北京，不在上海，不在世界的其他地方，才能定罪？何況當時審訊時，張超交代了案發當晚他去找了江陽，警方調閱了小區門口的監控，看到他的座駕於晚上七點多駛入小區，誰想到張超現在翻供後說這車借給江陽在開，座駕裡的人應該是江陽，不是他！

另一位管司法的副市長當面拋給他們一句話：「如果你們證據鏈扎實，那張超現在怎麼可能翻供？」一句話更是問得他們啞口無言。最後，為了給社會大眾一個交代，省公安廳、市公安局、市檢察院決定成立高規格的三方聯合專案調查組，由杭市刑偵支隊支隊長趙鐵民擔任組長，各單位分別抽調骨幹人員，約談相關辦案民警，詳細地重新調查這起案件。

「你當時用繩子勒死死者時，是從正面還是背面？」

「我……我想想，當時場面很混亂，記得不是很清楚，好像是……好像是從他身後。」

兩位審訊隊員目光交流了一下，一人道：「你再想想清楚。」

「那……那就是從正面。」張超很慌張，整個人處於恐懼之中。「作案用的繩子你放哪兒了？」

「扔外面了？垃圾桶？好像也不是，我殺人後很害怕，後來又喝了酒，到現在頭還是很痛，腦子一片糊塗，好多細節都記不清了，我……我怎麼會就這樣把人勒死了，我……我根本沒想殺死他的……」他痛苦地按住頭，輕聲啜泣著。

……

一名市檢察院偵查監督科的官員暫停了投影上的視頻，看了眼對面坐著的一干警察，隨後面向所有人：「審訊監控很明顯證明了，下城區公安分局刑偵大隊存在誘供。」

那些警察各個臉上透著忐忑不安，面對人數比他們還多的省公安廳、市公安局和檢察院的領導，彷彿做錯了事的小學生，不知所措。

趙鐵民咳嗽一聲，道：「你們有什麼不同意見嗎？」

大隊長停頓幾秒，鼓起勇氣回答：「我覺得……我覺得我們不算誘供，這是正常的審訊。」

「不算？」檢察官鼻子哼了一聲，看著手中資料，「你們審訊張超時，問他從正面還是從身後勒死嫌疑人，他說記不清，猜了個身後，你們讓他再想想清楚，不就是暗示他死者是被人從正面勒死的？還有作案工具、犯罪時間等等細節，他交代時明明說記不清楚，為什麼最後他的認罪書上寫得這麼清楚明白？還不是你們查了現場後，要他按照現場情況寫下來的？」

大隊長對這個質疑無言以對，張超被抓後，對殺人一事供認不諱，但一些細節他自己也記不清了，這也是人之常情，殺人後，在緊張恐慌的情況下，自然會對一些細節感到模糊，何況他後來又喝了酒。警方調查了現場後，張超對調查結果沒有表示異議，最後也是在完全心甘情願的情況下寫下認罪書。

當時錄口供時，張超態度很好，供述細節上他自己記不清時，警方自然會根據現場情況對他進行提醒，所有審訊都是這麼做的。誰曾想到他在殺人這件事上供認不諱，卻在細節交代中耍花腔，故意說記不清了讓警方提示他，等到庭審翻案後，檢察院調取相關的審訊錄影時，這審訊過程就成了警方無法辯駁的「誘供」。

他覺得張超從被捕那一刻，就給警方下了一個套。

檢察官打量了一會兒這隊沉默的警察，突然嚴肅地問：「你們說實話，張超被捕後，你們是否對他有過刑訊逼供？」

「沒有，絕對沒有！」大隊長脫口而出。

其他警察也集體附和起來，這個問題上絕不能模稜兩可。更何況，天地良心，他們真是冤枉，他們自問張超被捕後，認罪態度良好，而且這案子性質上是一時衝動，情有可原，所以他們從未對他施加一些強迫審訊的手段，相反，在初步調查結束後，他們就把張超送入看守所，還給了獨立的單人監牢，後來雖說又提審過幾次，但都是一些簡單的細節核實，可以說，張超從被抓進來到最後庭審的幾個月裡，從未受到過任何虐待。現在整個社會和上級機關都質疑他們刑訊逼供，真是百口莫辯。

檢察官臉上透著不置可否的表情，看著其他專案組成員，嚴肅地道：「對於具體是否存在刑訊逼供，我們還會再做進一步調查，目前看，誘供這點是確鑿的，程序上違規了。」

警察們無法辯駁，檢察官打發他們先出去，由專門人員單獨對話。一隊人默默地站身起立，沮喪地挪步離開，到門口時，大隊長突然轉身面向諸多領導，大聲道：「我發誓我們沒有對張超刑訊逼供，可以安排他本人跟我們對質。我敢肯定張超絕對涉案，這是他故意設的局，就算現在他翻案了，我也肯定他一定涉案！」

開完這個專案組的初步交流會，組長趙鐵民回到了辦公室，看著面前一堆資料，包括張超來回北京的機票、機場登機紀錄、北京的住宿紀錄、監控錄影的人像識別鑑定報告、他在北京與客戶會面的多方口供等等，這一切都表明，張超在被害人的死亡時間內，人在北京，沒有任何的犯罪時間。

張超堅稱，他沒有殺人，之所以會提著裝江陽屍體的箱子，是因為他三月二日早上回杭市後，就去找了江陽。那間房子他和江陽都有鑰匙。他敲了門，沒人應，於是他自己掏鑰匙開了門。進門後他就看到擺在地上的一個大箱子，打開發現了江陽的屍體。張超當時很害怕很緊張，他檢查了房子，門鎖沒有明顯損壞痕跡，窗戶也是關著的，只有他和江陽有鑰匙。加上最近他多次和江陽發生爭吵，聲稱要把江陽趕走，就在兩天前還打架驚動了派出所。因此，突然面對這樣一個裝著屍體的箱子，他擔心匆忙報警後，警察很可能會懷疑是他殺的人。他從沒遇到過這種情況，非常害怕，於是在房子裡喝了許多酒，結果腦子更是混亂，才頭腦發昏想到直接去棄屍。

可如果這就是真相，那他為什麼前面要認罪？

趙鐵民一開始也懷疑分局刑警迫於該案的社會輿論壓力，對張超採取了刑訊逼供，捏造了一開始口供中的犯罪事實，企圖早點結案。可他初步了解情況後得知，不但下城區刑偵隊全部矢口否認，甚至他派去看守所見張超的刑警打電話過來，說張超自己也承認警察沒有刑訊逼供。

警察沒有刑訊逼供，為什麼他前面認罪最後翻供呢？

據張超的說法，那是因為他在公安局裡受到一股無形的莫名的巨大壓力。

氣場壓制，這就是他的答案。

這個答案會讓大部分臨終病人來不及交代後事，先走一步。幸虧趙鐵民是個久經風雨的警察，不過他還是感到內心受到了傷害。

現在趙鐵民的工作很不好做，專案組的初步工作當然是要查清當事警察是否存在刑訊逼供，但更重要的是查清江陽被殺一案的真相，抓出真正的兇手。

要不然，真兇沒抓到，江陽被害依然茫然無解，對社會通報當事警察沒有刑訊逼供，公眾會信沒刑訊逼供嫌疑人全部認罪又翻供嗎？上級會信嗎？全國司法圈能交代得過去嗎？

所以，當務之急，還是要查清真相，抓獲真兇。

5

「地鐵運屍案的新聞鬧得這麼大，你們這幾個月裡應該注意過這新聞吧？」一名刑警問。

「注意到了啊。」坐在對面的兩個男人異口同聲地回答。

「網上有嫌疑人被抓後的照片，包括他上電視接受採訪的視頻，很多聊天軟體裡還有他的表情包，這些你們都看到過嗎？」

「看到過。」

「新聞裡很詳細地寫著他是在三月一日晚上殺人，而你三月一日和他一起吃了晚飯，你和他在咖啡館聊到很晚，你們看新聞的時候都沒意識到這人案發時跟你們在一起，沒有回杭市犯罪的時間嗎？」

一人道：「我壓根兒沒想到新聞裡的這人就是那天跟我吃飯的李律師啊。」

「對啊，我也沒想到。」

「李律師？」刑警皺眉，「你說李律師？他明明叫張超。」

那人回憶起來：「前一天事務所打我電話，說有位李律師會來北京出差，順道和我見面，詳細聊聊。第二天他到北京後打了我電話約吃飯，見面後他沒給我名片，我也就一直稱呼他李律師，他也沒說不是，我就一直當他姓李。你們跟我聯繫後，我才知道他姓張，不姓李。」

「他有騙你說他姓李嗎？」

那人想了想回答：「他自己沒說過，可我一直以為他姓李。」

一旁負責記錄的刑警詳細地把這個細節寫了下來。

「我也是同樣，事務所前一天打我電話說會過來一位李律師。那時我已經委託了杭市另一家事務所來處理我的案子，就推託不見了。對方好像很想做成這單生意，很熱情地要跟我見面細聊，說單純聊聊情況，不收任何諮詢費，我也就答應了。可後來聊到最後，他卻跟我說這案子還是走協商管道為好，或者建議我找其他事務所，他不接了，這搞什麼啊。」

「我也是，我們一起吃飯，還是他搶著埋的單，他最後也說案子太小，不值得打官司，不接了。本來我這案子就不大，他一開始就知道，還很熱情地來找我，結果聊完又不接了，我說再加幾千塊律師費，幫我打贏這案子，他還是拒絕，實在是莫名其妙。」

刑警又問：「新聞上有張超被捕後的照片，還有他在電視上接受採訪的畫面，你們既然都看過，為什麼接下去幾個月裡都沒注意到，新聞上的嫌疑人就是和你們見面的律師？」

「怎麼會想到是他啊，新聞上的那人很邋遢，看起來像個乞丐，電視採訪的我也看了，剃了光頭，穿著囚服背心，神態也和當初見面的律師完全不一樣。那個律師來找我時，穿著很高級呢，圍著紅圍巾，戴著一副銀框的高檔眼鏡，頭髮梳得很整齊，手上戴著名牌錶，還有個名牌皮包，說話給人感覺很不一般。」

「他那副眼鏡還是個奢侈品牌，我特別有印象。」另一人補充說。

「他被抓的照片上沒戴眼鏡，採訪時也沒眼鏡，髮型也變了，整個人神態氣質更是完全不一樣。如果不是你們來問我，我到現在也不知道新聞那人就是跟我一起吃飯的律師。」

「對啊，這就跟我老婆一樣，早上醒來和化完妝完全是兩個人，除了我，她媽都快認不出她了。我也是你們來找我，我看著照片仔細回憶，才覺得有幾分像，之前我哪會想到全國大新聞裡的殺人犯，殺人時卻在跟我喝咖啡。這感覺棒極了。」

「我從來沒說過我是李律師。」張超戴著向看守所申請帶進來的樹脂眼鏡，理直氣壯地看著刑審員，「我可以和兩位客戶當面對質。」

「可他們一直叫你李律師，你沒有糾正。」

「這有什麼好糾正的？他們搞錯了而已，前一天是我給他們打的電話，當時說安排我事務所另一位姓李的律師去趟北京跟客戶見面，後來想起來寧波一位當事人的案子約了第二天，那案子本就是李律師負責的，我就讓李律師去寧波，我去北京了。」

刑審員質疑道：「你一個在杭市圈子裡已經算是有些知名度的刑辯律師，而北京的兩個客戶都是很小的合同糾紛，為此，你這大律師的時間和飛機票都不划算吧？」

「當然，我去北京的最主要目的不是為了見兩個小客戶。在那之前呢，我太太好多次提到想吃正宗的北京全聚德烤鴨，星期天剛好是我們結婚紀念日，所以一想到北京，我就一時興起，專門跑一趟，準備給她一個驚喜咯，第二天我也是先回了趟家，把烤鴨放冰箱裡，後來才去江陽的住所，這點你們可以向我太太查證。既然到了北京，那麼就順便和兩個客戶見個面吧。雖然兩個客戶案子不大，一個案子頂多一兩萬吧，但再小的錢也是錢，我事務所規模不大，包括我在內，一共三個律師兩個實習助理，可我畢竟要養活這幾個人。反正去趟北京買烤鴨，抽點時間出來見下客戶，多個幾萬塊也好。你們肯定也知道，大牌事務所也不會拒絕小案子的，我這個小事務所對待業務自然多多益善了。」

刑審員看著他一副笑咪咪的對答表情，不由大怒，突然猛一拍桌子，大喝：「不要油腔滑調，你當這裡什麼地方！」

張超做了個吃驚的表情，拍著胸口連聲道：「嚇死我了。」

可看得出，他一點都沒被嚇到，刑審員咬了咬牙，瞪著他，咄咄逼人問：「你為了買個烤鴨專門坐飛機跑到北京，為什麼不網上買，你這個理由能說服我們嗎！」

他看著刑審員好一陣，突然笑了起來：「能否說服你我不知道，人與人之間的價值觀本就不同的嘛。國外富豪專門出資贊助宇航局，拿塊月球上的石頭，送給女朋友，你怎麼不問問他為什麼不花幾百塊錢買塊隕石送人啊，還附帶鑑定證書呢。我收入還算過得去，來回飛機票沒什麼，專程坐飛機買個烤鴨，這是一種情懷，網購嘛，呵呵，完全不是同一類的好吧。」

他略帶笑意地望著對方，刑審員被他看得發窘，彷彿聯想到自己在淘寶上比較來比較去，花了一晚上挑件衣服省下幾塊錢，而杭市大廈裡一位富人隨便刷卡幾萬塊買了件同樣的衣服，自己還湊上去問：「你為什麼不買淘寶同款，只要一百塊啊。」富人哈哈一笑，「孩子，有些世界你不懂。」

刑審員咳嗽一聲，強自恢復了氣勢：「你說你對待業務多多益善，為什麼後來北京兩個客戶的案子，你都拒絕了？」

「這個問題你應該問問其他事務所的朋友，看看是否案子只要給錢就會接。這兩個案子都是合同糾紛，標的都不大，卻很繁瑣，而且當事人簽的合同對他本人不利，他們對打贏官司的要求和我的理解存在很大不同。一兩萬的案子，各種成本不少，最後能否達到客戶想要的勝訴不好說，所以我自然推掉了。」

刑審員忍氣瞪著他，卻對他的各種解釋沒法反駁。

「那時冰箱裡確實有隻烤鴨。」張超太太面對警方的詢問，表現得很坦然。

「你不知道這是北京全聚德的烤鴨嗎？」警察問。

「包裝袋上有寫，可是，全聚德的烤鴨又怎麼了？」

「你不知道這是他坐飛機專程跑去北京買的嗎？」

「我哪裡想到這是他去北京買的，還以為他在網上訂的。那天下午警察打電話給我，說我丈夫殺人被捕了，我馬上趕去了公安局，後來幾天都在到處奔波。你說，都什麼時候了，我關心活人還來不及，哪有心思管一隻該死的烤鴨從哪兒飛來的？」張超太太透著惱怒。

警察撇撇嘴，那個時候只要是個正常人的老婆，即便平時是個整天在朋友圈裡發美食的吃貨，也都沒心思管冰箱裡的一隻烤鴨，哪怕是隻正宗的北京烤鴨。

「他去北京沒跟你提過嗎？」

「沒有，我也是庭審時第一次聽到案發時他去了北京。」

「他前一天晚上沒回家，你不覺得奇怪嗎？」

「不奇怪，他業務很忙，經常出差，我也是職業女性，有自己的事業，在工作上我們兩人彼此尊重。他工作之餘是很顧家的人，對我很好，我當然支持他的事業了。只有沒有自信的女人才把生活一切都寄託在丈夫身上，管得死死的，什麼都要問個一清二楚，我可不是那樣的人。難道您每次晚上執行任務，您妻子都要問個不停嗎？」

警察胸口有點疼，感到這女人和她丈夫一樣，都很難對付。

「對，我那天是要跑寧波見個客戶，這是早幾天就安排好的，那個案子很重要，一直是我在跟進。」李律師面對警方詢問，如此說道。

「張超有沒有向你提過北京兩個案子的事？」

「沒有，我不知道北京有兩個客戶，大部分業務都是老闆親自接的，接到委託意向後再視情況，有些交給我們，有些他自己進一步跟客戶聯繫。」

「也就是說他從來沒跟你提過北京的兩個客戶，然後他自己跑去北京見客戶了，你覺得這正常嗎？」

「不知你們說的正常是指哪方面。如果是兩個小案子，還只是委託意向，沒有正式簽協議，老闆專程跑到北京當然不正常。」

「我們問的是業務流程方面。這兩起小案子你們事務所就算接了，也不會張超親自處理吧，要分給你們或者助理，他不需要先跟你們說下情況，徵求你們意見，自己就去談業務了？」

「那是當然的，他是老闆嘛，而且他的專業性比我們都強，老闆很懂得判斷一件委託接還是不接。大部分時候是他決定了是否接受委託，再把工作分下去的，只有複雜的大案才需要大家一起商量接不接。」

6

「鐵民，坐，」省公安廳副廳長高棟擺擺手，示意趙鐵民坐下，掏出菸，扔給他一支，自己也點上，臉上透出不可捉摸的表情，說：「待會兒我還有個會，就不跟你廢話了，今天找你來是問問關於張超的事。江陽是張超殺的嗎？」

趙鐵民看了眼高棟，心裡開始猜測。

高棟是公安廳主要領導裡唯一一個幹刑偵出身的，過去曾是全省公安系統聞名的神探。趙鐵民前些年在刑偵總隊工作時，高棟是總隊長，是他的老領導。不過後來高棟當上了副廳長，這級別的領導再也不會參與具體案件的偵辦工作了，頂多給予一些所謂的理論指導和人事安排，案子破了，自然是「在公安廳領導的高度重視下」，案子破不了，也怪不到他頭上。

儘管張超的事新聞上鬧得很大，但在高棟這級別的領導眼裡，依然只是小事一樁，無論最後是什麼結果，只會成為領導訓誡會上一句「汲取深刻經驗教訓」。所以今天高棟找他來專門談這案子，不由讓他好奇。

趙鐵民謹慎回答：「我們經過和法醫的反覆確認，驗屍報告沒有問題。被害人江陽在三月一日晚上被人勒死。張超也確實在三月一日中午就坐飛機去了北京，直到二號早上回來，這期間的行程有足夠證據支持。因此……人不是張超殺的，這點可以肯定。」

高棟似乎早知道了這個結果，一點都不意外：「聽說檢方初步結論是刑警誘供？」

趙鐵民為難地撓頭道：「檢察院嘛……他們法律是很精通，不過都是坐辦公室的讀書人，不會站在我們的角度體諒實際工作。下城刑警的審訊流程在我看來沒問題，一直都是這麼做的。拋開口供，當初物證方面很完整，江陽是被繩子勒死的，繩子上留有張超的指紋和DNA，指甲裡有大量張超的皮膚組織，張超脖子處也有相應的抓傷，典型的搏鬥傷。唯獨當事刑警根本沒想到張超那天去了北京，還和兩位客戶見過面。回頭看，當初他配合刑警錄口供，是故意設了個局，讓他們在程序上對他誘供。」

「有意思，」高棟微笑著彈了下菸灰，「定罪和翻案都證據鏈齊全，這案子很特別啊。現在這屆政府在做司法改革，省裡也平反了一些案子，不過都是過去物證漏洞百出、光靠口供判的案子，像這樣定罪三證齊全，翻案也三證齊全的，我是第一次見，值得研究。嗯……那既然人不是張超殺的，為什麼他要認罪？法庭上他說受到壓力才寫下的認罪書？」

「張超他本人承認辦案刑警沒有對他刑訊逼供，只是公安局的環境給了他一種無形的壓力。」

「這理由很蹩腳。」高棟笑著搖頭。

「對啊，」趙鐵民攤開手，無奈道，「但他非要說他因心裡恐懼寫了認罪書，我們也沒辦法反駁他。他是刑辯律師，口才相當好，比我們的刑審員還能說，現在已經連審幾天了，刑審員輪班換著來，可他精力出奇地好，整天對我們講故事、談人生，不管什麼問題，他都能用別人聽起來合理但我壓根兒不信的理由解釋過去。而且……各界都懷疑警方刑訊逼供，監察人員也進駐看守所，多次找他了解情況，監察人員還覺得他解釋得合情合理，認為殺人與他無關，搞得我們對他的審問工作很謹慎克制，相當被動。」

高棟微微瞇起眼，道：「那你為什麼不相信他說的呢？」

「您沒見過他跟刑審員的對答，心理素質不是一般的好，這心理素質還能因為一種莫名的無形的壓力，不是他殺的人直接認罪了？他一個刑辯律師能不清楚認罪會有什麼後果嗎？下城刑警一開始就被他騙了，那時審問時，他表現很老實，膽子很小，說話都結結巴巴，哪像現在每次提審都像找他做演講一樣。自從翻案後，他就變了個人。依我看，這就是個局。」

「那他為什麼要設這麼個局？」

趙鐵民很肯定地指出：「他一定是替人頂罪的，他在替真凶隱藏真相。」

「不對，」高棟連連搖頭，「我不認為他是在替真凶隱藏真相，而是——」他突然停下來，沒繼續說。

「而是什麼？」

「沒什麼，真相還是要靠你們去找，我胡亂猜測只會打亂你們的調查腳步。」高棟敷衍地笑了笑，道，「不過我可以給你提個建議。如果先認罪後翻案這一切從頭到尾都是張超故意設計的局，那麼他當初也一定想到了，即便他翻案成功，警方也不會釋放他，他在地鐵站謊稱炸彈，這是實實在在的妨害公務和危害公共安全。既然他還要被繼續關在看守所，那他自然也知道警方一定會繼續審問他，直到找出真相。他做了這麼多，豈會沒做好應對警方後續審訊的準備？所以，你們從他身上是審不出結果的。你不妨換個方向，從江陽身上調查。據我所知，張超曾經是江陽的大學老師，江陽畢業後兩人依然保持聯繫，相識超過十年。江陽這樣一個有各種前科的刑釋人員，開口問張超借三十萬說要買房，張超當即就借了。江陽來杭市散心，張超還提供他房子住。這兩個人的關係肯定不是一般的朋友。」

趙鐵民緩緩點頭思索著，然後睜大了眼睛，恍然大悟：「您是懷疑……懷疑他們倆之間有著某種不同尋常的同性感情糾葛？」

「咳——」高棟一口煙被他這席話嗆得咳嗽起來，擺手道，「我電視看得不夠多，想像力追不上你。你說的這種情況有沒有，我不知道，也不關心。我只是認為你們從張超口中問不出有用的東西，所以建議你直接從被害人江陽的身上查起。江陽既然不是張超殺的，那麼這案子你就把它當成，假如世上從來就沒有張超這個人，現在你們遇到江陽被殺了，該怎麼查就怎麼查吧。」

趙鐵民為難道：「可這是一起幾個月前的命案，隔了這麼久，如果按通常命案的調查流程，如今再去詢問附近群眾，採集線索，似乎不太現實。」

高棟仰起頭，歎息笑道：「趙隊長啊，這又不是什麼流竄犯無意中犯下的命案，隔了幾個月無憑無據沒法查。這起命案無論從哪個角度看，都是一起特定、有計劃、有預謀的謀殺案，謀殺案調查首要不就是找人際關係，看誰最有嫌疑嗎？」

趙鐵民恍然大悟地連連點頭。

高棟坐直了身體，搖頭道：「我看你這幾年當上大隊長後，案子也不需要自己直接辦了，辦公室坐久了，職業技能退化了。」

趙鐵民微微紅起臉，但領導說他工作能力不行，他還能反駁嗎？高棟笑了笑，道：「我再給你個建議，你去找嚴良。」

「找嚴良？可我不知道他會不會管。」趙鐵民有些吃驚，嚴良過去是省廳的刑偵專家，後來因一次嚴重違紀事件離開了警察隊伍，到了浙大當數學系教授，基本不過問警方的事。這幾年下來，趙鐵民找過他幾次幫忙研究案子，有些案子他參與了，有些案子他拒絕了，似乎全憑他心情，跟個女人一樣，趙鐵民拿捏不準他會參與破案的標準是什麼。

「他一定會的！」高棟很肯定地說道，「首先，你告訴他，死者是浙大畢業，嫌疑人曾是浙大老師，都是他的校友。其次，你代我轉達一句話，查這起案子，他比你更適合，不光職業技能上，其他方面他也比你更適合。」

「為什麼？他又不是警察。」

高棟沉默了片刻，道：「以你的級別，我只能告訴你這麼多。真相，需要你自己去找。」

趙鐵民目瞪口呆地望著高棟，顯然領導掌握的信息遠比他這位調查組組長多得多。

高棟看了眼手錶，站起身，做出送客狀：「還有一句囑咐，不要告訴其他人我對這案子感興趣。」

趙鐵民感到這案子愈加撲朔迷離了。

7

「你們既然一開始就知道他是刑辯律師，就該對他的口供多加提防，要知道，刑辯律師的工作就是戳你們的證據鏈。」嚴良幸災樂禍地看著趙鐵民。

他與大多數人一樣，一開始知道張超是透過新聞，當時他也認為警察刑訊逼供導致嫌犯先認罪，後在法庭上突然翻供。可當趙鐵民再三肯定警方從未對張超刑訊逼供時，他對案子產生了興趣，當趙鐵民又轉達了高棟的兩句話後，他很快答應參與調查。

趙鐵民撓著頭：「我找過分局，當時他們副局長特別叮囑刑警隊要對他的口供嚴加查證，可核實的結果沒看出問題。江陽被害當晚七點，小區門口監控拍到張超車子開進來，可監控分辨率低，又是夜晚天黑，看不清人臉，翻供後張超才說那車子借給江陽了，所以車裡的人不是他，是江陽。他都承認殺人了，進入時間七點多和監控裡的車子時間也對上了，刑警隊當時怎麼可能想到車裡人不是他，哪能想到當時他人在異地，哪會去調出行住宿紀錄？」

「他為什麼要坐地鐵去棄屍呢？地鐵要過安檢，拿著屍體過安檢嘛……」嚴良笑起來。

趙鐵民無奈道：「他當時理由很充分，說殺人後一夜惶恐沒睡，第二天決定棄屍來隱藏罪證。棄屍前，他喝了酒壯膽，這才想到現在開車是酒駕，萬一路上出點小事故酒駕被抓，車子就會被拖走，後車廂裡的屍體會曝光。於是他拖著箱子搭車，結果出租車在地鐵站附近被其他車追尾了，兩個司機發生爭執，他害怕之下，就拖著箱子逃進地鐵站。一夜沒睡加上醉酒狀態，他就糊裡糊塗去過安檢了。當時刑警找到了出租車，出租車司機證實了他的口供。而且他當時被抓時，確實已經處於醉酒狀態，包括地鐵站裡的胡言亂語也證實了這個情況。」

嚴良點點頭：「這個藉口合情合理，難怪當時警察沒有往遠處想。」趙鐵民歎氣道：「再往遠處想，也不會想到一個棄屍當眾被抓，回來後一口氣交代全部犯罪事實的人，而且各種人證物證都完全吻合，居然不是凶手，命案發生時不在杭市。」

嚴良笑著說：「這樣的案子確實從沒有遇到過，刑警隊被他騙過去也情有可原。他現在翻供後，關於為什麼他口供說他案發當晚七點去找江陽，跟監控拍到他車子七點進入小區完全吻合，口供和事實如此巧合，他怎麼解釋？」

「他的解釋就是巧合。」趙鐵民很是無奈，「他咬定當時承認殺人，是因為受到一種公安給他的無形壓力，於是胡謅犯罪事實，吻合的地方都是巧合。」

嚴良翻開卷宗和口供比對了一番，微微皺起眉：「他明明那天人在北京，與江陽隔了一千兩百公里，可他的口供與一千兩百公里外的這起命案存在多處巧合，這機率也太低了。你們能百分百肯定人不是他殺的嗎？」

「肯定啊，死者驗屍結果一目了然，是當晚被人用蠻力勒死的，必須要他人在現場才能勒死。可他有完完全全的不在場證明。」

「不過也肯定一點，就算江陽不是張超殺死的，張超也對整個案發過程瞭如指掌，要不然口供不會和證據這麼吻合，就像他就在旁邊看著別人勒死江陽似的。」

趙鐵民攤開手：「我們也這麼認為，可是他翻供後，一直說口供純屬巧合，我們拿他沒辦法。」

嚴良揶揄著：「很難想像刑審隊員會對一個關在鐵窗裡的人沒辦法。我聽說只要嫌疑人進來了，就沒有審不出的。國家暴力機關什麼時候變得這麼溫和了？」

「那怎麼辦，掐死他？」趙鐵民抱怨道，「自從翻案後，人大代表三天兩頭過來看，問警察有沒有用違法手段強制審訊，檢察院偵查監督科隔幾天就來看守所，防止翻供後警方對他進行報復。全社會本來就懷疑警方刑訊逼供，我們現在還敢拿他怎麼樣？公益律師和記者都恨不得他指控警方刑訊逼供，如果身上帶點傷，輿論就要高潮了。涉外媒體更是蠢蠢欲動，我們要對他使點手段，馬上就要上國際人權新聞。如今他吃得好睡得香，每天提審光聽他扯淡幾個小時，除了衝他拍拍桌子嚇唬幾句，一根手指都不敢動他，就差把他當菩薩供起來了。」

嚴良忍不住笑出了聲，隨後又歎息一聲：「這也挺好，用文明手段來破案，放過一個壞人總比冤枉一個好人來得好。半年前省高院平反的蕭山叔侄殺人冤案，當初也是你們支隊的傑作，那對叔侄可是白白坐了十年的牢啊。」

趙鐵民肅然道：「我聲明，那件案子跟我一點關係都沒有，我幾年前才調來支隊，十年前我還在總隊工作。我也從來沒搞過刑訊逼供那一套，現在我們支隊的辦案風格，講證據，非常文明。」

「這點我相信，所以我們成了好朋友。」嚴良笑了笑，又說，「好吧，我們回到案子上。既然人不是張超殺的，他卻自願認罪入獄，那麼他的動機是什麼？」

趙鐵民道：「我懷疑他是為了替真凶揹黑鍋，案發後第一時間他認罪入獄，真凶自然就被警察忽略了，而他知道幾個月後能靠不在場的鐵證翻案，如此一來，他和真凶都將安全。」

嚴良搖搖頭：「這不太可能。」

「為什麼？」

「他自願入獄，哪來的信心面對警方的高壓審訊，一定能咬緊牙關不說錯話，不透露實情？他是律師，自然也知道即使一開始成功騙過警察，幾個月後翻案，但謊報地鐵站有炸彈是刑事罪，要判上幾年，你們還是會天天來提審他。他只要一次交代時說溜嘴，引起懷疑，他和真凶都會栽進去。從你們調查的資料看，他家庭富裕，事業有成，和太太非常恩愛。被關進去幾年，家庭、事業，他都不要了嗎？這代價也太大了。」

趙鐵民嚴肅地說：「我懷疑凶手是他太太，他為了保護太太，所以才出此下策。」

「不可能，」嚴良果斷否定他的意見，「案發當天他突然去了北京，第二天上午回來棄屍，這顯示了，他是知道當天晚上江陽會被人殺死的，於是提前準備了不在場證據。而不是命案發生後，他才臨時想出辦法替他人頂罪。他太太一個女人，很難將江陽勒死。並且如果他真愛他太太，怎麼可能明知當晚他太太要去勒死江陽，卻不阻止呢？」

趙鐵民苦惱說：「那我實在想不出還有什麼其他動機了。」

嚴良思索片刻，說：「我想見他，和他當面談談。」

「我們天天提審，他從沒吐過真相。」趙鐵民似乎對這個建議不抱任何期望。

嚴良笑了笑：「他這麼做既然不是為人頂罪，而是其他目的，相信他會透露一些信息，來達成他的目的。只不過他透露的信息，並沒有被你們完全解讀出來。」

8

隔著鐵窗，嚴良第一次見到了張超本人。

他之前看過一些張超的照片和監控錄影，這人長相給他的感覺是老實。可如今一見面，頓時感覺對面這個男人精明能幹，與印象中完全不同。

他翻看著卷宗裡的照片，細細思考為什麼照片、錄影與面前的真人會有這麼大差異。

此刻鐵窗另一頭的張超，戴著一副眼鏡，兩鬢多了一些白頭髮，不過精神面貌很好，臉上淡定從容，整個人自信、沉穩，完全不是一開始的審訊錄影裡那副任憑命運輪盤輾壓的面容。

「嚴老師，你怎麼會在這裡？」嚴良還沒說話，張超反而先開口了。

「你認識我？」嚴良有點驚訝。

「當然，」張超微笑著，「你是學校的明星老師，我雖然比較早辭去了教師工作，但還是會經常來學校參加一些法律會議，我知道你也見過你，你以前在省公安廳工作過，是很有名的刑偵專家，不過我聽說你早就辭去公職了，怎麼會進來這裡？」

嚴良是編外人員，通常情況下是不能進審訊室的。

趙鐵民替他解釋：「嚴老師是我們專案組的特聘專家。你既然知道他，也應該聽說過，沒有他破不了的案。所以，不管你怎麼掩飾，嚴老師一定會找到漏洞。無論你怎麼掩蓋真相，都是徒勞的，只會加重你最後的審判量刑。」

「是嗎？」張超眼睛瞇了下，「那我就特別期待了。既然嚴老師介入一定會破案，我也很希望能早日抓出真凶，還我清白。」

嚴良笑了笑，打量一下他，轉頭問趙鐵民：「他為什麼能在看守所裡戴眼鏡？」

「他近視，庭審前他向看守所申請把眼鏡帶進來，方便看資料。他這眼鏡是樹脂的，框鈦合金，不具危險性。」

嚴良點點頭，轉向張超：「你的眼鏡不錯，多少錢？」

張超有些不解地看著他，不知道對方問這個幹什麼，只好照實回答：「我老婆配的，我不知道。」

嚴良繼續問：「你近視多少度？」

「這……」張超茫然不解地看著他。嚴良重複了一遍：「你近視多少度？」

張超只好回答：「左眼兩百五，右眼三百。」

「度數中等，不戴眼鏡確實會有很多麻煩呢。我看了你之前的審訊錄影，你好像都沒戴眼鏡吧？」

趙鐵民奇怪地看了眼嚴良，不曉得廢這麼多話在他眼鏡上幹什麼，嫌疑人就坐在對面，根本用不著客氣搞什麼開場白，直接問不就行了？老大不小的年紀了，當什麼暖男呀。

不過嚴良似乎對這個問題很在意。

張超眼中閃現過一絲警惕，但一晃而過，他頭微微側過，目光投向趙鐵民，似乎有意避開嚴良。

嚴良依舊抓著這個問題不放：「我說得對嗎？」

「對。」張超只好點頭，「眼鏡帶進看守所要審批，庭審前為了看資料需要，我才主動申請的。」

嚴良笑了笑：「我見過你在地鐵站裡被抓的照片，那時你也沒戴眼鏡吧？」

「那個……那天下午我被抓逃跑時，眼鏡掉了。」

「是嗎，掉得有點巧啊。」嚴良神秘地笑了笑。

張超看著對方的表情，忍不住強調：「我在地鐵站逃跑的時候掉了，當時那麼多人，大概撞到別人身上掉了。」

嚴良點點頭，這個問題便不再深究了。

旁邊的刑審隊記錄員好奇地瞧著嚴良，不解他為什麼問了一堆眼鏡的事，這眼鏡戴不戴跟案件有什麼關係？不過看著此刻的張超，不再像之前自信沉穩、侃侃而談了，而是露出了惶恐的神情，這在連日的審訊中可還是第一次。聯想到趙隊長之前在審訊室介紹這位嚴老師時，說曾經是省廳有名的刑偵專家，想來這專家審問大概有一套秘密方法，故意問一些莫名其妙的問題，讓嫌疑人捉摸不定，心中不安，最後聲東擊西，問出一些關鍵線索，想必這就是傳說中審訊的至高境界，隔山打牛吧。

年輕記錄員不由暗自點頭佩服，心中恍惚一瞬間，差點把筆錄本當草稿紙，要在上面畫個大拇指了。

嚴良又接著說：「我看過這個案件的一些資料，還有一些不理解的地方，希望能和你再確認一遍，可能有些問題與之前的審問有所重複，不過你應該不會介意吧？」

「我每天重複回答很多遍同樣的問題，早就習慣了。」

「看樣子你的台詞倒背如流了，所以從沒說錯。」嚴良笑著看他。「我交代的都是真實情況，你們不信我也沒辦法，或許只能讓刑審警官把我的口供編成繞口令，我背錯了就說明我撒謊。」

趙鐵民無奈瞥了眼嚴良，彷彿在說：看吧，這哪是被抓的嫌疑人，天天在這兒跟我們玩脫口秀。

如果是個普通嫌疑人這麼跟警方調侃，以趙鐵民的脾氣早就忍不住了，只要問他一句爸爸的媽媽的爺爺的外婆的外孫的孫女的孫子是誰，他三秒內回答錯誤，一句話，撒謊，打腳板，一天工夫就招了，哪兒還費得著這力氣。誰讓這案子引起轟動，大家都懷疑警方刑訊逼供，導致社會各方監督，他能怎麼辦？

嚴良笑了笑，不以為意，他喜歡這樣的對手，如果嫌疑人是個五大三粗的傢伙，那這案子也太無趣了，便繼續問了句毫無營養的開場問題：「人不是你殺的，你當時為什麼要認罪？」

顯然張超對這個問題已經回答了無數遍，並且每天還會繼續回答無數遍，他撇撇嘴說出每天筆錄必備的答案：「我那時在公安局感到一種莫名的壓力，腦子糊塗就認罪了。」

「腦子糊塗了幾個月，直到開庭突然清醒？」

張超搖頭：「後來我雖然後悔了，但事情已經鬧大，警方都對外公布了結果，如果突然在看守所翻供，我怕會遭到很嚴厲的對待，半年前看到蕭山叔侄案子的新聞，心有餘悸。我想只有等開庭時，突然翻供，引起大家的注意，才能保護我在看守所的人身權益。」

嚴良揶揄地看著趙鐵民，彷彿在說，你們支隊十年前的傑作真是給他找了個恰當的理由。

嚴良微微一笑，繼續道：「江陽不是你殺的，那麼為什麼在江陽指甲裡，有你大量的皮膚組織，這點你能解釋一下嗎？」

「江陽死前一天，我跟他打架了，我脖子上很多地方被他抓傷，那次鬧得鄰居都報警了，他指甲裡我的皮膚組織一定是那個時候留下的。」他指了指脖子當初被抓傷的位置。

「是嗎？」嚴良笑了笑，「我看過派出所的出警紀錄，時間也確實如你所說，是江陽死的前一天。我想確認一下，在這次打架之後到江陽死前的這一天裡，你有再和他打架嗎？」

張超微微瞇了下眼，似乎思索著他問話的用意，過了一會兒，搖搖頭：「沒有。」

嚴良搖搖頭：「看來江陽不是個愛乾淨的人。」其他人都不解地看著他。

嚴良解釋說：「除非江陽接下去的一整天都不洗手，否則，恐怕指甲裡採取不到你的皮膚組織，即便他洗手很敷衍了事，以至於有少量殘留，那也只可能從他指甲溝底部採取到微量你的DNA，而不是現在指甲前端的大量皮膚組織。」

趙鐵民頓時眼睛一亮，臉露笑意。

張超嘴角抽動了一下，過了一會兒，繼續強硬道：「我說的是事實。」

趙鐵民冷聲道：「你還不肯交代嗎？他一天前抓傷你，後來沒發生過打架行為，為什麼指甲裡還有大量你的皮膚組織？」

張超兀自道：「誰也不知道這一天裡他有沒有洗過手，也許我和他打完架沒多久，他就被人控制起來了，直到被殺都沒機會洗手。」

趙鐵民哼道：「你這完全是在狡辯！」

誰知嚴良反而點頭：「你說的有道理，從機率上，確實不能排除這種可能性。誰也沒法證明這一天裡江陽有沒有洗過手，也沒法證明他是不是在此後不久就被人控制住直到被害，或者家裡水管壞了，出不了水。」

張超疑惑地看著他，想他為什麼反而幫著自己找藉口？

趙鐵民聽了嘴巴都鼓了起來，幾乎就要當場拆台罵嚴良放屁了，哪個人能一整天不洗手，大小便吃東西都用手，可能嗎？

嚴良繼續道：「現在你說不說沒有關係，我相信這起案子的真相一定會被挖出來的。不過，如果你能給我一些提示，加快進度自然更好，現在你有什麼想對我說的嗎？」

趙鐵民心裡在說，這傢伙連日來一句有用的線索都沒透露過，你這麼問，他除了說幾句「我堅信法律會還我清白」、「那就預祝你快點找出真凶啦」這種屁話，還能有什麼想對你說的！

誰知張超眼睛微微瞇起，過了一會兒，很嚴肅地問：「你為什麼會參與到這起案件裡？」

「這有關係嗎？」嚴良饒有興致地微笑看著他，「建議你相信我，我會把真相調查出來的。」

張超沒有說話，和嚴良對視了很久。

漫長的沉默過後，他突然重新開口：「人絕對不是我殺的，但我建議你們可以從江陽身上查起。我進那房子時，門鎖是好的，說明凶手是江陽認識的人，也許你們可以從他的遺物、通訊紀錄之類的東西裡面查到線索。」

9

離開看守所後，趙鐵民一直皺眉思索：「你說張超最後說的話，靠譜嗎？」

嚴良很輕鬆地笑著：「誰知道呢，就按他說的查吧。」

「按他說的查？」趙鐵民停下腳步瞪眼，「他自身就是最大嫌疑，肯定是在誤導我們！」

「他沒有誤導，」嚴良搖搖頭，「既然人不是張超殺的，要找凶手，自然從死者江陽身上查起，他不說，我們也會這樣查。」

趙鐵民喃喃道：「看來你和高廳想到一起了。」嚴良微微皺眉感到好奇：「高棟也這麼說？」

「是啊，高廳說張超一直糊弄著，又不肯說實話，我們問不出結果。既然如此，不如就徹底把張超放一邊，把這案子當成一起幾個月前的命案展開調查，調查第一步按慣例就是查死者的人際關係。」

嚴良停頓了片刻，隨即打了個哈哈：「既然英雄所見略同，那就事不宜遲，張超提到江陽的遺物、通訊紀錄，我就先去一趟案發現場。」

「案發現場？」趙鐵民皺眉道，「我接手案子後，第一時間就派人去過案發現場了，不過沒找到任何新線索。雖然那房子還空著，也沒出租，不過這期間張超的老婆打掃過房子，現場就算留著線索，也早就被破壞了。」

「這樣子啊……」嚴良皺起了眉頭，「不知道江陽的遺物是不是都被扔光了。」

「不清楚，你想去的話，我可以馬上安排人帶你過去。」

嚴良點點頭：「不如讓林奇跟我過去，你手下的其他人我不認識。」林奇是趙鐵民下屬的得力幹將，之前的一些案件中，嚴良與他多有接觸。

「好，我再讓技偵人員跟著一起過去。」

「不用，林奇就行。」

「不帶技偵隊員？」趙鐵民不解，「你們倆又不懂微物證的搜查，現場隔這麼久，都被打掃過了，還能查出什麼線索？」

「我查的不是物證方面的線索。」嚴良似乎充滿信心。

林奇開車載著嚴良來到當初的案發現場，到了那兒已是晚上。房子位於九十年代初造的老小區，面積不大，只有六十多平方米，進門是個小客廳，兩間臥室連著小陽台，站在門口就能將房子全貌打量清楚。

林奇打開客廳的燈。

牆上刷了白漆，不過多是斑駁脫落，地上鋪著九十年代很流行的灰黑色人造大理石，整個屋子因此顯得更加陰暗，在晚上的時間，聯想到這是命案現場，更讓人有一種涼颼颼的感覺。其他一應用具都很簡單，老舊的布沙發，棕綳床，黃色的書架，以及一些日常家用電器。林奇指著客廳一塊位置說道：「張超後來翻供後說當初他進門，就是在這個位置發現了旅行箱，打開後是江陽的屍體。」

嚴良看了眼，沒什麼值得特別留意的地方，轉而問：「他一開始交代是在哪裡把江陽勒死的？」

「陽台。」

「去看看。」

嚴良和他一同穿過臥室走入陽台，剛伸手去按牆壁上的電燈開關，猛然間瞥到近在咫尺不到一米的距離出現一張白色的人臉，黑衣、長髮，目光與他們相撞。

他們簡直嚇得跳了起來，大叫：「你誰呀！」

「你們是警察吧？」女人按亮了燈，語氣平緩柔和。在燈光下細看，女人實際上一點都不恐怖，相反，面容姣好。

深夜出現在這老舊的房子裡的，他們也瞬間猜到了面前這位就是張超的太太。

嚴良看過資料，記得她比張超小好幾歲，大約才三十五六，不過她保養得很好，面容望去不到三十歲的光景。

通常女人三十是個坎，過後利好出盡大盤見頂，終生熊市。

這女人顯然算是非周期性行業的成長股，皮膚、身材依然保持得很好，透著一股恰到好處的成熟。他們倆都不禁多看了幾眼。難怪各方面調查都顯示張超很愛他太太，平日裡對他太太極好，他太太比他小好多歲，老夫少妻，又是美女，恩愛的機率自然會高很多。

女人挪動著優雅的身軀，開始自我介紹：「我是張超太太，剛才警察打電話給我，說要帶人再來複查，讓我有時間的話最好過來，免得貴重物品丟失等麻煩。」

嚴良向四周張望一圈，問她：「這裡還放著貴重物品？」周圍空無一物，只有她身後的地上堆放著類似伸縮晾衣架的組件和一些雜物。

女人大方地示意周圍：「沒有貴重物品，你們可以隨便看。我過來只是想了解下，我丈夫的案件進展到什麼程度了。」

林奇咳嗽一聲，用標準的官方答覆回答道：「案子還在調查，你知道的，當初你丈夫提著箱子在地鐵站被當場抓獲，這一點是很難解釋過去的，還有很多疑點需要一一查證，如果你能提供一些線索，想必會對調查有幫助。」

「這樣啊，我所知道的情況都已經向你們講過了。」女人懶懶地回答著，好像對丈夫的遭遇並不太往心裡去，轉身朝客廳走去。嚴良望著她的背影，只好跟了上去。

女人招呼他們坐下，嚴良盯著她的臉看了幾秒鍾，對方臉上很平靜，看不出情緒波動，似乎對張超的案情並不是真的關心。

嚴良起了一絲懷疑，摸了摸眼鏡，試探性地問：「從你個人角度，你相信你丈夫是清白的嗎？」

「不知道啊，對整件事，我都茫然不知。」

「他從來沒向你透露過什麼嗎？」

「沒有。」女人的回答很快。

嚴良忖度著她的態度，換了個話題：「關於江陽這人，你知道多少？」

「你們肯定也知道，他這人人品很糟糕。他是我丈夫的學生加朋友，騙了我們家三十萬，為這事，我跟張超說過好幾次，怎麼都不該輕信江陽這人會改邪歸正，借給他錢。可他偏偏這麼大方，哼。」她似乎對張超和江陽都很不滿。

嚴良皺眉看著她：「江陽有什麼仇人嗎？」

「我對他不是很了解，聽說他人際關係複雜，張超大概更清楚一些。」她話語中帶著不屑。

嚴良摸了摸額頭，看來從這女人身上問不出什麼，便問起了他今天這趟最關心的問題：「江陽的遺物還在屋裡嗎？」

「大部分都扔了。其實一開始我什麼也沒動，因為想著他們家屬可能會過來收拾遺物，後來，家屬只來了他前妻，跟著警察一起來的，也沒拿走遺物。之後我獨自過來時，看著這房子裡的東西，嗯……一些個人物品看著有點……慌得慌，我經過你們警察同意，才把毛巾、牙刷、杯子、衣物這些東西都扔了。嗯……現在就剩下書架上一些書，有些是我丈夫原先放著的，有些大概是江陽的，我也弄不清。」

「書？」嚴良站起身，走到小房間的書架前，書架有三排，上面放著一些法律類的圖書資料，排得很整齊。他目光在書架上來回移動，上面兩排都是大部頭的法律工具書，底下一排是一些零散的法律資料。

他抽出最右邊的一本綠皮小冊子，封面上寫著「中國人民共和國檢察官法」，江陽曾經是檢察官，這本冊子八成是他的。

不過他馬上注意到，冊子很新，發行日期是今年一月份，江陽幾年前就不是檢察官了，還買這本檢察官的冊子幹什麼？

嚴良思索著，隨後，他翻開小冊子，剛翻出第一頁，就從裡面掉下一張折疊過的A4紙，他撿起來，是張身分證影本，上面的人名叫「侯貴平」，而這本小冊子的扉頁上，也用筆寫著「侯貴平」三個字，後面跟著三個重重的感歎號。

嚴良收起小冊子，拿給女人確認：「你看一下這字，這筆跡是你丈夫的，還是江陽的？」

女人接過小冊子，轉過身對著燈光看，從而避開嚴良和林奇的目光，能看到她胸口微微起伏，她深吸一口氣後，轉過身把小冊子交還給他，說：「應該是江陽的，這不是我丈夫的字。」

嚴良點點頭，隨即問：「誰是侯貴平，你知道嗎？」

女人面容平淡無奇地回覆：「江陽的大學同學，也是張超的學生，好像是個……有點固執的人。」

10

二〇〇一年八月三十日，侯貴平來到了妙高鄉。

妙高鄉隸屬浙江金市平康縣，地處浙西山區，離縣城三十公里，四面環山，交通不便，經濟落後，大多年輕人都會選擇外出打工。鎮上只有一所破舊的小學，一百來個學生，六個大齡鄉村教師，一個人要管幾個年級，教育極其落後。

侯貴平是浙大法律系的大三學生，學校有政策，支教兩年可以免試保研，於是他報了名，來到妙高小學，成了學校裡最年輕、最有文化，也是唯一一個懂得城市文明、現代科學的老師。

學校給他安排了宿舍，是一間在操場旁邊的老舊平房，不遠處一些房子裡住著那些路途遙遠的住宿生。

那個年代既能炫富又能打架敲人的大哥大還沒退出歷史舞台，公交車上依然能看見舉起大哥大談著幾百上千萬大生意的老闆們，手機剛剛興起，是奢侈品，他一個學生負擔不起，通訊主要靠筆。

當天晚上，他給大學同班的女朋友李靜寫了封信，介紹這裡的情況——落後，但人們淳樸善良，在未來的兩年支教生涯裡，他會盡全力在這有限的教學資源下教給學生更多的知識，來改變一些孩子未來的人生軌跡。

這個一米八大個子的陽光男孩對支教事業充滿了熱情，學生們也很快就喜歡上了這個年輕的大哥哥。

很快一個多月過去，國慶後的第一天，侯貴平來到六年級上課，看到最後排空了一個位子，那裡原本坐著一個叫葛麗的胖女孩，便隨口問：「葛麗沒來嗎？」

班長王雪梅小聲地回答：「她生病請假了。」

侯貴平不以為意，農村農忙時經常讓孩子請假回家幫忙幹活，卻不想班上一個調皮的男生突然起鬨說：「葛麗大肚子回家生小孩了。」引得幾個男生一陣哄堂大笑。

侯貴平瞪了他一眼，斥責他別說同學壞話，但視線一瞥間注意到，班上多個女生的臉上都露出了陰鬱的神色，他隱隱有種不舒服的感覺。他轉身繼續授課，努力講著三角形的基本知識。

下課後，他找來了班長王雪梅了解情況：「葛麗生什麼病了？」

「是……她……她不是生病了。」王雪梅吞吐著。

「不是生病，那為什麼請假？家裡有事？」

「是……」王雪梅手指在衣角上轉圈，語言表達顯得很艱難，「她……她快生了。」

轟隆一聲！腦袋裡彷彿受到重擊。真的回家生孩子去了！

侯貴平微微張著嘴，簡直不知道如何形容自己此刻的心情。

他回想起這個叫葛麗的胖女孩，她是個沉默內向的女孩，長得高高胖胖的，每天低著頭，回答問題也不敢看老師，當時只以為她身材胖，此刻才知道，原來那時的她已經懷孕了。回頭看，那個女孩的肚子確實胖得不太正常。

「真……真是懷孕了？」他再次確認這個不願確認的結果。王雪梅默默地點著頭。

犯罪！身為法律系學生的侯貴平第一反應就是犯罪！

葛麗未滿十四歲，任何人與未滿十四歲少女發生性關係，都是強姦。

在農村，結婚早、生孩子早不稀奇，很多人都在沒到法定年齡時就結婚生子，直到滿了年紀後才去領證，雖然不合法，但這在很多地方是約定俗成的規矩，地方上總是採取了不支持也不反對的曖昧態度。

可是，任何地方，任何農村，與未滿十四歲的女孩發生性關係，這都是犯罪，這一條是刑法，全國的刑法，絕對不能變通。

可是現在偏偏就發生了！

侯貴平強忍著心頭的激動，咽了口唾沫：「什麼時候的事？」

「國慶這幾天才知道的，聽說月底就要生了，她爺爺奶奶把她接回去，退學了。」王雪梅低頭小聲地說著。

侯貴平深吸一口氣，他做夢也不會想到，一個六年級的小學生就要退學回家生孩子了。

「她爸媽呢，知道這件事嗎？」

王雪梅搖搖頭：「她爸爸很早就死了，媽媽改嫁了，家裡親人只有爺爺奶奶，年紀都很大了。」

「她怎麼會懷孕的？懷了誰的孩子？」

「是……是……」王雪梅臉上透著害怕的神色。侯貴平耐心地看著她：「你能告訴老師嗎？」

「我……」王雪梅咬著牙，吞吐著不肯說，最後哭了起來。侯貴平不忍再強迫她，只能到此為止，安慰著讓她回去。

後來，他又找了其他學生了解情況，但所有人只要一提到誰是孩子的爸爸時，都惶恐不敢說，看著孩子們恐懼的樣子，侯貴平只能作罷。

他從眾人口中大概拼湊出了整個過程。

葛麗的爸爸在她三歲時去外地打工發生事故死了，後來媽媽跟別人跑了，她從小跟著僅剩的親人爺爺奶奶，爺爺奶奶年紀已大，家境十分貧窮。在這樣家庭環境下長大的孩子，性格很內向，很少主動與同學說話。

大約在今年寒假的時候，有個當地人都怕的人，侵犯了葛麗。對於這件事，膽小內向的葛麗從來不曾向別人提及，包括她的爺爺奶奶，後來逐漸地，她發現自己肚子變大了，這才知道是懷孕了。可是一個六年級的女生，完全不知道該如何處理，更覺得這是一件很羞愧的事，她始終不曾告訴別人，大家也以為葛麗只是胖了而已，直到後來肚子太大，再也隱瞞不住了。

對於這件事接下去該如何處理，侯貴平沒有主意。他自己只是個大學生，沒有太多社會經驗，他知道這件事是犯罪，可是當地其他人是怎麼看待的呢？

也許當地的鄉俗會認為這件事很正常，他一個外地支教老師去替葛麗報警，反而會被家屬和鄉民認為多管閒事。

他拿捏不定，心想過完這個星期，去趟葛麗家看望一下，弄清楚事情的來龍去脈，問問葛麗本人的意願，到時再做決定吧。

11

星期五，這周的最後一天，下午放學早，學校裡空蕩蕩的。

侯貴平獨自坐在教室門口，手裡捧著一本書，心中卻布滿了陰霾。得知葛麗懷孕生子而退學後，他向更多的人了解了情況，學校裡的鄉村老師似乎對此並不在意，說鄉裡經常有未成年女孩結婚生子，很正常。在他們看來，只有殺人放火才是犯罪，才要坐牢，十來歲的女孩懷孕生子，只要自己沒說被強姦，就沒什麼大不了的，男方最後要麼和她結婚，要麼會給錢。在這樣的環境裡，侯貴平很難說服他們接受十四歲這條刑法線。

這件事最後該如何處理，他還需要徵求葛麗本人的意見。

漸近黃昏，他合上書走回教室，發現坐最後一排的高個子女孩翁美香還留在位子上。

翁美香是班上個子最高的女生，瓜子臉，長得很秀氣，可以預見若干年後會長成美女。她發育早，現在胸部已經悄悄凸起，開始有了曲線，大概這個年紀的女孩對身體上的變化往往很害羞，所以她總是弓起背走路，試圖讓胸部的凸起不那麼明顯。

經過幾個月相處，對於學生，侯貴平大致清楚了他們的家境。

翁美香與葛麗一樣，父母不知什麼原因不在了，成了留守兒童，跟著爺爺奶奶生活。這樣的孩子在農村裡有很多，大都個性內向，不愛說話，開口總是輕聲細語。

此刻，她手裡正拿著一截短短的鉛筆，一副認真的模樣，在稿紙上寫著日記一類的東西。看到老師進來，她抬頭看了眼，又面無表情地低下頭，繼續寫著。

侯貴平關上了一扇窗，回頭催促著：「翁美香，你還沒回家啊？」

「哦……我想在教室寫作業。」

侯貴平又關上了另一扇窗：「老師要鎖門了，你回去寫吧，不早了，再過些時間天就黑了，周末就別住校了，回去陪陪爺爺奶奶吧。」

「哦。」翁美香順從地應著，慢吞吞地收拾書包，慢吞吞地站起身，似乎刻意把動作放得很慢。

侯貴平關上了最後一扇窗，見她還站在原地，往門口示意了一下：

「走吧。」

「哦。」翁美香今天的反應特別遲鈍，她依然慢吞吞地站起身，然後揹上一個小小的布書包，低頭弓著背，慢慢挪到了教室門口。

侯貴平鎖好門，衝一旁的翁美香問：「這都周末了，你怎麼不早點回家呀？你爺爺奶奶肯定想你了。」

翁美香低著頭說：「我……我這周不回家。」

「為什麼？」

「嗯……我想住學校。」

「喲——」侯貴平湊到她面前，瞬間露出知心大哥哥的笑臉，但頃刻一想這副嘴臉衝著一個小女孩未免太過猥瑣，忙挺直身體，咳嗽一聲，說，「你是不是和爺爺奶奶吵架了？」

「沒有沒有，」翁美香迴避著他的眼神，「爺爺奶奶這周很忙，我不去添亂了。」

侯貴平笑了笑：「好吧，那你下周可要記得回去哦，老師相信你是個懂事的孩子，不會讓大人擔心的。」

翁美香點點頭，與他一同往學校外走去，快到校門時，翁美香突然停下腳步，欲言又止，過了片刻，才鼓足勇氣問：「老師，你晚飯吃什麼？」

「我去鎮上吃，你呢？」

「我……我不知道，老師，我能不能……」

「當然沒關係，老師帶你去吃。」侯貴平猜測到這孩子的心思和不寬裕的錢包，爽快地答應了。

「謝謝老師！」翁美香臉上露出了今天難得的笑容。

他們說笑著離開學校，夕陽照在他們背上，把兩個影子拉得好長。學校外的小水泥路邊停著一輛在當時農村並不多見的黑色小汽車，車外倚靠著一個平頭染黃頭髮個子不高的年輕男子，他正抽著菸，一臉不耐煩的樣子，看到他們走出學校，大聲喊道：「翁美香！翁美香！」

翁美香朝他看了一眼，連忙轉過頭，彷彿置若罔聞，繼續往前走，侯貴平卻停下了腳步，朝那個黃頭髮男子看去，那人跑了上來，又生氣地叫了一遍：「翁美香！」

翁美香這次再也不能裝作聽不見了，只得停下腳步，轉身低下頭面對黃毛。

侯貴平看著黃毛：「你是？」

黃毛連忙收斂怒容，堆起笑臉：「你是老師吧？我是翁美香的表哥，今天說好了帶她去縣城玩，這孩子，耽擱了這麼久，真不懂事。」

「我……我要跟老師一起去吃飯。」翁美香似乎並不情願去縣城。黃毛臉色微微一變，怒容一閃而過，忙又上前笑著說：「麻煩老師多不好啊，走，哥帶你去縣城吃好吃的東西去，你好久沒去縣城玩了。」

侯貴平知道翁美香今天在鬧脾氣，想來周末去縣城玩也挺好，便一同勸著：「你哥帶你去縣城玩，你就去吧。」

「我……我不想去縣城。」

「翁美香！你太不聽話了。」黃毛聲音略略放低了，瞪著她。

翁美香向後畏懼地退了一步，過了一會兒，很輕地應了一聲「哦」，走到那人身旁。

侯貴平隱約感覺有些不對勁，但想著大概翁美香這孩子今天心情不好，在鬧脾氣，最終還是笑著招個手：「去吧，玩開心點！」

翁美香不作聲，低下頭。

「跟我走！」黃毛招呼一句，轉身朝汽車走去。

翁美香身子停在原地，回過頭，目光靜靜地望著侯貴平，發現老師只是微笑地看著她，並沒說什麼，過了幾秒鐘，她緩緩轉回身，跟上了黃毛的步伐。

侯貴平不明所以地站在原地，奇怪地看著翁美香的離去，他突然有種特別的感覺，翁美香眼中似乎流露出的是一種失望的神色。

黃毛打開車門，翁美香腳步僵硬地站著，手抓著車門，突然轉過身來，大聲叫了句：「侯老師。」

「有什麼事嗎？」侯貴平衝她微笑。

「沒事沒事，」小青年哈哈兩句，「快上車，老師再見啊。」

侯貴平駐足目送著翁美香上車，車子開動，車頭調轉方向，朝縣城駛去，副駕駛座的翁美香一直朝他靜靜望著，帶著一種奇怪的眼神，眼神彷彿一條線被慢慢拉長，直到看不見。

車子遠去，消失在視野裡。

那天侯貴平雖然自始至終有一種說不出的奇怪感覺，可他最終什麼也沒做。

直到後來，他始終在為那一天的駐足原地而懊悔。

如果再給他一次選擇的機會，他一定會拚盡全力攔下汽車。

翁美香望著他的眼神，眼神隨著車子遠去不斷被拉長的那條線，他永遠不會忘記。

12

星期天的凌晨兩點，侯貴平在睡夢中被急促的敲門聲驚醒，門外圍著一群驚慌失措的住宿學生，在一陣混亂的對話後，他總算弄清了狀況。

幾分鐘前，有個女學生起夜，廁所離宿舍大約有二三十米，女學生拿著手電筒走到廁所時，突然發現廁所門口倒著一個人，她嚇得連忙逃回宿舍叫起舍友，幾個女生又喊上旁邊宿舍的男生一起過去，到那兒發現倒地的是翁美香，於是趕緊把人扶起來，跑到最近的侯老師處報告。

侯貴平匆忙披上衣服趕過去，此時，翁美香被幾個學生攙扶著，站立不住，意識模糊，不能言語，身上全是嘔吐物，同伴女孩都急哭了。侯貴平不假思索，馬上叫學生一起幫忙，抬去了鄉裡的診所，醫生初步診斷，懷疑是農藥中毒，情況危急，小診所無力施救，趕忙喊鄰居借來農用三輪車，載著他們直奔縣城的平康人民醫院。

一路上，侯貴平都急哭了，他用被子緊緊包著翁美香，握著她的手，一直在她耳邊喊她不要睡著，堅持住，他只是感到翁美香身體越來越沉重，似乎，這被子裡的世界很溫暖，她漸漸沉入了夢鄉。

一個小時的路途顛簸，到醫院時，翁美香已經氣若游絲，經過幾個小時的搶救，醫生最終宣告死亡。

死因是喝了敵敵畏。

侯貴平癱坐在急救室外的長椅上，整個大腦嗡嗡作響，天旋地轉。怎麼回事？怎麼就突然死了？為什麼要喝農藥？

侯貴平想到了前天下午翁美香的眼神，他隱約感到翁美香的死沒那麼簡單。

天亮後，校長和鎮政府的人趕到縣城醫院，處理後事。縣城派出所警察也接到報案來到醫院，做情況記錄。當問到侯貴平時，他講述了最後一次見到翁美香是前天下午放學後，她跟著一個黃頭髮年輕男人上了一輛黑色轎車，去縣城了，不過他對於那人一無所知，雖然覺得那時翁美香情緒不好，但也無法肯定翁美香的死是否與之有關。

因為他是外地支教的大學生，人生地不熟，對處理善後工作也幫不上什麼忙，校長和鎮上工作人員讓他先帶學生回學校。

幾個學生圍著侯貴平坐在農用三輪車車兜裡，任山路顛簸，彼此沉默無言，一個女生忍不住偷偷抽泣著。侯貴平仰天把頭搭在兜欄上，腦中一直浮現出前天下午翁美香坐上車後望著他的眼神，彷彿一切就發生在一分鐘前。

那個眼神……

那個眼神明明是對他這個老師的失望啊……

他一個激靈坐起身，問身邊的學生：「你們知不知道翁美香什麼時候回學校的？」

「昨天下午回來的。」一位和翁美香同宿舍的女生抽泣著小聲回答。

前天下午翁美香跟人上了車，直到昨天下午回來，然後當天晚上就喝了農藥，這過去的整整一天裡究竟發生過什麼？

侯貴平的不安更盛。

他急忙問：「你們知不知道她有個表哥，個子不高，頭髮染成黃色，開一輛黑色小轎車？」

「那個……」女生吸了下鼻子，「那個不是翁美香的表哥。」

「那是誰？」侯貴平瞪起了眼睛，從學生們的神情中，他讀到了更多的不安。

「是……」女生張開嘴，卻始終沒說出來。

「那是誰呀？」侯貴平急了，如果面前的不是一群小學生，他恨不得抓起對方的胳膊，一口氣問清楚。

「是……是……」女孩支吾著。

這時，一個男生突然開口道：「他是小板凳，是我們鄉上的大流氓。」說完，男生馬上閉起嘴，他的胸口在起伏著。

「小板凳？你們鄉上的流氓？」

侯貴平重複著，其他學生低下頭默認。

他把目光投向那個女生，盯著她的眼睛看：「翁美香前天下午跟小板凳去縣城了，你知道她去做什麼了嗎？」

「是……是去……」

「告訴老師吧，老師一定會替你保密，同學也不會說出去的。」女生抽泣著，身體微微抖動，話到嘴邊卻就是不敢說出口。

剛剛的男生又突然冒出一句：「翁美香肯定是被小板凳欺負了，侯老師你千萬別說是我說的。」說完，他把頭深深埋到了兩腿間。

女生默默地點點頭，輕聲說：「翁美香昨天這麼跟我說的。」

「欺負？」侯貴平停頓了好一會兒，慢慢地開口，「你們說的欺負……是什麼意思？」

女生低下頭，繼續抽泣著再也不說話了。其他學生也都緊閉起了嘴。

侯貴平環視著他們，沒有人回答他。沉默，只有三輪拖拉機的馬達聲。

侯貴平嘴巴乾張著，不知說什麼，他只知道，他所學的專業告訴他，這裡出了大案子！

下車後，他把開拖拉機的農夫叫到一旁，詢問關於小板凳的事。農夫只尷尬地笑笑：「小板凳叫岳軍，是我們這裡的流氓，侯老師你可千萬別去招惹他，這小子狠著呢。」至於其他再多的信息，他就不願開口了。

侯貴平站在原地，也不知過了多久，他的兩腿肌肉變得很僵硬，最後艱難地走回了宿舍。現在該怎麼辦？對於這個學生和成年人口中都如惡魔一般的村霸「小板凳」岳軍，他也有些發怵。

他是個外地人，這裡又是偏遠的農村，不適用城市的文明規則，很多事情的處理，往往是一些人用嘴巴說了算。

他躺在床上，閉起眼睛，腦海中不斷浮現出翁美香那一天的眼神，那求助、那渴望，最後坐上車，帶著失望遙遙遠去的眼神。

他痛苦地握緊拳頭，前天下午發生的一切都如單片循環的電影，不斷播放著。

突然，他想起了他回教室時看到翁美香，她好像正在寫日記，也許……也許她的日記裡會留下些什麼。

侯貴平馬上跑回教室，從翁美香的課桌裡找出了一本日記。他翻到日記的最後幾頁，日記是用鉛筆寫的，小學生的語言很粗糙簡陋，但還是發現了線索。

日記清楚地寫了小板凳幾天前找到她，說周五晚上帶她去縣城，她很害怕，但不敢不去。雖然日記沒有寫小板凳要她去縣城幹什麼，但結合學生透露的消息，又聯想到葛麗的事，那一定是個讓人憤怒的結果。

來不及多想，他帶上日記本，搭了輛去縣城的貨車，以最快速度趕到平康縣公安局報案，要求對翁美香進行驗屍。

13

一個星期後。

屋外陽光明媚，宿舍裡拉著窗簾，漆黑一片。

兩顆久別數月的心，迸射出兩股激烈的熱流，在流星最絢麗的那一刻，釋放進對方的身體裡。

體內的多巴胺見頂回落，迅速跌到谷底，兩人也開始把心思放在了正事上。

李靜把頭靠在侯貴平的手臂上，抬眼望著對方明亮的眼睛：「你信裡跟我說的事怎麼樣了？」

侯貴平嚴肅地皺著眉：「公安局對翁美香做了驗屍，處女膜破損，陰道採得了精液，他們第二天就把小板凳抓進去了。唉，只不過翁美香再也不會回來了。我後悔，我真的後悔。」

「你後悔什麼？」

侯貴平抿了下嘴巴，視線望向空虛的地方：「這一個星期來，我只要一閉上眼睛，就會看到翁美香坐在車上望著我。我就這樣看著她走了，她對我這個老師，一定很失望，很失望……」他眼睛裡漸漸泛紅，最後，無法抑制地哽咽起來，「我那時明明已經看出了不對勁，我看得出她不想上車，我還對她說……我還對她說玩得開心。我……我……」他仰起頭，情緒崩潰，淚水肆意橫流。

李靜把這個男人的頭抱進她的胸口，感受著他的熱淚一滴滴滑落。

過了很久，宣洩完畢，他平復下來，感激地朝李靜笑了笑。

李靜歎了口氣：「我沒想到你支教才幾個月就遇上這樣的事，早知道你還是別支教保研了，等明年畢業直接找工作。」

侯貴平苦笑著搖頭：「我不後悔這次支教，如果只是順利畢業，我也許當個律師，也許當個法官，也許當個檢察官，永遠是和書面資料打交道，永遠不知道資料背後的故事，這次支教的經歷，才是真正的社會現狀。」

李靜笑了笑：「你會不會留下心理陰影呢？」

侯貴平挺起身體，說：「當然不會，身為法律人遲早要面對社會的陰暗面，要是這點勇氣都沒有，還當什麼法律人呢。」

李靜打趣道：「還沒畢業就自稱法律人了，說起來我大四了，你才讀完大三，現在我可是你學姐了。」

「學姐？我最喜歡學姐！」侯貴平一把將李靜壓到身下，向她吻去。

李靜嚶嚀一聲，掙扎道：「你一個大學生來農村可受歡迎了，你慾望又這麼旺盛，兩年空窗期，我真怕你被農村小寡婦勾引走了。」

「說起來我們學校外還真有個小寡婦，長得白白嫩嫩，你要是怕我被人勾引走，就得經常過來，要不然，我可不敢保證。」

「小寡婦叫什麼名字？」李靜問。

「丁春妹。」

「好啊，脫口而出，把小寡婦名字記得這麼牢，你肯定動了心思！」李靜假裝生氣。

「那你來檢驗我吧。」侯貴平抓住她的手，兩人又抱在了一起。

正當體內的多巴胺再一次升高時，突然，門「砰砰砰」的被敲響了，侯貴平立起身，喊了句「誰啊」，沒人回答，門依然在被粗魯地敲擊著。侯貴平只好起身套上衣服，把李靜裹在被子裡，走過去轉開門鎖，剛把門鎖轉開，門就被猛地推開，撞得他一個趔趄，還沒等他反應過來，來人便一腳把他踢倒在地。

「你他媽一個支教大學生在公安局告我什麼來著！老子今天廢了你！」小板凳岳軍從門外躥進來，衝上去就猛踹抱頭蜷縮在地的侯貴平，一邊破口大罵。

李靜被這突發情況嚇得措手不及，躲在床上大聲叫喊快住手。岳軍回頭一看，邪笑一聲，跑過去一把掀翻被子，暴露出赤身裸體的李靜，淫笑著：「身材真不錯啊，要不要找哥哥玩玩？」他回頭指著侯貴平罵起來：「你他媽大白天抱個女人在學校睡覺，老子關在公安局裡吃苦，你他媽說說這應該嗎！」

小板凳岳軍個頭大概才一米六五，侯貴平整整一米八，身材高大強壯，剛剛是猝不及防被他踹倒，此時爬起身後，見女友受辱，頓時怒發衝冠，衝過去一把把岳軍揪起來往門外拉。

岳軍雖然打架經驗豐富，但無奈對方個頭比他大上太多，幾下間就被侯貴平重重揍了幾拳。聞聲趕來的附近鄉民們圍了上來勸架，但也都是口頭勸架，不敢上去拉正在糾鬥中的兩個男人。

岳軍面對侯貴平的拳頭，毫無還手之力，吃了很多虧，這時，他趁侯貴平一個不留意，突然跑到灶台旁，抓起上面的一把菜刀，衝過來揮舞著：「你動啊，你他媽再敢給我動一下試試！」

面對近在咫尺揮舞著的菜刀，侯貴平恢復了理智，這種亡命之徒打起架來不要性命，誰也不敢保證他的刀不會揮過來。

侯貴平咬緊牙關，向後緩緩退縮到床沿，岳軍同步上前，把他逼迫坐倒在床，一手拿著菜刀靠著他的脖子，侯貴平面對這樣的架勢，根本無法反抗。隨即，岳軍冷笑著開始一巴掌一巴掌地抽他，罵著：「你再動下試試？」

侯貴平整張臉都被抽紅，旁邊人見這架勢，哪敢上來勸。李靜裹著被子蜷縮在角落，嚇得渾身瑟瑟發抖，抽泣著。

「瞧你這呆樣，大白天抱個女人在學校睡覺，還敢到公安局告我！老子告訴你，老子出來了，翁美香就是老子碰的又怎麼樣，你能拿老子怎麼樣！」

聽到這話，侯貴平一把抬起頭，怒目而視，滿腔怒火熊熊燃燒，吼起來：「砍我，你砍我，你有種就砍死我啊！王八蛋！」

李靜閉著眼睛搖頭尖叫：「不要！」

「老子就弄死你！」岳軍舉起菜刀，但舉起來後，並沒有揮過去，而是退後一步，指指對方，「算你有種，老子今天放你一馬，滾回你大學去，別讓老子再看見！我告訴你，我是替孫紅運辦事的，你小心點！」岳軍把菜刀扔到了地上，大搖大擺地走出了寢室。

侯貴平立在原地，呆呆地望著地上的菜刀，幾秒鐘後，他一把撿起菜刀，就朝岳軍追去。

岳軍聽到身後傳來聲響，回頭一看，見一個凶神惡煞的大個子舉著菜刀追他，頓時嚇得臉色慘白，拔腿就跑，但侯貴平人高馬大，三兩步就追到眼前，一把抓住他的衣領揪過來，岳軍大喊救命，侯貴平舉起菜刀，聽到身後李靜大喊：「不要啊！」

侯貴平遲疑著，刀立在半空，過了一會兒，他把刀扔在一旁，抓起岳軍的頭，拳頭雨點般一頓猛揍，最後在眾人的拉勸下才鬆手。

岳軍一瘸一拐地站起身，走出很遠後，轉頭威脅道：「你給我等著！」

侯貴平作勢又要衝上去，岳軍連忙逃走。

在眾人的攙扶勸慰中，侯貴平回到了宿舍，關上門。李靜看著他紅腫的臉頰，又不禁失聲哭起來。

侯貴平摸著她的頭，輕聲呢喃著：「沒事，我沒事。」

14

又過了一個多星期。

夜晚，侯貴平站在鄉上的唯一一個公共電話柱前，疲倦地對著話筒說：「我又去了一趟平康公安局。」

「公安局怎麼說？」電話那頭的李靜問。

他喪氣著：「態度很敷衍，說他們的調查已經排除了岳軍的犯罪嫌疑。我說這不可能，他們說排除就是排除了。我問他們翁美香是不是遭人強姦了，他們態度很模糊，說陰道裡是測出了精液，但究竟是強姦還是其他情況，還有待調查。完完全全不懂法，與未滿十四歲的發生性關係，就是強姦，居然還說其他情況！岳軍帶翁美香去了縣城一天一夜，他們說岳軍的精液不符，排除了嫌疑，所以把人放了。可就算岳軍精液不符，他也是最有可能知道發生了什麼事，為什麼不繼續對他調查！」

電話那頭沉默了好久，傳來一聲李靜的歎息：「你還是回學校來吧，不要繼續留在那裡了。」

「那怎麼行？翁美香就這樣白死了嗎？她可是我的學生啊，是我沒攔住才發生了這樣的結果！」

「我跟張超老師說了你的情況，」張超是他們的班導師，「張老師的意思也是讓你先回學校，他會把情況匯報給教務處，教務處會安排你去其他的地方支教，如果你不想支教，也可以回來接著上大四。張老師說你是個沒出過校門的大學生，對社會上的一切都想得太簡單。大城市裡我們可以講法律，但很多小地方，行政機關和民眾都沒有法律意識，他們並不依法辦事，有些時候法律根本沒用。張老師說岳軍既然知道是你到公安局告發他的，說明有警察把你這舉報人透露給了岳軍，這是違法違紀的，一定有問題。為了你的人身安全，他希望你趕緊回來。」

侯貴平深深吸了一口夜晚的冷空氣，搖搖頭：「不能，我現在不能回去，我每天晚上閉上眼睛都會看到翁美香。你不是我，你沒法體會那種感覺，再向前伸一點點手就能抓住她了，可她還是掉下去了。如果這樣的事都不能用法律解決，如果這樣一個人就這麼白死了，那我就真的不明白，我們讀法律到底是為了什麼。」

李靜沉默了一會兒，歎口氣，問：「這幾天岳軍有沒有來報復你？」

「沒有，我不怕他。」侯貴平咬牙道。

「你今天又去了公安局，說不定岳軍又會知道，我怕……我怕他還會來找你麻煩！」

「那正好！」侯貴平一臉不屑，腦海裡又浮現出了坐在副駕駛座上的翁美香，他握緊拳頭，指甲都陷進了肉裡，「你別為我擔心了，我根本不怕他，他打得過我嗎？我還盼著他來呢！我真想狠狠揍他，揍死他！」

李靜發出了抽泣：「你不要再招惹他了，他打不過你，可你一個外地人，他是當地的流氓，如果他多找幾個人，他拿著刀找你，我……我怕……」她哽咽起來。

侯貴平冷笑一聲：「你說的情況我都考慮過，我也做好了這樣或者那樣的準備，我一點都不怕。他不敢真對我怎麼樣，如果鬧出人命，當地警察再怎麼樣也包庇不了他了。」

李靜哭出聲：「你不要說這種話。」

侯貴平深吸口氣，一臉嚴肅：「如果這個案子我不是親身經歷，那麼對我來說，這只是個新聞，可以為此痛心疾首幾分鐘，但幾分鐘後，這就是個報紙上的故事了，不會影響到生活，我也不會為這個故事浪費更多的精力。可是我是親身經歷的這一切呀，我沒辦法袖手旁觀。如果我不管了，就此回學校了，翁美香的死誰來負責呢？我想我一輩子都會後悔的。」

「可是你已經多次找過警察了，岳軍依然逍遙法外，你還能做什麼？」

「縣公安局不管，還有市公安局，市公安局不管，還有檢察院。我這幾天也在做一些調查，查到了一些很不尋常的事，我感到整個案子並沒我一開始想的那麼簡單，包括葛麗懷孕生子。再給我一些時間，我一定能讓真相大白。」

侯貴平緊緊握住話筒，他有把握真相就在不遠處。

15

二〇〇一年十一月十六日，星期五。

大約半個月前，侯貴平得到一份關鍵證據，並且弄清了翁美香之死背後的真相。因為真相太過駭人，出於對平康公安局的不信任，他沒有把資料交給平康公安局，而是交到了平康檢察院。檢察院的一位辦公室主任接待了他，詳細了解了情況，又看了他提交的資料，看得出，那位主任也非常震驚。

一個星期後，侯貴平再次來到平康檢察院催問結果，又是那位主任接待了他，這一次，主任專程把他叫到了小會議室，閉門商談，告訴他這個案子他們不能查，反覆勸著他回大學去，把這件事放到一邊不要管了。

侯貴平很是失望，於是他在前幾天多上了一些課，今天特意請一天假，一大早就坐車去了金市，找到金市公安局，交上了同樣的證據並說明情況，工作人員表示需要向領導報告後再處理，到時會給他答覆。

回到妙高鄉已是傍晚，山區初冬日落早，此刻，鄉上的那些房子都升起了裊裊炊煙，天際一抹紅霞，即將沉到山的那頭。

侯貴平伸直身體，深深吸了一口冷颼颼的空氣，邁開步子走回學校。

快到宿舍時，他遠遠瞅見門口有人在徘徊，那人很好辨認，個頭不高，染著黃毛！他警惕地停下腳步，與此同時，小板凳岳軍也發現了他。

侯貴平眼角微微縮小，冷靜地掃了眼周圍，旁邊地上有塊磚，如果這傢伙動手，他就馬上操起磚塊往對方頭上砸。

不過看樣子不必動手了，岳軍手裡沒拿菜刀，而是一手提了兩瓶酒，一手提了一些菜，滿臉堆笑地跑上來討好：「侯老師，您總算回來了，以前是我不對，我錯了，您要怎麼我都行，我給您賠禮道歉，走走，去您屋裡說。」

侯貴平弄不清楚對方在玩什麼把戲，若是換成其他小流氓，不打不相識，浪子回頭金不換，他倒願意交上朋友，但對方禍害他的學生，罪不容赦，完全無法原諒，他腳下沒動，很冷漠地瞪著岳軍：「你想幹什麼？」

「我們這兒啊，如果兩個人打架鬧糾紛了，大家坐一起，吃頓賠禮酒，道個歉，就好了。」

「我和你，不可能。」他毫不留情面地回絕。

「你——」岳軍臉色有些難看，但馬上恢復笑容，「侯老師，翁美香的事真的跟我沒關係，我們進屋，您聽我慢慢跟您解釋，怎麼樣？」侯貴平遲疑不定地看著他，不知道他到底想幹什麼，猶豫中，被他半拖半拉地進了宿舍。

岳軍很主動地把幾盤葷素冷菜擺開，開了一瓶酒，給兩人都倒上，自己先舉起酒杯一口乾完賠罪：「侯老師，以前完完全全是我不對，我沒文化，您是大學生，別跟我一般計較，如果您不滿意，那您砍我一刀，我絕對不反抗，算是扯平了，怎麼樣？」

侯貴平皺眉看著他，道：「你到底想幹什麼？」

「我們先乾了這杯酒，我再和您具體解釋。」岳軍舉起杯子，一直等著他，侯貴平看了他很久，反正也不懼怕他敢如何，便拿起酒杯一口喝完，彷彿是用足力氣把滿腔怒火壓制下去。

「侯老師，今天您去了市公安局對吧？」侯貴平一愣，頓時脊柱感到一陣寒意。

「你怎麼知道我去了市公安局？你在市公安局裡也認識人對不對？」侯貴平瞬間讓酒氣撐紅了臉。

岳軍連連擺手：「我哪能認識公安局裡的大警察啊，縣公安局的我也不認識啊。我這麼跟您說吧，您去哪裡舉報，馬上他們就都知道了。」

「他們是誰？」

「這我不能說，我跟您說過，我是替孫紅運辦事的，我是他廠裡的司機。您是外地人，可能不知道我們老闆，但平康沒人不知道我們老闆的。我只是幫老闆做點事情，翁美香的事跟我一點關係都沒有，我哪能想到翁美香會自殺呀。現在這事鬧大了，誰都沒想到，他們跟我說了，他們保證，以後絕對不會再發生這些事了，您啊，就高抬貴手，不要管這事了。這裡有三千塊錢，補償您這些日子的辛苦，如果您覺得不夠——」

侯貴平一把打掉小板凳遞過來的紅包，順帶把他推翻在地，冷喝道：「你們要用錢來收買我？這是人命，這是人命！」

岳軍臉色一變，正想發火，但望著面前侯貴平正氣凜然的高大身形，本能地畏縮了，便從地上爬起來，強忍脾氣道：「侯老師，大家都是在社會上討個生活，沒必要這麼耿直。他們想知道您今天交到市公安局的資料，是不是還有備份，我不知道您交的是什麼資料，但他們很重視您這份東西，說只要您願意把這份東西給他們，多少錢您都可以開口。侯老師我偷偷告訴您，他們很有錢，您盡可以開高點。我只是跑跑腿，如果這件事辦好了，我也能拿點獎勵，我絕對不會忘記侯老師您的人情，如果您選擇繼續在這兒教書，我保證以後整個妙高鄉沒有人敢動您半分。」

侯貴平咬牙搖頭：「不用跟我說了，我今天去市公安局你們馬上就知道了，我算是領教了你們的能耐。不過想用錢買回我手裡這個東西，不可能！不管多少錢，我都不會交給你們！」

岳軍咬咬牙，冷聲道：「侯老師，我對你個人沒有任何意見，我們井水不犯河水，你來我們鎮教書，也是個緣分。我跟你說句實話，我憑良心建議你這事不要管了，一是你根本管不了，二是你再管會有大麻煩！」

侯貴平握了握拳頭，伸手狠狠指著對方：「你想威脅我是吧？」岳軍害怕再被他揍，向後退縮一步：「我只是按他們說的，把好話壞話都帶給你，具體怎麼做，你自己看著辦吧。」

「滾出去！」

小板凳哼了一聲，撿起地上的紅包，轉身開門就走。

侯貴平拿起桌上的酒，連倒三杯喝完，半斤白酒下肚，他紅著臉喘著粗氣，頭腦卻更加清醒。

他掏出筆，在信紙上寫道：

小靜：

我拿到了一些證據，翁美香的事遠比我想像的複雜，這些罪犯很有勢力，我不能在平康久留了。我不害怕他們會怎麼對付我，但這件事在平康無法處理，我必須盡快回學校，學校裡有更多的法律資源，我到時會把情況報到省公安廳和省檢察院，我一定要給受害學生一個交代。明天早上我去給學生們做剩下的教學安排，下午我就回杭市。

平

2001.11.16

寫完信，酒精湧上來，渾身燥熱，他把信裝進信封，貼上郵票，離開宿舍，把信投到了校門口的信箱裡。

他站在原地，一陣冷風吹來，渾身一個哆嗦，望著這片山區農村夜空層巒重疊的黑色天幕，滿腔的憤懣無處發洩。

以前他覺得這片天空像黑寶石一樣，寧靜而美麗。

此刻，他突然發覺，這片天空黑得那麼徹底，沒有一絲光亮。

他想大聲吼叫，又怕驚擾學校裡的住宿生，他喘著粗氣開始繞著學校的土操場一圈圈奔跑，揮灑著體內的酒精和汗水，盡情奔跑。

一直到汗水濕透了衣服，他再也跑不動了，才停下來，慢慢走回宿舍。

他架起煤爐，燒了一壺開水，準備好好洗個澡，然後好好地在這裡睡最後一覺，等醒來後，天就亮了。

這時，門外傳來了輕碎的腳步聲，由遠及近，最後響起敲門聲。侯貴平警惕地回過身：「誰啊？」

「侯老師，是我，家裡熱水沒了，你這兒有嗎？」一個女聲。

侯貴平打開門，門外是那個住學校外面的年輕小寡婦丁春妹，她穿著白色的雞心領毛衣，很隨意地紮了個馬尾。大晚上的，有女人來訪，侯貴平有些害羞地招呼了一聲。

小寡婦看著燒熱的爐子，露出雪白的牙齒笑著：「侯老師您在燒水呀，我家柴火沒了，正想燒水洗澡呢，借我點熱水吧。」

「嗯……你拿吧。」

「那我借你熱水瓶用用。」

她挪著婀娜的步子，走過去要拿桌下的熱水瓶，突然間一個踉蹌，恰好摔倒在了侯貴平懷裡，侯貴平一愣，似乎身體不會動了，他粗重的酒氣噴到了她的臉龐上。她突然把手伸進了侯貴平的內衣，像跳蚤一樣觸及了胸膛的敏感點。

16

「侯貴平性侵留守女童，強姦婦女，最後畏罪跳河自殺？」嚴良合上這份當年的案卷資料影本，和辦公桌後的趙鐵民對視一眼。

趙鐵民點頭道：「我派人專程去了一趟平康公安局調來這份資料，也找過當時大學裡的一些知情老師查證。當初是平康公安局派人到學校通報這個情況的，考慮到浙大學生支教期間發生如此不堪的事，為了保護各方的聲譽，學校對外宣稱學生是支教期間在水庫意外落水死亡。」

「這……」嚴良皺眉，「我很難相信這是事實。」

「為什麼？」

「他是名牌大學的學生，受過高等教育，他本身學的又是法律。」一聽這話，趙鐵民忍不住哈哈大笑：「老嚴，你就別擺知識分子的面孔了，你們這些知識分子的套路啊，我最懂，最悶騷的我說就是理工科類大學的學生，涉及性犯罪的挺多，沒什麼大驚小怪的。」

嚴良不懷好意地瞪他一眼，道：「你再派人詳細查一遍，這案子很可能有問題。」

「這能有什麼問題？事實清楚，證據充分。」

案卷紀錄，二〇〇一年十一月十六日晚上十一點，妙高鄉一位名叫丁春妹的婦女來到派出所報案，稱支教老師侯貴平誘騙她到宿舍，強姦了她。

民警趕到宿舍後，屋裡沒人，但從床上發現了未乾的精液。

第二天，縣裡的法醫趕到鄉上，採得了丁春妹陰道內的精斑。警察在搜查侯貴平宿舍時，還找到一條女童的內褲，上面同樣有侯貴平的精斑，這條內褲經過調查，是侯貴平班上一位叫翁美香的女生的。該女生幾個星期前喝農藥自殺身亡，當時警方對女生驗屍時發現，女生自殺前曾遭人性侵。走訪當地鄉民的紀錄證實，侯貴平支教期間行為極不檢點，大量證人證實，他在大白天和陌生女人在學校宿舍發生性關係。

第三天，鄉民在水庫發現一具男屍，經辨認是侯貴平的，丁春妹陰道與女童內褲上的精斑，經過比對，都是他的。

所以警方認定，侯貴平性侵留守女童，強姦婦女，婦女報案後，他倉皇逃竄，最後畏罪跳湖自殺。有物證有人證，證據鏈齊全。

嚴良微微搖著頭：「表面看，案子沒問題。可是你想，案子發生十多年了，照理早該被人遺忘了，那麼江陽又為什麼要在那本檢察官的小冊子上留下侯貴平的名字和身分證影本呢？小冊子是今年一月份刊印的，江陽死於三月，也就是說，江陽留下名字和身分證影本發生在他死前不久。一起撲朔迷離的命案，死者在死前不久，留下了一起十二年前案子的嫌疑人信息，這值得我們關注。」

他重新拿起檔案，把裡面的各項資料平鋪在桌上，一頁頁仔細翻過，過了很久，他突然注意到一個很明顯的問題：「為什麼資料裡缺少侯貴平的驗屍報告？」

「沒有驗屍報告？」趙鐵民瞪起眼，將一頁頁資料都翻找一遍後，攤開手，「資料裡只寫了侯貴平溺斃的結論，還真沒有驗屍報告，有點奇怪啊。」

嚴良抬頭嚴肅地瞧著趙鐵民：「一份封存留檔的結案報告裡，居然沒有最重要的驗屍報告，這種紕漏很少會發生吧？」

趙鐵民眯著眼，沒答話。

「你讓你們專案組裡省高檢派來的檢察官聯繫平康縣檢察院，看看平康縣檢察院是否有這起案子的資料。」

「檢察院肯定沒有。」趙鐵民搖頭道，「刑事案件中，嫌疑人已經死亡的案子，自動銷案，無須報給檢察院。侯貴平的卷子，只可能公安局留檔，不會交給檢察院的。」

嚴良不以為然地看著他：「如果平康縣檢察院沒有這案子的紀錄，江陽這位曾經的檢察官為什麼會寫下侯貴平的信息呢？」

兩天後，趙鐵民心急火燎地找到嚴良，帶給了他一份案件資料：「平康縣檢察院果然有一份侯貴平的案件資料。」

嚴良意料之中地接過手，笑著問：「這份裡面有驗屍報告？」趙鐵民特別嚴肅地點頭：「有。」

嚴良奇怪地看著他：「是不是有什麼問題？」

「你看了就知道。」

嚴良急忙拆開，找到侯貴平的驗屍報告，目光投到結論上，結論依舊是溺斃。可當他瀏覽到對屍體的描述時，馬上發現了問題。

「屍體上有多處不明原因外傷，死者胃部積水一百五十毫升。」

嚴良忍不住驚呼：「溺水死亡胃部怎麼可能只有一百五十毫升積水？」趙鐵民轉過身，冷哼一聲：「侯貴平只吞了一口水就淹死了，死個人原來是那麼容易。」

「果然這案子有問題！」嚴良微微皺眉，隨即問，「嫌疑人已經死亡，按規定要撤案，公安不必報到檢察院，為什麼平康檢察院也有侯貴平的卷宗？」

趙鐵民搖搖頭：「平康檢察院的幾個主要領導都是近年調來的，對於為什麼這起本該銷案的案件資料會在他們院，都稱不知道。」

嚴良把整份資料詳細看了一遍，道：「檢察院和公安局的兩份卷宗，內容完全一樣，只是公安局的那份沒有侯貴平的驗屍報告。驗屍是公安局做的，他們卻沒有驗屍報告，反而檢察院的資料裡有驗屍報告，這太不尋常了。」

趙鐵民表示認同。

嚴良目光悠悠地望著遠處：「現在你該相信張超沒有在誤導我們了，我們找江陽的遺物，結果馬上發現了一起很不尋常的陳年舊案。」

「你的意思是，這是張超故意讓我們知道的？他的動機呢？翻案？可一起十多年前的舊案，人都死了，翻案有什麼用，值得他自願入獄嗎？」

嚴良雙手一攤：「我不知道答案，沒法回答你。你可以再找張超問，不過我相信你問不出任何有價值的線索，他一定會說他對這件事不知情。現在，你只有繼續查清楚侯貴平的事。」

趙鐵民點點頭，可是隨即又皺眉，表現出為難的樣子：「我拿到這份東西後，也給專案組其他同事看了，毫無疑問，大家都認為這起舊案有問題。不過大家意見有個分歧，大部分人只想盡快把江陽被殺一案了結，不願意管十幾年前小地方的一起普通命案。哪怕這案子有明顯問題，可當地公安已經定性了，翻案，是一件很麻煩的事，會觸及很多過去的當事人，受到各種各樣的阻力。」

嚴良不假思索道：「毫無疑問，侯貴平的案子，你們必須追查下去。」

趙鐵民為難道：「你很清楚我們的辦案程序，案件調查要權衡投入和產出，如果僅僅是為了正義，凡是疑難案件都要查到底，全國警察翻三倍都不夠。專案組是為了江陽被殺一案成立的，不是為了十多年前的小命案。何況人都已經死了，誰願意自討沒趣替一個死人翻案？地方上的各種辦案阻力，你這位老師是沒法親身體會的。」

「不，」嚴良很認真地盯著他，「侯貴平的案子你們不查出真相，恐怕江陽被害一案永遠破不了。張超建議我們查江陽的遺物，我們去查了，結果馬上牽出一起充滿疑點的舊案，這絕不是巧合。侯貴平的死與江陽被害，以及張超的先認罪再翻供，這幾件事有什麼關聯，雖然現在沒有答案，但我相信線索會逐漸串起來的。」

趙鐵民扳動著手指，思考著，過了很久，點頭表示認同：「可是侯貴平的案子都發生了十多年了，現在怎麼查呢？」

「很簡單。第一，調查侯貴平的卷宗為什麼會存到檢察院，我相信和江陽有關；第二，」他拿出驗屍報告，指著末尾的簽名，「找到這位負責驗屍的法醫陳明章，向他了解當時的情況；第三，和當年負責該案的經辦人談談，問他為什麼明顯是謀殺的驗屍報告，最後結論會變成跳河自殺溺斃。」

趙鐵民思索片刻，點頭道：「這幾項調查都需要人手，專案組成員目前還是圍繞著江陽被殺一案，他們不少是省裡單位的領導，級別比我高，讓他們查一起舊案，我差遣不動，幸好我們支隊有幾百號人，我可以讓我手下的刑警去調查。」

聽他這麼說，嚴良慢慢睜開了眼睛：「這次的案子社會影響那麼大，省市兩級三家單位破格組成專案組，照理組長應該由省廳的人擔任，你這刑偵支隊長級別是不夠的，可是高棟卻極力推薦你。我想最主要的原因是，級別比你高的人，手下卻沒你多。」

趙鐵民驚訝道：「讓我當專案組組長，是高廳的刻意安排？」

嚴良點點頭，目光投向了窗外，呢喃道：「高棟究竟知道些什麼，他又在這案子裡扮演了什麼角色呢？」

17

二〇〇三年，江陽來到了平康縣。

江陽的人生無疑是幸運的，從小就是學校裡的資優生，大學考上了浙大法律系，二〇〇二年順利畢業。

那個時候外企最吃香，寶僑、四大事務所是所有學生的嚮往，其次是金融業，當時的公務員不像後來那麼熱門，江陽沒畢業時就很輕鬆地考上了金市人民檢察院。

他並不是金市本地人，卻報考了金市的檢察院，自有他特別的考慮。

當時他的選擇很多，既可以報考最高檢，也可以報考省高檢院或者省會杭市檢察院的職位，可是仔細權衡之下，這幾家單位都是精英雲集，論學校、論學歷、論能力，他都比不上精英，論關係背景，他更是毫無優勢。金市位於浙江西部，經濟排名省內墊底，一線法律專業的精英不會去報考這家單位，矮子裡面拔將軍，他相信浙大的招牌在落後城市的單位裡，還是金光閃閃的，只要努力經營，很容易成為單位的重點培養對象，一步步踏實前進，仕途一定光明。

結果果然如他所料，他一來就成了單位裡唯一的名校高材生，外加他是個帥哥，性格開朗，口才很好，一表人才，而任何機關單位都不缺愛撮合的大媽，很快，單位大媽絡繹不絕地拿著各種女孩的照片找上他，他很有眼光，一律拒絕——當然，主要還是因為這些女孩醜。

事實證明，他並沒有因單身就隨便挑個女朋友，他對自己的人生規劃很是明確。

不久之後，他等來了值得愛的姑娘。

金市檢察院吳副檢的漂亮女兒吳愛可，大概是個制服控，遇見了穿著制服的江陽後，立刻產生了眼緣。吳愛可尖臉長髮，曲線玲瓏有致，也學法律，剛剛畢業，現在在一家事務所當助理。

於是兩人在都是法律人的藉口下，很快談起了人生理想，雙方表達了共同度過社會主義初級階段的決心。吳副檢也在旁觀察了他幾個月，親自找他談過心，評價他是社會主義的四好青年，對他很是滿意。

在機關單位生存，如果有一位大領導是未來的老丈人，那麼一切就變得很容易了。再加上平時看點管理類的書，開會時裝模作樣說上幾句莫名其妙的話，他自然成了單位裡的重點培養對象。

一切都很順利，二〇〇三年的時候，吳副檢調去了平康縣檢察院任檢察長，江陽也跟著去了平康縣，任偵查監督科科長，副科級，手下帶四名工作人員，這在畢業才一年的人裡很不容易，所有人都看好他的未來。

那個時候手機剛剛開始流行，還沒出智慧型手機，年輕人的主要聊天管道是互聯網。畢業後，他的大學同班同學們建起了一個QQ群，有一次江陽說到自己在平康縣檢察院任職，女同學李靜馬上對他發起了私聊，得知他任偵查監督科科長後，李靜表示過幾天來平康看看他。

李靜是班上的美女，身材相貌都一流，不過她和侯貴平是男女朋友關係，所有人都知道，江陽對她自然不抱任何想法。她突然鄭重提出要來平康看他時，江陽心裡是拒絕的，該不會對自己有意思吧？好吧，雖然他自認長得帥，可他正和領導的女兒談著戀愛，可不敢開任何小差。

他只能一本正經地問她什麼事，對方卻不答，只說見了面會告訴他。

對於這次會面，江陽不敢隱瞞，如實告訴了吳愛可，畢竟在這縣城如果發生點什麼風流韻事，一下子就傳開了，要是謠言四起，傳到吳檢的耳朵裡，他很快就會從科長變成門衛。

會面地點定在了縣城唯一的一家西餐廳，吳愛可獨自坐在一角「監視」，江陽和李靜坐在不遠處的偏僻一桌。

相互寒暄客套一番後，江陽做賊心虛地瞥了眼遠處的吳愛可，壓低聲音直切主題：「你跑來平康找我有什麼事？」

李靜思索一番後，緩緩開口：「你記得侯貴平嗎？」

「你男朋友？我當然知道，」江陽皺了皺眉，「對於他發生的事，我很遺憾，好像就發生在我們平康吧？」

李靜默默地點點頭。

江陽奇怪地看著她：「怎麼回事，這都過去幾年了，為什麼突然提到他？」

她再三猶豫後，說：「有件事我一直想弄明白，但是又覺得這樣會很麻煩你。」

聽得出不是愛慕自己，江陽鬆了口氣，爽快問：「什麼事，你說吧，老同學了，不違反工作原則的情況下我一定幫忙。」

「我……我懷疑侯貴平不是淹死的。」江陽當即瞪眼：「那是什麼？」

李靜牙齒咬住嘴唇，半晌後，低聲說：「他死於謀殺！」

「你說什麼！」江陽一聲驚呼，引起了不遠處吳愛可的注意，片刻後，他意識到自己失態，忙低聲問：「為什麼這麼說？」

「侯貴平死後，平康公安局帶著結案資料找到學校，向學校通報了這件事，你知道資料裡記錄侯貴平是怎麼死的嗎？」

「不是下河游泳，不小心淹死的嗎？」

李靜輕輕地搖頭：「通報說，侯貴平性侵留守女童，強姦婦女，在被警察逮捕期間逃走，最後畏罪跳湖自殺。」

江陽瞪大了眼睛，連聲道：「這不可能，侯貴平不可能是這樣的人。我跟他雖然不熟，可我知道他不可能是這樣的人！」

他腦海中浮現出侯貴平的身影，一個高高大大的陽光男孩，愛運動，很強壯，而且特別熱血，給人感覺就是一身正義，絕不是那種躲在角落裡看片的猥瑣男生。他還記得有一次有個偷車賊被他們班男生抓到，很多人要去揍小偷，侯貴平靠他的個頭攔住大家，堅持不打人，扭送派出所。這麼個陽光正義又善良的大男生，怎麼可能跟性侵案連在一起？

李靜眼眶微微泛紅：「我也絕對不信他會做那樣的事。而且有件事你不知道，在他支教時，我去過他所在的妙高鄉，在我去之前不久，他班上的一個女學生喝農藥自殺了，警察發現女孩自殺前曾遭人性侵，侯貴平一直在為此事向上級舉報，要求調查，怎麼可能是他幹的？」

「你說他舉報學生遭性侵而被謀殺，最後警方的結論卻是，侯貴平性侵了那個女生？」

李靜緩緩點頭。

聽到這兒，江陽的表情沉了下來，臉上覆蓋了一層陰霾。

李靜繼續說：「平康公安局來學校通報這件事時，張超老師看過他們帶來的結案報告，張老師後來告訴我，資料上有處問題。侯貴平的驗屍報告結論寫著溺水死亡，而驗屍描述上寫著，胃部積水一百五十毫升。」

江陽不是專業人員，一時不明白：「那又說明了什麼？」

「張老師說，一個人如果是溺死的，肚子裡會吞下大量積水，一百五十毫升只是一大口而已，所以他不可能是溺死的。」

江陽悚然動容：「既然如此，張老師有沒有把這個疑點告訴平康公安局？」

李靜搖了搖頭：「沒有。我問過他，他說地方上的辦案，有很多黑幕，這個疑點既然被他看出來了，相信當事法醫自然更清楚，可是最終還是送來了這份結論。侯貴平當時在舉報時，平康公安局就有內鬼向被舉報人透露是他舉報的，這案子可能牽涉範圍很廣。張老師說，要在地方上推翻一起案件，非常困難，會牽涉很多人，尤其這樣一件疑點重重的案子，我們未出校門的法律人不懂實際工作的困難，侯貴平已經死了，不管翻案與否都改變不了侯貴平已死的事實。」

江陽閉上嘴，思索著。

從事檢察官工作一年多，他已經不是那個未經世事的天真大學生了，他知道實際辦案的困難，有些案件明明存在疑點，最後卻由於這樣或那樣的原因妥協了。

學會妥協，是一個人成熟的標誌。

李靜看著他的表情，過了會兒，試探地問：「如果可以的話，你能不能幫我確認一下案件資料，看那份驗屍報告的紀錄，是不是真如張老師看到的那樣？」

「如果是的話呢？」

「你……你是偵查監督科的科長，你能不能……」面對一件很麻煩別人的事，李靜很難說出口。

「你想替他翻案，還他清白？」江陽表現出並不十分熱心的樣子。李靜慢慢地點頭，眼淚忍不住流了下來：「那次事情後，我聽說侯貴平的媽媽精神失常，後來就失蹤了，他爸爸不久後也跳河自殺了……」

這時，大概是見到潛在情敵在自己男朋友面前哭，吳愛可忍不住走了過去，剛走到那兒，卻發現氣氛不像預想的那樣。

兩人都很沉默，李靜無聲地哭著，而江陽則正襟危坐，眉頭皺在了一起，從未見過他如此嚴肅。

李靜驀然抬起淚眼看到一副古怪表情的吳愛可，頓時有些不知所措。

江陽忙收斂情緒，替雙方介紹了一番，隨後把侯貴平的事向吳愛可轉述一遍，吳愛可臉上漸漸透出了怒容，突然粉拳擊打在桌上，冷聲道：「如果事情真是這樣，江陽，你要查，一定要查！必須還人清白，抓出真凶！」

江陽考慮著如果去調查兄弟單位公安局的案子，不但會遇到阻力，他這個新人也會得罪體制裡的人，猶豫著不敢下決心做保證。

李靜看出了他的猶豫，勉強地笑了一下，抿抿嘴：「我知道這件事很為難，讓你很難做，我……我只是想確認一下侯貴平到底是怎麼死的，我沒有什麼其他要求。」

吳愛可果斷道：「怎麼可以只確認一下，這件案子一定要一查到底啊！江陽，你還猶豫什麼，你是不是檢察官啊？你不查，我就找我爸去了。」

李靜疑惑道：「你爸？」

「我爸是檢察長，管著江陽。」吳愛可臉上浮現出得意。江陽無奈撇撇嘴，表示這是不爭的事實。

李靜馬上抹了眼淚，滿懷期待：「如果……如果真的可以，我希望——」

江陽說：「我知道了，我盡力吧。」

18

把李靜送上回杭市的大巴後，江陽和吳愛可走在回來的路上，他沉默不語，眉頭緊蹙。

吳愛可不滿地數落起來：「怎麼回事！你對你同學的案子好像很不情願幫忙。」

江陽有他的顧慮：「如果真是李靜說的那樣，這件事處理起來不太容易。我工作才一年，如果要去翻侯貴平的案子，會得罪不少人的。」

吳愛可鄙夷地望著他：「你還是檢察官嗎？你還是偵查監督科科長嗎？你不就是處理冤假錯案的？」

江陽無奈歎氣道：「實際工作不是這麼簡單的，我……我還沒有平反過案子。」

「我真是不明白，凡事都有第一次，那就把這案子當成你平反的第一個案子來做啊。你有什麼可猶豫的？如果是冤案，你這偵查監督科科長當然要義無反顧平反，按著法律規定來辦不就行了，天塌下來我爸會幫你頂著，你怕什麼呢，回頭我跟我爸說一下這事，他一定支持你。」

「可是——」

「別可是了！」吳愛可激動起來，停下腳步，回頭嚴肅地瞪著江陽，「你沒聽到李靜說的嗎？侯貴平明明是去舉報他的學生被人性侵，結果被人謀殺了，死後還被扣上了性侵女童、強姦婦女的帽子。這事害得他媽媽精神失常、失蹤，他爸爸羞愧自殺。一起冤案害了整整一個家庭，如果這樣的事情你都不去阻止，你憑什麼繼續當檢察官，我對你太失望了。」

江陽咬了下嘴唇，馬上笑著討好：「好好好，我一定遵照您的最高指示，盡我所能去調查，可以了吧？」

「這不是為了我查，這是為了你檢察官的職責。我一點都不想你變成一個什麼事都要考慮利益權衡的官員，這樣的偽君子我見得太多了！」吳愛可表情很是認真。

江陽深吸一口氣，挺胸道：「好，為了我檢察官的職責，好了，我錯了，我不該犯官僚主義，這案子我馬上去查，中紀委大小姐饒過我這一次吧。」

吳愛可瞪著他，保持了很久一臉正氣的表情，最後，總算被他逗笑了：「這還差不多，記住，去公安局的時候制服穿帥點，別給我丟臉！」

「那是當然的，我是平康縣最帥檢察官嘛——哦，我是第二帥，第一帥是我的岳父大人。」

第二天，江陽親自帶人去了平康公安局，要調侯貴平的案卷資料。接待他的是刑偵大隊長李建國，李建國四十歲左右，個頭不高，體態略發福但仍十分強壯。雖然行政級別和江陽一樣，但刑偵大隊手下管的人多了，大隊下面還有中隊，合計有六七十號人，管了這麼多人，自然生出領導的氣場，遠不是江陽這手下就四個工作人員的科長能比的。

得知他的來意後，又見他是個年輕的嫩頭小子，李建國很不屑：「侯貴平那案子，罪犯本人已經死亡，撤案了，案卷資料都封存在檔案室，按規定不用交到檢察院，你們檢察院要調這份資料幹什麼？」

「我們接到一些情況反映，需要對這起案件做一次複查。」

李建國眉頭微皺：「什麼情況反映？誰反映的？」

「按規定，這方面不能透露。」

李建國冷笑，一副桀驁的樣子：「那我也是按規定辦事，案子已經銷案封存，不關檢察院的事，你們回去吧。」

江陽忍著脾氣沒有發作，拿出了閱卷的調令，李建國接起瞥了眼，直接還給他，笑著說：「給我沒用，我不管檔案。」說完轉身就走。

江陽在手下面前失了面子，心中大為惱怒，在公安局卻又沒法發作。他只好去找檔案室，結果檔案室說刑事案件的卷宗調檔需要李建國簽字同意，他只能再去找李建國，可大隊刑警說李建國有事外出，離開單位了，將他們幾人晾在了一邊。

19

江陽沒料到調份卷宗就直接碰壁，左思右想之下，既然李靜說謀殺的證據在驗屍報告上，經過打聽，平康公安局所有驗屍報告均出自法醫陳明章之手，於是他第二天早上去找了陳明章。

技偵中心門口，這是他和陳明章第一次見面。

陳明章大約三十五六歲，戴一副眼鏡，長相斯文卻帶著一副獨特的狡黠，後來才知道那是「狡猾」。

聽到江陽想了解一起兩年前案子的死者死因時，陳明章表現出一副拒人於千里之外的冰冷模樣：「這個找我幹什麼？所有資料都在檔案室，你們檢察院可以憑手續問檔案室要啊。」

江陽皺了皺眉，坦白說：「你們單位檔案室不是很配合。」

「那你找領導協調，你們是檢察院，公安這幫人最怕你們，你們要份東西還怕不給？」

江陽沒法對著公安工作人員抱怨公安的推諉，只能耐著性子懇求：「陳法醫能不能請你通融一下幫個忙，查證一下死因，這個結果對我很重要。」

陳明章打量了他一會兒，皺眉道：「你明明可以走公文程序，卻不走，這個死者跟你什麼關係？」

「死去的嫌疑人是我朋友，那個案子很特殊，我想陳法醫您一定對此會有印象，我想——」

「等等，你說死去的嫌疑人是你朋友？」

「是我的大學同學。」

陳明章想了想，微微一笑，問：「也就是說，你對你同學的死因有所懷疑？」

「對對，但我絕對不是懷疑您的工作，我只是——」

陳明章打斷他，爽快道：「沒關係，工作都會有疏漏，懷疑我工作也無妨，」他突然湊過去，壓低聲音道，「這算你私事還是公事？」

江陽不理解為什麼對方態度會突然轉變，只好說：「目前是我私事，如果一旦查到證據，我會按公事辦。」

「這樣子……」陳法醫撓了撓頭，欲言又止。

江陽連忙道：「您放心，無論結果如何，我都不會給您添麻煩，以後也不會給您添麻煩。」

「你誤會了，添麻煩我倒一點都不擔心，我是怕麻煩的人嗎？不是的，只不過嘛……」陳法醫一臉為難地說，「這是你私事，我幫助你的私事，自然會動用我工作外的私人時間，我私人時間是很寶貴的，俗話說，時間就是金錢……」

江陽漸漸聽明白了，心中咒罵著小地方的機關人員實在太過齷齪，想方設法撈錢，但現在有求於人，只得忍下氣來，問：「多少錢？」

「哎呀，這怎麼說呢，」陳明章伸出一隻手，搖了搖，「你覺得合適，我就幫你翻下紀錄。」

「五十？」

「咳咳，這個嘛，你知道，現在物價漲得快。」

「五百？」江陽瞪直了眼。

陳明章紅起臉，嘿嘿一笑，很不好意思地點頭。

江陽咬了咬牙，心中激烈鬥爭一番，想起女朋友一定要他查清真相的態度，只好吐血同意：「行。」

陳法醫很開心地笑了起來：「你要查哪個人？我下班了來找你。」

「兩年前妙高鄉上一個淹死的支教老師侯貴平。」

「侯貴平？」陳明章臉色一變，過了片刻，連忙搖頭，「這個不行。」江陽瞬間警惕起來，盯著他問：「為什麼不行？這起案子有什麼特別？侯貴平的死是不是有什麼問題？」

陳法醫嚴肅道：「這起案子確實很特別，所以五百不行，必須得一千。」

「一千，將近我一個月的工資！」江陽忍不住叫道。

陳法醫連聲噓著，看了看周圍，確認沒人聽到他們說話，立刻壓低聲音道：「我雖然是技術人員，不算職能警察，偶爾靠技術接私活不算違紀，但傳出去也不好聽呀，你小聲點。我告訴你，縣裡就我和我徒弟兩個法醫，我一年要碰三四十具屍體，我哪記得住這麼多名字。侯貴平這名字我記住了，說明這案子肯定有特別之處呀。不過嘛，我這人還是很厚道的，他畢竟是我的屍體，你是屍體的同學，看在屍體的分兒上，給你個友情價，八百吧，怎麼樣？如果你接受，除了侯貴平的驗屍報告外，我再送你一條絕對物超所值的重磅消息。」

江陽心中對他一通咒罵，無論從哪個角度看，這人都不像個法醫，而是個實實在在的生意人，討價還價了一番最後還是看在屍體的面子上，才為難地給了個「友情價」。

他思慮了好一會兒，想到除屍體的信息外，還有一條重磅消息，顯然陳法醫絕對知道很多事，恐怕案子大有隱情。

既然已經向吳愛可承諾了會盡全力查清真相，如果一開始就放棄，恐怕女朋友會對自己失望。糾結了半天，大半個月工資，雖然心疼，不過好在身處公職單位沒有其他花銷，就咬牙答應了下來，約了晚上一起吃飯。

20

江陽和吳愛可坐在餐廳的包廂裡焦急等待著，房門半開，他們時不時透出去看。

「黑，實在太黑了，怎麼會有這樣的人！訛了你整整八百塊！你一個月工資才多少！」吳愛可足足在那裡抱怨了半個小時，不斷計算著八百塊需要江陽上幾天班，八百塊能買幾件衣服，能在外吃多少頓，而陳明章簡簡單單的舉手之勞，就敢要價八百塊。

末了，她只好把抱怨轉到了江陽頭上，說他這個男人就是不會討價還價，如果是她，一定還到三百塊，不能再多了，如果陳明章猶豫，她扭頭就走，對方一定會叫住她說再加一百塊吧，她堅決說一分都不能加了，繼續擺出扭頭隨時要走的架勢，最後對方肯定願意三百塊成交。

想到早上江陽就這麼輕鬆答應下來，她就一陣火大。

換任何人都會火大，就像預期中一次開開心心的打砲，結果變成了仙人跳，現在說什麼都來不及了。

江陽雖然為八百塊肉痛，但心中也是一陣得意。想著吳愛可這回可明白他愛得深沉了，要知道，這八百塊純粹是為了吳愛可才掏的，侯貴平雖是同學，可彼此不熟，他們的交情值不了八百塊。

他笑著說：「既然已經答應他了，只能我下個月省著點了。早上看他的樣子，侯貴平的案子八成確實另有隱情，我還怕他反悔不來了。」

「他敢！」吳愛可怒道，「你錢不是還沒給他嗎？瞧這種人的樣子，貪財不要命，他肯定捨不得八百塊。哼，居然有警察敢向檢察官索賄，簡直不要命。你記著，待會兒一定要他開張收據，等案子查清後，你再把他帶回檢察院審他，說他索賄，要他連本帶利還錢。」

江陽撇嘴無奈道：「他不是警察，他是技術崗，不是職權崗，我們這算私事，不是索賄。」

正說話間，陳明章推門而入，反客為主地拉過凳子一把坐下，笑咪咪地瞧著他們：「這位是你的女朋友？很漂亮。怎麼樣，錢準備好了嗎？」他沒有過多廢話，開場直接談錢，伸出手，好像正在做一場毒品交易。

吳愛可忍不住問：「這對你來說是很簡單的一件事，八百塊太貴了，三百塊！」

陳明章笑著望向江陽：「這個價格是我和你男朋友談妥的，他同意的，對吧？」

江陽不說話表示默認。「可是太貴了！」

陳明章攤開雙手，表示無奈：「小姑娘，人要講誠信，而且男人要一諾千金，你男朋友既然已經答應下來這個價格，你作為女朋友應該支持，要不然，別人就不知道你們家當家的，是男的說話管用呢，還是女的說了算。」

這話嗆得吳愛可閉了嘴，只能更加生氣地瞪著他。

他絲毫不以為意，從江陽手中很是心安理得地把八百塊現金收入囊中，還拍了拍口袋，顯示很滿意，笑著表示，既然生意成交，那麼今天這頓飯他請了，結果他卻只點了三碗麵條，惹得吳愛可心中大罵這也太摳了吧。

江陽不關心吃什麼，只想早點知道結果，著急問：「陳法醫，你查的事……」

「放心，以誠待人是我的原則！」他笑咪咪地從包裡拿出一份文件，江陽剛準備接過，他又把文件往後一抽，按在桌上，鄭重地說：「我提醒你一下，你走之後，我了解到了侯貴平案子的後續情況。雖說侯貴平是你朋友，但其實這案子跟你並沒多大關係，你如果執意要看這份驗屍報告，恐怕會給你帶來一點麻煩。現在你放棄，我會把錢還你。當然——這頓的麵條錢你們出。」

吳愛可心中大叫，這麼嚴肅的話題，為什麼還要提麵條！

江陽猶豫不決，回頭看了眼吳愛可堅決要把案子管到底的表情，絲毫沒有妥協餘地，只好硬著頭皮說：「我不怕麻煩，你給我吧。」

「嗯……那當然沒問題，不介意的話，容我再問你幾個問題？」

「你說。」

「對侯貴平的案子，你了解多少？」

「我還沒見到結案報告，我知道的就是當年平康公安局向學校通報的這些。」

「他們跟學校是怎麼通報的？」

江陽深吸一口氣，緩緩道：「侯貴平在平康支教期間，性侵留守女童，強姦婦女，最後在民警抓捕過程中逃脫，走投無路之下跳湖自殺。」

陳明章眼角微微跳動了下：「他們是這樣通報的？」江陽點點頭。

陳明章抿了抿嘴唇：「你去我們單位檔案室要過結案資料了吧？」

「對。」

「為什麼沒拿到？」

「檔案室說要刑偵大隊長李建國的簽字。」

陳明章皺眉道：「李建國不肯簽？」

「他說這件事歸檔案室管。」

陳明章點點頭，臉上露出了思索的表情，過了一陣子，他重新抬頭，微微笑著問：「如果你發現侯貴平不是淹死的，你接下去要怎麼做？」

「侯貴平真的不是淹死的？」江陽和吳愛可同時坐直了身子。

陳明章目光毫不迴避地迎著，慢慢點頭：「沒錯，我從來沒說過侯貴平是淹死的。」

「可是據說當初的驗屍報告寫著是溺亡。」

陳明章不屑道：「那份驗屍報告的結論一定不是我寫的。」

「可我聽說平康所有刑事命案的驗屍報告都出自你手？」

「很簡單，有人篡改了我的結論唄。」

聽到這話，江陽和吳愛可都知道事情比預想的還嚴重，陷入了沉默。

陳明章笑了笑，看著他們倆：「現在你們還想買侯貴平的真正驗屍報告嗎？」

江陽更加動搖了，他知道這件事大概會牽涉很大。偽造驗屍報告，那是嚴重的職務犯罪，該不該繼續深入調查下去？他一個年輕檢察官，並沒有多少經驗，更談不上人際關係網，目前在吳檢的提拔下當上科長，如果平平穩穩走下去，相信未來會很順利。但如果牽扯進地方上的一些複雜事情裡，不管結果如何，恐怕都得不到任何好處。

陳明章不動聲色地打量著他，沒有說話，表現出很大的耐心。這時，吳愛可果斷地開口：

「我們買，這件事情我們查定了！」

「這得看你男朋友的意見。」江陽咬著嘴唇不作聲。

吳愛可瞪眼道：「江陽！」

江陽馬上抬起頭，道：「我買，案子有隱情，我作為偵查監督科的檢察官，我要查下去。」

吳愛可瞬間用欣賞的眼神望著他。

「行吧，那我就把驗屍報告交給你吧。」陳明章笑了笑，把資料交了過去，接著緩緩說：「我這兒的結論很明確，侯貴平不是溺亡，而是死於謀殺。在他落水前，他已經死了或者正處於瀕死狀態。因為他胃裡積液只有不到一百五十毫升，溺死的人可遠遠不止這些了。他身上有多處外傷，但都不是致命的，直接的致死原因是窒息，他脖子沒有勒痕，嘴唇破損，大概是被人強行用布之類的東西悶死的。他體型高大，要把他悶死，一個人是不夠的，凶手至少兩人。這些是我的結論。」

陳明章三天兩頭跟屍體打交道，描述起死人來，彷彿說著雞鴨牛羊的動物一般，吳愛可聽得心中一陣發怵，腦海中不禁刻畫起侯貴平屍體的模樣。

陳明章笑稱：「我這份驗屍報告的結論是經得住檢驗的。不是我吹牛，我在這方面的職業技能很出色，我是法醫學博士，我老家在這兒，照顧爸媽需要，才來平康這小地方上班。我的水平不輸於大城市公安局的法醫。所以你們對我這份驗屍報告的準確性，大可以放心。」

過了會兒，陳明章調侃般瞧著江陽，又說：「現在你拿到這份報告了，也知道公安局裡的那份案卷資料有問題，我很好奇，你真的打算為一個死去的人翻案嗎？」

江陽看了吳愛可一眼，馬上把心頭的猶豫打消回去，穩住正義凜然的檢察官形象：「我要為侯貴平翻案！」

「恕我直言，你和這同學關係很要好嗎？」

「一般般，普通同學關係。」

「那我建議你還是算了吧，這不是一件容易的事。翻案，從來都不容易，要得罪人的。你還年輕，不要拿自己的前途冒險，這案子，比你想像的複雜，翻案，嗯……你級別不夠。」吳愛可不服氣：「他是科長。」

「科長？」陳明章不屑笑了笑，「一個縣級機關的科長，也就副科級吧？而且還是個很年輕的科長。李建國和你級別一樣，你還是他的監督部門，你連他都擺不平，還能怎麼翻案？」

吳愛可聽到江陽被他說得一文不值，不由惱怒道：「照你說翻案要多大級別？」

陳明章指著江陽：「等他當上檢察長還差不多。」

吳愛可笑稱：「我爸就是平康縣檢察長，正職，一把手。」

「呃……這樣啊。」陳明章重新打量起他們倆，「難怪。我想這事即便你知道沒那麼簡單，小地方事情處理起來特別複雜，更別提翻案，一個剛工作的檢察官就敢出頭，果然是靠吃軟——咳咳，」他強行把「飯」字吞了回去，「有大靠山啊。」

江陽看了一遍驗屍報告，把資料放到一邊，不解問：「你為什麼會有這份最原始的驗屍報告，你們的報告不都是併到結案報告裡一起放檔案室了嗎？」

「這個問題問得好。」陳明章不由笑了起來，欣賞地看著江陽，衝吳愛可道：「小姑娘，光情緒用事是沒用的，你男朋友比你聰明多了。」

吳愛可嘴裡哼了聲，但聽到他這麼誇江陽，臉上不禁得意。

陳明章繼續道：「事情是這樣的，當初大隊長李建國帶人送來了侯貴平的屍體，我還沒得出結論呢，他就四處告訴其他警察，說結論是侯貴平畏罪自殺淹死。後來我找到他，說出了我的結論，侯貴平不是淹死的，是死於謀殺，還沒等我說完，他就跟我說，一定是自殺淹死的，不會有第二種可能，讓我就按這個結論寫。我不同意，因為這明顯違背我的職業道德嘛，萬一將來翻案，說驗屍報告有問題，豈不變成我的責任？他一直勸我，說他們刑警有破案考核壓力，如果侯貴平不是死於自殺，他們不好交代。我很懷疑他說法的真實性，還沒展開調查呢，怎麼就知道案子破不了？所以我最終依舊不同意，於是他讓我只要寫好驗屍過程就行了，後面的結論他來寫，所有責任他來承擔。沒有辦法，他是刑偵大隊長，這塊他說了算，我只能做好我的本職工作。所以如果檔案室裡的卷宗裡，驗屍報告的結論寫著侯貴平溺亡，那一定是李建國寫的。」

江陽不解問：「那麼你手裡的這份驗屍報告原件？」

陳明章笑咪咪回答道：「既然驗屍報告結論他來代筆，若將來翻案，變成我和他共同偽造驗屍報告，豈不是很倒霉？所以呢，我自己重新寫了一份驗屍報告，簽下名字，蓋好章，一直保留著，作為我完全清白的證據。」

江陽思索著，他理解陳明章故意留一手的做法，一個法醫的權限是有限的，他只能保證自己的工作沒風險，管不了刑警隊長最後會把案子如何處理。

過了會兒，他又問：「關於侯貴平性侵留守女童和強姦婦女的事，你知道多少？」

陳明章皺眉道：「性侵女童這件事上，侯貴平有沒有做過，不好說。可能有，也可能沒有。」

江陽不解地看著他。

陳明章露出回憶的神情：「侯貴平屍體發現前一天，刑警送來了一條小女孩的內褲，上面有精斑。侯貴平屍體找到後，我從他身上採得精斑，比對後，兩者確實是一樣的。」

江陽和吳愛可都不可思議地瞪大了眼睛，心中都在呼喊，怎麼可能，難道侯貴平真的性侵了女童？

陳明章又道：「但是光憑一條內褲上的精斑是不能下結論侯貴平性侵女童的。那名死去的女童也是我做的驗屍，我從她陰道裡採得了精斑，不過從來沒和侯貴平的精斑比對過。」

「為什麼？」

陳明章臉上表情複雜：「因為在侯貴平死前幾天，法醫實驗室有人進來過，丟失了一些物品，包括女童體內採得的精斑也不見了。」

江陽吃驚道：「小偷怎麼會跑到公安局的法醫實驗室偷東西？」陳明章笑了笑：「是不是小偷幹的，沒有證據，我們就不要下結論了。」他吐了口氣，道：「女童內褲精斑確實是侯貴平的，但體內精斑沒有比對過，所以我說侯貴平是否性侵了女童，結論是不知道。不過嘛，他強姦婦女有可能是真的。」

江陽和吳愛可張大了嘴巴。

「那名婦女被強姦的第二天一早，我就去了妙高鄉，採得了她陰道裡的黏液，上面有精斑，後來侯貴平屍體找到後，經過比對，這確實是他的，他與那名婦女發生過體內射精行為，這是不可能偽造的。」江陽聽到這話，半晌默默無言，這個結論徹底打破了侯貴平在他心中的形象。李靜是站在侯貴平女朋友的角度看問題，自然深信不疑侯貴平絕對不會做出那些事，但是證據上，侯貴平確實這麼做了啊。

替一名強姦犯翻案，值得嗎？

陳明章似乎看出他心裡的想法，笑道：「是不是在考慮，該不該為一個強姦犯翻案？」

江陽默認。

「其實侯貴平也未必是強姦犯吧，我的結論只能證明侯貴平與那名婦女發生過性關係，是不是自願的誰知道呢。」

即使自願的又怎麼樣呢？背著女朋友，在支教期間與其他婦女發生性關係，在江陽看來，同樣是件很齷齪的事，侯貴平的人品該打上一個大大的問號。

陳明章站起身，道：「後面怎麼辦，都看你個人的決定。」

江陽表情沉重地點點頭，說了句：「不管怎麼樣，還是謝謝你。」陳法醫拍拍裝了錢的胸口，道：「助人為樂嘛。」

江陽看著他問：「你跟我說了這麼多內情，你就不擔心……不擔心給你帶來麻煩嗎？」

陳法醫不屑道：「這有什麼好擔心的。首先，法醫在單位裡是技術崗，相對獨立的部門，領導頂多看我不順眼，不能把我怎麼樣。其次呢，就算有人因為我多管閒事想辦法調走我，那也無所謂咯，法醫工資本就這麼低，要不然我也不會私下接活，不光這次跟你，我還有很多賺錢門道，醫學、物鑒學、微觀測量學，這些我都很精通的。不幹法醫，還有很多單位排隊請我呢，現在無非是有點職業理想罷了。」他豁達地笑起來，也感染了另兩人，走出了剛剛一席話帶來的無形陰霾，跟著笑出了聲。

這時，江陽突然想起一件事，連忙問：「對了，你說除了侯貴平的事外，你還要告訴我一條——」

「一條絕對物超所值的重磅消息。」陳法醫沒忘記這事，他咳嗽兩聲，帶著彷彿蒙娜麗莎一般神秘的微笑看著他們，「我剛說我有很多賺錢的門道，其中一樣是炒股。中國股市自從二〇〇一年見頂後，已經跌了兩年多了，你們現在如果有錢，可以多買一些貴州茅台這支股票，拿上個五年十年，你們會發財的。」

兩人剛剛鼓得像氣球般滿懷期待的臉頓時洩了氣：「這就是你說的重磅消息啊？」

「對啊，你們如果不信，十年後一定後悔沒聽我的。來，服務員，買單。什麼！餐具也要一塊一份，賺錢要不要這麼拚命啊？」

21

杭市刑偵支隊的大院裡，一輛S級賓士緩緩駛進停下，從車上走下一位四十多歲戴著眼鏡、一身休閒裝扮的男人，邁著輕鬆的步子朝辦公樓走去。

趙鐵民透過落地玻璃指著他：「我們的客人來了。」

「他就是法醫陳明章？」嚴良頗為意外。

趙鐵民揶揄道：「你是在想憑法醫那點微薄收入，怎麼開上大賓了？你一個正教授都開不起，這陳明章嘛，要麼富二代，要麼拆遷戶，要麼靠臉吃飯吧？」

「最後一條對他有點困難，趙大隊長可以把這碗飯吃得很香。」趙鐵民情不自禁地摸了下臉龐，哈哈一笑：「法醫有錢不奇怪，你過去那位姓駱的朋友不也很有錢嗎？」

提起那位姓駱的朋友，嚴良苦笑著搖搖頭，臉上泛著落寞。

「這位陳法醫呢，比你那位朋友更有錢，因為他是你那位朋友的老闆。」

嚴良啞然：「他是駱聞的老闆？」

「沒錯。我聽別人說，這位陳法醫當年私下很有賺錢的門道，炒股特別厲害，早年買了貴州茅台的股票，一口氣拿到二〇〇七年大牛市賣了，賺了一百倍，後來就辭職到杭市創業當老闆，開了家微測量儀器公司，幾年後他邀請駱聞以技術入股，成立了現在這家專門對口我們公安的物鑑設備公司。待會兒關於江陽和張超，你有什麼問題可以儘管問他，我們是甲方嘛。」

不消片刻，陳明章來到了辦公室。

十年過去，現在的陳明章是個四十五六歲的中年人，面容雖比起當年少了很多膠原蛋白，眉宇間倒是依然帶著一分和他年紀不相符的玩世不恭。

這一次他可沒像當年「勒索」江陽八百塊那樣，管趙鐵民和嚴良要錢，他現在的公司有一大半業務對口公安部門，作為乙方，他進門就掏名片，一口一句領導。

寒暄完畢，趙鐵民又找了幾位專案組成員和記錄員共同參加這次會議，彼此介紹一番，表明會議是響應省公安廳號召，大家要本著知無不言言無不盡的態度，共同努力攻克大案。末了，趙鐵民笑咪咪地暗示對方，如果你陳明章有所隱瞞，那他趙鐵民就會放大招。

立場表達清晰後，嚴良就開始發問了：「陳先生，你還記不記得二〇〇三年有一起命案，嫌疑人同時也是死者，名字叫侯貴平？」

「記得，是我做的驗屍。」陳明章沒有任何猶豫，脫口而出。

嚴良拿出了從平康檢察院拿到的驗屍報告，出示給他：「這份驗屍報告是你寫的嗎？」

陳明章瞥了一眼就點頭：「沒錯，是我寫的。不過——」他微微皺起眉，「你們怎麼拿到這份東西的？」

趙鐵民微瞇起眼打量他：「我們是公安機關，拿到這份資料很奇怪嗎？」

「當然奇怪了，這份報告只在平康檢察院有，你們公安跑檢察院拿到這份報告，好像不太常見。」

趙鐵民和嚴良相視一眼，連忙道：「你說這份驗屍報告只在平康檢察院有？」

「對啊。」

「平康公安局呢？」

陳明章望了他們一圈，隨後漫不經心地說：「公安局以前有一份偽造的驗屍報告，現在可能沒有了。」

「偽造驗屍報告？」專案組其他成員都瞪大了眼睛。

陳明章回憶起來：「案子經辦人是李建國，當時的刑偵大隊長，他要我在驗屍報告的結論上寫溺斃。我是個很有職業操守的人，當然不同意，於是他拿了我的驗屍報告，自己在結論上寫下溺斃，所以平康公安局的那份驗屍報告上只有蓋章，沒有我本人簽字。我知道他這麼幹，為防以後翻案，變成我的責任，我當時就另外寫了一份真實的驗屍報告保留下來。」

嚴良問他：「就是檢察院的這份嗎？」

「對。」

嚴良微微皺眉：「你這份真實的驗屍報告為什麼會放在檢察院？本該銷案的案子又為什麼會報到了檢察院？」

陳明章臉上露出尷尬的笑容：「我……我把驗屍報告賣給了江陽。」

「賣給江陽？」所有人都以為聽錯了，確認一遍後，他確實是說賣給了江陽。

嚴良咽了口唾沫：「好吧，你說說怎麼賣給江陽的。」

陳明章只好把當年的交易一五一十地向他們講述一遍。原來江陽拿到報告後，費了很大力氣，最後才在檢察院把侯貴平的案子重新立案，所以檢察院保留了這份報告。

嚴良思索著，又道：「李建國擅自偽造了驗屍報告，可是我們從公安局拿到的結案資料，裡面根本沒有驗屍報告，偽造的那份去哪兒了？」

「很簡單，江陽拿到我的驗屍報告後，就開始為此翻案，公安的報告有明顯漏洞，自然被人拿掉了。」

「被誰拿掉了？李建國嗎？」嚴良追問。

「也許是他，也許是其他人。法醫不管這些。」陳明章含糊地說著。嚴良觀察了一會兒他的表情，他很自然，不過做大生意的人演技總不至於太過浮誇，不太容易判斷他究竟透露了幾分信息。過了會兒，嚴良問：「對於江陽你了解多少？」

陳明章雙手一攤：「我和江陽只是做了那一次交易，後來又見過幾次，我二〇〇七年就離開了平康，來到杭市，交情並不深。」

「你覺得他的為人怎麼樣？」

陳明章哈哈笑起來：「你們的意思是指他因受賄入獄，還有賭博、不正當男女關係這些事？」

嚴良點頭。

陳明章搖搖頭：「他後來怎麼變成這樣我不知道，至少一開始我認識的江陽，絕不是這樣的人。」

站在落地窗前，嚴良注視著陳明章坐上賓士車，漸漸駛出了支隊大院。

一旁的趙鐵民撇撇嘴：「這傢伙，沒說實話。」

「至少我們提問的，他都如實回答了，只不過我們沒問的，他也沒說，他有所保留。」

「你認為他為什麼有所保留？」

「也許他不想牽扯到自己，也許，我也不知道。不過我感覺得到，他對江陽的人品持肯定態度。」

趙鐵民連連點頭：「當說到江陽受賄、賭博、有不正當男女關係時，他語氣很不屑。」

「對於江陽這個人，我們還需要找更多的人還原。不過首先，我們應該調查一下李建國，照陳明章所說，是李建國偽造的驗屍報告。」

這時，趙鐵民接了一通電話，過後，他皺眉有些無奈：「恐怕調查李建國會比較困難，他現在的級別可不低。」

「什麼級別？」

「金市公安局政委兼××主任。」

「比你還高。」嚴良倒吸口冷氣，意識到這是個很麻煩的問題，趙鐵民是杭市支隊的隊長，根本沒權力去調查一個異地城市級別比他更高的警察。

趙鐵民無奈道：「我只能找專案組裡省高檢院的同志，說服他們相信侯貴平的這宗案子一定與江陽被害一案存在關聯，請他們派人向李建國了解情況。」

嚴良微微瞇著眼：「如果李建國當年在侯貴平的案子上存在某些違法犯罪問題，你會怎麼辦？」

「他不管當年做了什麼，都在我權力管轄範圍外。我只對江陽被害一案負責，如果他與案件有關，也是由省級機關處理。」

一聽到這句話，嚴良突然眼睛微微一縮，陷入了思考。趙鐵民發現了他的異常：「你是不是想到了什麼？」

「動機。」

「什麼動機？」

嚴良眼神望向窗外，喃喃自語：「張超自願入獄來，難道是逼迫專案組去調查李建國，為當年的案子平反？不對，為了李建國不需要這麼大動靜，翻案也不需要付出這種代價。動機到底是什麼……」

22

二〇〇四年三月。

早春時節，寒意依舊。

外面的雨淅淅瀝瀝，火鍋店裡，三人圍坐在冒著裊裊白氣的電磁爐邊，聽江陽講述這幾個月來的進展。

自從拿到驗屍報告後，江陽多次跑公安局，要求對侯貴平的案卷資料調閱檔案，李建國推諉了幾次後，江陽找上了公安局領導，他手續齊全，合法合規，公安只得按照規定，把資料做了副本交給他。

隨後，他開始了重新立案複查的工作。不過在此之前，他還需要找一個申訴人。

當然，刑事案件檢察院發現疑點，無需申訴人就可重新立案，但機關單位向來講究團結，在沒有申訴人的情況下，他貿然拿一起兩年前的舊案要公安重查，難免有故意找碴的嫌疑。

於是他和吳愛可去了一趟侯貴平老家，想讓其親屬向平康縣檢察院提出申訴，可是遇到了困難。

侯貴平家在江蘇農村。他死後，派出所向家裡通報，侯貴平因強姦婦女、性侵女童畏罪自殺，沒多久，他母親就瘋了，整天在村裡遊蕩、吃垃圾，又過了些時間，再也沒人見過她，不知道去了哪裡，也不知道是死是活。他父親是個中學老師，一直是當地被人尊敬的人物，卻因兒子的事，羞愧難當，不久之後也自殺了。

侯貴平沒有兄弟姐妹，直系親屬都已不在，其他親戚擔心在申訴書上簽字會惹麻煩，都拒絕代表侯貴平家屬申訴。江陽和吳愛可做了很多工作，告訴他們資料都準備好了，只需要家屬簽個字，後續不需要再出面，所有事情由他們來負責。最後，終於有一位表舅簽了字，表舅為此還和家裡人吵了一架。

拿到申訴書後，江陽馬上以監督偵查科的名義重新立案，要求公安複查。

可是立案決定書送達公安局後，大隊長李建國親自把文書送了回來，要他撤銷，說兩年前的案子早有了定論，現在憑一份驗屍報告就要翻案，讓他們以後工作怎麼做？江陽據理力爭，說驗屍報告明顯和結論不符，侯貴平是被人謀殺，必須徹查抓出真凶。李建國笑稱這事他不管，兩年前的命案他可沒本事查出真相，你們檢察院有本事，自己去抓真凶吧。

面對如此態度，江陽只好找了吳檢，吳檢聽了事情經過後，起初有些猶豫，怕影響兄弟單位的往後工作，但吳愛可在一旁積極遊說，講述了侯貴平因此舉家家破人亡，吳檢也不禁動容，親自派人把立案書再次送到公安局。

吳檢的面子對方還是給的，這一次立案書沒被直接退回，幾天後，公安局副局長打電話約江陽晚上吃飯。

對方領導邀約，他不得不去。

去了才知道，這頓飯請客的是李建國，副局長是作陪的。李建國先向他賠禮道歉，說過去態度不好，他承認兩年前這起案子確實有瑕疵，但那是因為侯貴平死在水庫，沒有人證物證，案子沒法查，臨近年底刑警有命案考核的壓力，又因侯貴平確實強姦了丁春妹，無奈才把他的死因歸結於畏罪自殺。

李建國又勸說，案子過去兩年，查出真相沒有希望，重新立案也於事無補，只會讓當事刑警難堪。副局長也一同勸說，並講了刑警工作的重重壓力。

末了，李建國拿出了幾盒菸酒送他。他東西沒拿，不過面對公安的領導，他不能一口回絕，給對方難堪。

回來後，江陽向吳愛可講了情況，他再一次深陷矛盾之中。

一方面，侯貴平已經死了，現在只知道他死於謀殺，重新立案調查，無非是要查出當年誰殺了他。可案子過去兩年，人證物證都沒有，就算複查也很難發現真凶。強姦案有精斑留存，證據確鑿，連陳明章也沒否認。可見侯貴平的人品不值得如此辛苦替他翻案。另一方面，公安局副局長說情，大隊長道歉，如果他一意孤行，強行要求立案複查，這簡直是讓他一人頂翻整個公安局，他以後在平康該怎麼立足呢？

陳明章聽完江陽這幾個月來遇到的事，很是理解地點頭，目光看向吳愛可：「看來小江要放棄立案了，你覺得呢？」

這一次的吳愛可大概一同經歷了幾個月來的波折，一開始堅決要徹查到底的銳氣沒了，變成了向無奈的現實低頭，她握住江陽的手，告訴陳明章：「他已經盡力了，我也沒想到會這麼困難。」

陳明章歎口氣：「是啊，翻案會牽涉很多人，很困難。」

江陽愧疚道：「你那時不顧得罪人，把驗屍報告給我，現在我放棄了，我……我很過意不去——」

「所以你今天突然打電話來，說要請我吃飯？」陳明章微微一笑。江陽默然。

陳明章攤手道：「其實你沒必要自責，當初你給我錢了，我提供是應該的。」他從口袋裡摸出一個信封，遞過去，「你說請我吃飯，我就猜到你大概要放棄立案了，錢我準備好了，還你吧。」

「我不是這個意思。」江陽慌忙推卻。

「拿去吧，這裡面還是你當初給的那八百塊，我分文沒動過，不過是和你開了個玩笑。」他笑了笑，「我們第一次見面，當我聽到你是為了侯貴平的案子來時，我就沒想過要收你的錢。之所以和你開這個玩笑，是想試探你是否真有決心為侯貴平翻案。如果這件事在你心中的分量還比不上八百塊錢，我一定會建議你不要管。當初見你如此堅決，我才決定把驗屍報告交給你。」

江陽紅著臉道：「我當初是很堅決，可是後來遇到這些事，我——」陳明章把手一擺：「我完全理解，很明白你的困難，如果我在你這個位置，大概早就放棄了，你已經做了很多。人嘛，總會遇到一些自己想堅持最後卻放棄的事。放棄也好，堅持也好，說不上哪個對哪個錯。堅持也未必會有好結果。我當年讀大學時，苦追過一個女孩，她老早就拒絕我了，可我沒放棄，相信遲早會感動她，結果人家畢業就出國了，我真是要問世間情為何物了。」

在他的調侃中，三人哈哈大笑起來，江陽和吳愛可的手握得更緊了。

這時，陳明章手機響了，他拿起手機看了眼，說了句抱歉，轉身離開包廂接電話，過了幾分鍾，他返回屋內，說：「不知這頓火鍋能不能再加雙筷子，我有個朋友想過來坐一坐，這頓我買單。」

吳愛可揶揄著：「陳法醫什麼時候變這麼大方了？」

「喂，我一向很大方的好不好！」

江陽笑著問：「還有位朋友是誰？」

陳明章朝門外喊道：「八戒，進來吧——他叫朱偉，是個警察，你們可以叫他八戒，也可以叫他豬八戒。」

23

門口探進一張圓圓胖胖的臉，穿著便服，年紀看著四十出頭，身材高大，相當魁梧強壯。

朱偉一進屋，就露出一張無奈的臉：「老陳你當著外人的面，能不能積點口德？」

「沒事，都是朋友，叫叫無妨，別人又不知道你叫豬八戒。」

「別人還不知道？」朱偉向他們一對年輕人訴苦，「老陳沒來我們單位前，我從來沒這個綽號，自從有一年夏天他看到我在單位吃西瓜，就開始叫我豬八戒了，結果整個單位都知道了，連我老婆跟我吵架都罵我豬八戒。不就吃個西瓜嘛，我哪兒招惹他了。」

吳愛可掩嘴笑出聲：「看得出朱偉大哥脾氣好呀，叫你豬八戒你也不生氣。」

「他脾氣好？」陳明章哈哈大笑，連朱偉本人也笑了起來。

陳明章一臉得意地說：「公安局其他人可不敢叫他豬八戒，這是我的特權。來吧，我為你們正式介紹一下我們平康最有知名度的豬八戒警官。」他指著朱偉的臉龐，「朱偉呢，正式的外號叫平康白雪。」

「平康白雪？」兩人都不解。

「沒錯，就是平康白雪。」陳明章臉上頓時神采飛揚起來，「我們平康上世紀八十年代出過一位國家級正職的領導，那位領導退休後呢，有一次回鄉探親，八九十年代嘛，警察力量薄弱，裝備也差，安保水平很低，那位領導過來時，只帶了一名警衛員。當時那位領導的一個族內長輩被縣城信用社人員騙了錢，他就帶那位長輩去協商，結果剛好那天有伙人搶劫信用社，包括那位領導在內，很多人被困在裡面，雖然警察很快趕到包圍了信用社，但裡面歹徒帶了土槍，挾持著人質，警方不敢輕舉妄動。這時候我們年輕的阿雪同志，單槍匹馬，不帶武器進去和歹徒談判。最後呢，阿雪瞅準機會，使出失傳已久的擒拿絕技，三下五除二——」

「行了行了，你就別替我吹了，」朱偉打斷道，「真實情況是那伙劫匪也沒料到人質裡有位大領導，所以一出事，全縣警察馬上趕到，裡裡外外包圍了信用社，歹徒自知逃不出去，我用了一些技巧他們就投降了。」

陳法醫笑起來：「我呢，是誇大了一些，阿雪呢，則過分謙虛了點。實際上拿槍劫匪就一個，阿雪當時制伏住那人後，其他人也就跟著投降了，不過阿雪肚子上中了光榮的一槍。這事外面新聞從沒報過，不過平康人都知道。事後，那位領導評價他是平康白雪，在我們土話裡，白雪就是最純潔的意思。阿雪後來果然不負眾望，這些年抓了很多歹徒，破過很多案件，最重要的是，他為人正直，剛正不阿，要論老百姓裡的口碑，他是當之無愧平康第一人。」

陳明章把大拇指伸到了朱偉面前，朱偉一把拍開：「好了好了，就這樣吧，真受不了你。」

「你們看你們看，他什麼都好，就是有一點，脾氣不太好，單位裡的人都怕他。小江，總是跟你作對的那位李建國，最怕他了，見了他跟見了爹一樣。」

朱偉鼻子冷哼一聲：「那都是以前的事了，現在他可不怕我。」江陽好奇問：「他為什麼怕你？」

陳明章替他回答：「原先阿雪是刑偵大隊長，李建國是副隊長，有一回，阿雪抓了個歹徒，阿雪對待某些罪大惡極的歹徒，確實不太講究人道主義，結果李建國居然聯合歹徒家屬，告阿雪毆打犯人，導致阿雪被降級，李建國當了大隊長。李建國這傢伙的背後捅刀理虧，全警隊都鄙視他，他當然怕阿雪了。現在他做了幾年大隊長，站住腳跟了，倒是腰桿硬了，底氣足咯。」

「那你們幾位局長呢？」

「局裡幾位領導倒不是怕他，是煩他。」陳明章苦笑說，「他最愛抓人了，而且抓了就不肯放，為此呢，得罪了不少人。比如打架鬥毆這種事，可以行政處罰，也可以刑拘，他老把人往重了處理，我們這小地方人情複雜，常有人跟局裡的領導求情，他全不理會，所以嘛，領導很討厭他，要不然就憑李建國告個狀，哪會把他們倆位置對調。不過，阿雪脾氣可一點沒改，還是那麼正直，這點是我最欣賞的。領導們估計做夢都想把他開除，可也拿他沒辦法。」

吳愛可不解問：「為什麼拿他沒辦法？」

「一個嘛，自然是阿雪名聲在外，隨便把代表正義的平康白雪調走，哪個領導下的令，大家都會懷疑這領導有問題。另一個就是機關單位的特點了，你想混得好，自然得巴結領導，不過一個人如果對仕途無所謂，那就沒人能奈何他了。公司裡老闆討厭員工，直接開除了事。機關單位裡開掉一個人是很難的，他沒犯罪，憑什麼開除他？頂多調崗。不過朱偉這脾氣，領導也不敢隨便惹他，誰知道他一怒之下會不會打人呢。所以我一直評價他本質上是個披著警服的流氓。」

大家哈哈大笑，朱偉不以為怒，反而一副很受用的樣子。「那為什麼陳法醫你不怕他？」吳愛可問。

「我嘛……」陳明章憑空摸了把事實上並不存在的鬍子，晃著腦袋，「他想抓人，要沒我這個法醫鑑定傷情級別，他憑什麼抓？」

四人說笑間，新一波食材煮沸了，便紛紛下筷子吃起來，又叫了幾瓶啤酒，觥籌交錯，很快相互熟絡。

酒精作用下，朱偉漸漸紅了臉，他又倒了滿滿一杯酒，突然雙手舉起來，朝著江陽道：「小江，我敬你一杯，我聽說了你這幾個月的奔波努力，辛苦你了，我先乾了。」

江陽看著他突然這麼鄭重的樣子，頗有些不自在。

「我聽老陳說你要放棄立案，唉——」他重重歎了口氣，還要繼續說點什麼。

陳明章連忙打斷他：「小江有他為難的地方，你要理解一下。不是所有人都像你對前途無所謂，你幾歲，小江才幾歲？」

江陽略略不解地看著他們倆，遲疑道：「朱大哥想說什麼？」

「我——」

「別說了，吃完就走吧。」陳明章催促道。

朱偉吞了口氣，又倒了杯啤酒，一飲而盡，默不作聲。

江陽心中已經隱約猜到了什麼，但還是忍不住問出來：「朱大哥想說什麼，說出來吧？」

朱偉點起一支菸，重重吸了口，拍了一下桌子，憤恨道：「侯貴平被殺就是因為他舉報女孩被性侵，李建國枉法操縱，難道這真相就要永遠被埋起來了嗎？」

江陽乾張著嘴，沒有開口，不知該說點什麼。

陳明章則沉默坐在一旁，好像肚子很餓，又開始吃起了火鍋。朱偉這句話說完，重重歎了口氣，又拿起酒杯喝著。

四個人的沉默不知過了多久，陳明章拿紙巾擦了擦嘴，道：「阿雪，到此為止吧，我去買單。」

朱偉看了江陽一眼，歎口氣，別過頭去，跟著起身離開。

就在兩人已經走到門口之時，江陽不知怎麼心中鬼使神差地一閃，突然站起身，嚴肅問：「朱大哥，你說侯貴平是因為舉報女孩被性侵被人謀殺的，有證據嗎？」

朱偉慢慢轉過身，停頓了幾秒，搖搖頭：「我沒有證據。」

「那你為什麼這麼說？」

「有個人告訴我的。」

24

地點換到了茶樓，朱偉點著菸，顧及吳愛可，他揀了靠窗的位置。煙霧繚繞中，他講述起侯貴平的案子。

侯貴平案發時，朱偉正在外地辦案，過了一個多月才趕回平康。回來後，陳明章告訴了他這起案子。朱偉找到李建國，李建國始終不肯給他看卷宗。他私下調查，卻始終毫無頭緒。

幾天後，突然有個神秘男人打他電話，告訴他，侯貴平死前曾一直舉報他的學生因遭到性侵而自殺，侯貴平手裡握有一份極其重要的證據，這才導致被人滅口。事後，朱偉查找神秘男子的身分，卻發現對方是在一個公用電話亭打的電話。

聯想到李建國如此匆忙結案，還把性侵未成年女性的事嫁禍在了侯貴平頭上，而這之前法醫實驗室恰好遇賊，從受害女生處採得的精斑也恰好失蹤了，朱偉不得不開始懷疑這件事裡，李建國這位刑偵大隊長也牽涉在其中。

可是案子已經銷案，他手上又無證據，只能眼睜睜看著調查的黃金期流逝。

直到這次江陽出現，以檢察院的名義重新立案，他才看到了讓真相重新浮出水面的希望。

江陽思索後問：「你覺得那名打電話的神秘男子說侯貴平手裡有一份極其重要的證據，是真的嗎？」

朱偉點點頭：「我相信是真的。侯貴平死前已經連續舉報了一段時間，可警方查證後認為他舉報的證據不實。既然他舉報不實，幕後真凶任憑他繼續舉報好了，為何冒著最高可判死刑的風險派人殺了他？唯一的解釋就是，他手裡確實掌握了某個證據，能對真凶構成實在的威脅。」

江陽暗自點頭。

朱偉又道：「從侯貴平被殺的整件事看，他舉報學生遭人性侵，隨後學生體內採得的精斑在公安局裡丟失了，然後他又被人謀殺，被並扣上性侵女童的帽子。這中間幾件事，必須有警察配合，加上李建國對案件的處理態度，所以我懷疑李建國涉案。」

江陽小心地問：「難道……難道性侵女童是李建國幹的？」

「不可能。」朱偉馬上否認。陳明章也搖搖頭。

「為什麼不可能？不然他為什麼要嫁禍侯貴平？」朱偉給出了一個很簡單實用的理由：「他怕老婆。」

陳明章笑著點頭：「他是有名的怕老婆，其他方面我不清楚，但男女問題上，李建國一向很乾淨。」

江陽皺眉道：「那他作為一個警察，沒理由冒如此大的風險，參與其中。偽造罪證，製造冤案，這些都是重罪。」

朱偉深吸了口菸，歎氣道：「所以問題也出在這兒。」陳明章皺著眉，跟著慢慢點頭。

江陽不解地看著他們倆：「什麼問題？」

朱偉解釋道：「既然性侵女童絕不是李建國幹的，他又甘冒如此大的風險參與其中，能指揮得動他冒險幹這些事的真凶，勢力絕對不一般。」

陳明章看著江陽：「情況就是這些，我們沒有保留，案情很複雜，牽涉警察，立不立案，決定權在你。」

朱偉激動起來：「小學女生被性侵，舉報人被謀殺還被潑上髒水，父母因此羞愧自殺，家破人亡啊！小江，這樣的案子如果不能翻過來，我真是……我真是……」

吳愛可忍不住跟著眼眶一紅，也開始勸說：「立案吧，不管多困難，我和我爸都會支持你的。」

江陽猶豫著道：「案子已經過去兩年，如果現在重新立案，嗯……能不能查得出來呢？」

陳明章道：「當初侯貴平一直舉報妙高鄉一個叫岳軍的小流氓性侵他的學生，岳軍被抓了，可我比對過精斑，不是岳軍幹的，證明另有其人，但岳軍一定是知情人。並且我一直懷疑，侯貴平強姦丁春妹與他被謀殺發生在同一天，哪有這麼巧合？既然性侵女童是別人栽贓在他頭上，為什麼強姦婦女不能也是呢？如果重新立案，找到這兩個當事人，我相信真相一定會水落石出的。」

朱偉從江陽猶豫的態度中看到了希望，拍著胸口保證：「只要你立案，我一定毫不保留用行動支持你！」

江陽低頭思考著，案子的複雜程度逐漸浮出了水面，明面上的涉案人就有李建國這級別的，背後能指揮他的勢力可想而知。他一個年輕檢察官，光為立案就折騰了幾個月，而要翻案，查出真凶，牽出所有涉案人，難度可想而知。

可是如此一起冤案，如果不能平反，那他為什麼要當檢察官，難道只為了以後能當官？這樣的自己，漸漸變成了一個他很討厭的人了。

其他三人都在盯著他做出最後的決定。

過了很久，他抬起頭，望著他們期待的眼神，緩緩點頭：「好，那就查個水落石出！」

25

二〇〇四年七月。

李靜再一次來到了平康縣。

畢業兩年後的李靜，已經當上了一家外企的小主管，白色短袖襯衫緊緊包裹著她堅挺的身材，職業女性比起當年的學生，又多了一種魅力。

「他是？」李靜看到走進茶樓包廂的江陽、吳愛可身後，還跟著一個中年男人。

江陽介紹說：「他是負責侯貴平案子複查的刑警，我們常叫他小雪，你也可以叫他雪哥。」

「小雪？」李靜見一粗壯的中年男人叫小雪，很是彆扭，只好害羞地跟著點頭打招呼。

江陽揶揄著：「他本名叫朱偉，總不能叫他偉哥吧。他可是平康刑警一哥，正義的化身，外號平康白雪，所以我們叫他小雪。」

朱偉嘴角輕笑一下，幾個月接觸下來，他和江陽已經熟絡，絲毫不在意江陽的玩笑。

江陽又道：「小雪聽說你來平康找我們，執意要過來跟你見一面，希望能親眼看到當年侯貴平寫給你的最後一封信。」

「信我帶來了。」

四人落座後，李靜拿出了信，信用透明塑料紙小心地包著，看得出她很細心。

朱偉接過信，很仔細地看了一遍，點頭道：「這是你男朋友——」李靜尷尬地打斷他：「我現在有男朋友了，如果可以的話，我希望——」

朱偉連忙拍著腦袋，道：「抱歉，是我口誤，都過去好幾年了，你現在還能過來已經太好了，我非常感謝你。」

「不不，我很關心侯貴平的案子，江陽一跟我說，我就過來了。只是……只是我不想再提及男朋友這個稱呼，希望您能理解。」李靜禮貌地解釋。

「當然理解。」朱偉馬上糾正了稱呼，「侯貴平在給你的信上提到他發現了一個重要證據，這和我們的猜測也是一樣的，不知道他有沒有向你說過證據是什麼？」

李靜回憶了一陣，搖搖頭：「沒有。」

「他經常和你打電話嗎？」

「不，那時我們都還沒手機，他那兒打電話不太方便，要跑到離學校挺遠的一個公共電話機，我只能在寢室接電話，我又經常要上晚自習、聽課、參加各種活動，回到寢室的時間不一定，所以我們大部分靠寫信聯絡。」

「那除了這最後一封信，其他信裡還有提到過什麼嗎？」

「沒有，他不想給我壓力，很少談到舉報的事，只會安慰我。小板凳沒來找過他麻煩，江陽說小板凳不是侵犯女孩的凶手，我就不知道還能有誰了。」她皺起了嘴巴，過了幾秒，突然想起來，「對了，那段時間他曾經問我借過相機，我就把一個新買不到半年的相機郵寄給他了，後來他死了，我也沒見過那個相機了。」

朱偉皺起了眉頭。

江陽思索著說：「答案應該就是那個相機了，卷宗裡有一份現場遺物清單，我記得沒有相機。」

朱偉道：「看樣子侯貴平是拍到了某些照片。」

江陽不解地搖起頭來：「性侵女童案都已經發生了，女童也自殺了，侯貴平能拍到什麼作為實質性證據的照片，讓對方這麼害怕？不可能啊。」

朱偉冷哼一聲：「不管拍到了什麼，現在都沒用了，相機既然丟了，自然是被人銷毀了。」

聽著他們倆自顧自的分析，李靜不懂，只好問：「你們案子查得怎麼樣了？」

他們臉上瞬間都沒了表情。

吳愛可嘟著嘴道：「案子上個月才最終重新立案，他們剛剛開始著手查。」

「怎麼花了這麼久啊。」李靜不由露出了失望。

江陽愧疚道：「和你上一次見面，隔了一年了，確實……確實太久了，我很對不起。」

朱偉替他開脫：「你不要怪小江，這並不是機關單位的辦事拖沓，相反，小江一直在為這件事奔波。重新立案很不容易，小江做了很多工作，克服了重重阻力。」

李靜點點頭：「接下來就可以正式調查了嗎？還要多久能翻案？」朱偉咬了咬牙：「現在雖然立案了，但這案子牽涉眾多，單位也有人阻撓，沒辦法大規模展開複查。坦白說，我手下人手有限，至於最終水落石出的時間，我並不知道。」

李靜低頭道：「張老師說的是對的，就算立案了也沒用，調查肯定很困難。」

「又是你們那個班主任！」朱偉不由惱怒，他聽江陽說起過這事，「你們那位張老師這麼聽明，一開始就發現了驗屍報告的問題，為什麼當初不舉報？事情藏著掖著能讓真相大白嗎？」

「張老師說舉報了沒用。」

朱偉一下子激動起來：「放屁！要是人人都這麼想，案子還怎麼破？要是人人都息事寧人，誰為死者討公道，誰為犯罪付出代價！」

李靜默不作聲。

江陽勸說道：「張老師也沒惡意，畢竟是他先發現了侯貴平案子的疑點，他只是個大學老師，能做的很有限。」

「他第一時間發現疑點，可是什麼也沒做，這有什麼用？如果他第一時間舉報，說不定第一時間就能重新立案調查，說不定早就真相大白，還需要拖到幾年後調查？無非是他怕自己惹上麻煩，可死的是他的學生，這樣的大學老師，哼，我看也就這樣了！」朱偉憤憤不平。

李靜的臉上陰晴變化著，默不作聲。

過了一會兒，吳愛可岔開話題：「雪哥，現在追究這些也沒用，我們得想個辦法看看怎麼查幾年前的案子，只要證據拿出來，翻案、抓獲真凶都是遲早的事！」

朱偉伸出大拇指：「果然是檢察長的女兒，一身正氣，比什麼大學老師高明得不知道到哪裡去了。」

吳愛可連忙謙虛道：「哪裡哪裡，比起平康白雪，我只能站在雪山腳下抬頭仰望了。」

四人都不禁笑起來，剛才沉悶的氛圍一掃而空。

朱偉指著侯貴平的信：「你現在有了男朋友，留著侯貴平的東西也不合適，不如這份東西讓我保管吧？」

「當然，」李靜點頭表示感謝，「侯貴平的案子，就全拜託你們了。」朱偉眼睛一瞪：「什麼話！查清這案子的真相，本就是我們的工作。」

26

趙鐵民帶著嚴良進到審訊室後，轉身關上門離去，張超奇怪地看了他們一眼，臉上卻露出了微笑：「嚴老師，今天就我們兩個？」

嚴良點點頭，同樣微笑地望著他：「對，就我們兩個。」

「這好像不符合審訊規定。」

「所以，今天不是審訊，也不需要做筆錄，只是我們倆之間的一場私人談話，談話內容我會有選擇性保密，包括對剛剛那位趙隊長。」嚴良指著頭頂的監控探頭，「監控關了，探頭對著空白處，拍不到你，也沒有錄音，如果你依然有所懷疑，我可以讓警察暫時解除你的限制，搜我的身。」

張超身體向後微仰著，面無表情地觀察了對方一會兒，突然從容地笑起來：「不用，我深信不疑。」

「很好，」嚴良緩慢地點頭，認真地看著他，然後依舊緩慢地問：「你到底是什麼動機？」

「我不明白你說什麼，我是冤枉的，我沒有殺人。」

「我從沒懷疑是你殺害了江陽，只是……」他略一沉吟，忽笑道，「好吧，這個問題留到最後再問。我們先聊聊，江陽是個什麼樣的人？」

「一個檢察官中的敗類，一個受賄、賭博、保持不正當男女關係的前公務員。」

「既然人品這麼壞，你又為何要交這麼個朋友，又借錢幫他？你可是個事業有成家庭幸福的大律師，人以群分說不通。」

「我博愛，普度眾生嘛。」兩人同時大笑起來。

嚴良饒有興趣地望著他：「侯貴平也是你的學生，侯貴平是個什麼樣的人？」

「你的印象呢？」

嚴良盯著他：「你在試探我們的調查進度吧？」張超沒有說話。

「我們已經找過陳明章，知道侯貴平是被人謀殺，而不是自殺，但是僅有的案件資料裡，沒有記錄他死亡前後發生了哪些事。我想最直截了當的辦法是來問你。」

張超依然望著他沒有說話。

「你不需要試探我的誠意，我是個大學老師，並不是警察，更不是官員，我的工作，只是尋找最後的真相。」

張超慢慢地挺直了身體，開口道：「侯貴平是個好人，一個正直、善良、陽光的孩子。那會兒他在妙高鄉當支教老師，遇到他的一位女學生自殺，而且他發現，女生死前曾遭人性侵，此後，他一直在舉報，直到他死。」

「他在舉報誰？」

「一個當地的小流氓。」

「警察查了嗎？」

「查了，不過比對過精斑，不是。」

嚴良思索了一會兒，微微皺眉：「既然舉報的內容不實，那麼最終性侵女生的犯罪者就任他舉報好了，為何要冒險把侯貴平殺了呢？」

張超笑著搖搖頭，沒有答話。「你知道答案？」

「知道。」

「現在還不能告訴我？」

「現在沒必要說，你遲早會知道的。」

嚴良沒有勉強他，笑了笑：「那我就不急於一時了。我們來談談另外一個人，李建國，你一定知道他吧，他是個什麼樣的人？」

張超輕蔑一笑：「侯貴平的屍體被發現後，李建國第一時間下結論是侯貴平死於畏罪自殺，江陽得到驗屍報告後，要求立案複查，他也是百般阻撓，最後在江陽的各種努力下，才重新立案。至於李建國究竟是為了破案率、個人面子，或者是為了某些其他目的，我沒有任何證據，就不作衍生性猜想了。」

「照你的表述，當年的江陽是個正直的檢察官，為什麼會變成後來這個樣子呢？」

張超笑起來：「如果僅僅幾份資料就能看出這是一個什麼樣的人，那麼對人的定性未免跟那些資料的紙張一樣，太單薄了。」

嚴良點點頭：「我明白了。」

「你早晚會明白的。」

嚴良吸了口氣，道：「不如回到我們最初的問題。如果僅僅是平反案子，根本不需如此大動靜。如果想讓當時的罪犯和責任人伏法，也沒必要繞這麼大圈子。我實在不理解，你的動機到底是什麼？換句話說，你最終想讓我們怎麼樣？」

張超笑了笑：「你們繼續查下去，很快會知道我想要什麼。」

「我知道是這樣，不過給點提示會更快吧？」嚴良調侃著。

張超思索片刻，道：「最了解江陽的人，是朱偉，你們可以找他談談。」

「朱偉是什麼人？」

「平康白雪！」

27

二〇〇四年的夏天，江陽第一次來到妙高鄉。

他們一行三人，朱偉還帶著一個入職不久的年輕刑警，專門負責記錄，因為調查至少要兩個警察同行，否則結果無效。

頂著熾熱的太陽，站在公交車下車口，望著面前多是破舊房子的妙高鄉，江陽不由感慨：「果然是貧困山區啊。」

相比周圍近乎原生態的環境，他們攜帶的手機、筆記型電腦等現代工具，顯得格格不入。

朱偉笑道：「比我幾年前來時有進步，你瞧，那邊有好幾棟水泥房了，過去這裡可全都是黃泥房。」

江陽抹了抹頭上的汗珠，感到吸進的每口氣都是火燒過的，抱怨著：「小雪啊，你要真是白雪該多好啊，這天氣烤死人了。」

朱偉拍了下他腦袋：「你們檢察官辦公室坐慣了，哪裡知道我們一線調查人員的苦，今天已經很好了，我們是去找活人談，這天氣要出個命案，跟死人打交道，那才叫慘。走吧，早點找到人問完情況，要是晚了沒回去的公交，怕得找農戶借宿了。鄉下跳蚤多，你這細皮嫩肉的吃不消。先去找那個報警說自己被強姦的寡婦丁春妹吧。」

他們倆此前商量過怎麼調查這起案件，發現困難重重。

物證方面，只有驗屍報告證明侯貴平並非死於自殺，其他一概沒有。可究竟誰殺的？不知道。就算是岳軍殺的，他們也沒證據。

所以只剩下人證了。

他們相信這起案子牽涉眾多，肯定會有相關人證。只要找出人證，再進一步調查，自然會有物證冒出來，到時收集齊所有證據就行了。

經過簡單打聽，他們很快問清了寡婦丁春妹的家。她家離學校不遠，開了爿小店，賣些食品飲料和兒童玩具等雜貨。

櫃台裡沒人——除了一個兩三歲的小男孩，小男孩正專心致志地研究手裡一個會發光的溜溜球。

江陽朝裡喊了句：「有人嗎？」

男孩抬頭看到他們，立馬轉身跑進屋，一邊大聲喊著：「媽媽，媽媽，有人來買東西。」

聽著孩子喊丁春妹媽媽，兩人心下一陣疑惑。

轉眼間，孩子跟著一個婦女走了出來，婦女大概三十多歲，穿了件白色的T恤，身材豐腴卻不失婀娜，面容比一般農村婦女好看多了，看著他們用土話問：「要買什麼？」

江陽用普通話回答她：「拿三瓶雪碧，再拿三支冰棒。」他自己開了冰櫃，拿出東西，給了錢。

婦女聽他是外地口音，好奇問了句：「你們是販子吧，這季節來收什麼？」

朱偉掏出警官證，在她面前晃動了下：「我們不是販子，是警察。」婦女微微一愣，笑了笑，沒有答話。

朱偉從江陽手裡接過冰棒，邊吃邊問：「你是丁春妹吧？」

「對，你們認識我？」她有些忐忑，無論誰面對警察找上門，都會忐忑。

朱偉指了指她身邊的男孩：「這是你的小孩？」

「對。」

「什麼時候生的？」

「這……」

「你這幾年好像沒有結婚吧？」

「是……」

「是你生的嗎？」

「我……」丁春妹有些驚慌。「你這小孩怕是——」

朱偉話說到一半，被江陽打斷：「你讓孩子回屋子後面玩會兒，我們有話問你。」

丁春妹唯唯諾諾地應承，拿了支冰棒，哄孩子去屋後自己吃去。待她回來後，江陽道：「聽說農村有很多買小孩的，你這孩子該不會是從人販子手裡買的吧？」

丁春妹連忙搖手否認：「不是不是，不是買的。」

江陽冷笑道：「鄉裡對嚴禁買賣兒童肯定宣傳很多遍了，你這行為——」

丁春妹忙說：「這不是我小孩，是我朋友的，我幫忙帶這孩子。」江陽思索了片刻，心想幫朋友帶孩子，孩子不至於喊她媽媽吧，其中必有緣故，他們本是找她問當晚報案強姦的事，誰想竟發現個疑似拐賣的小孩，正好抓住這個把柄來讓她交代實情，便道：「你哪個朋友的小孩，為什麼會叫你媽媽？這事情我們要查仔細了，如果孩子是拐來的，你這是要坐牢的。」

「真是……真是我朋友的小孩。」她顯得很慌亂，手足無措。

「哪個朋友？叫過來。」江陽看出了她的驚慌，更覺孩子有問題。丁春妹掏出一支藍屏手機，撥起電話，打了好幾次，都沒人接，

她更是焦急，過了幾分鐘，她終於放棄，轉身道：「電話現在沒人接，等下看到了會回我的，真是我朋友的小孩，我沒騙你們。」

「行，這事情先放一邊，我們會調查清楚的。」江陽道，「我們來找你，是要問你一件事。」

朱偉示意帶來的刑警開始做記錄。「什麼事？」

「三年前你到派出所報案，侯貴平的事，你應該不會忘記吧？」聽到「侯貴平」這三個字，丁春妹的臉上瞬間變了顏色。

28

丁春妹表情傳遞出來的信息逃不過他們的眼睛。

朱偉板起臉問她：「三年前那晚，你跑到派出所報案，說侯貴平強姦了你，這事情你應該記得很清楚吧？」

丁春妹低頭沒說話，似是默認狀。

「他是直接把你從家裡拉到他宿舍嗎？」

「不是，我……我去他宿舍借熱水，他……他趁機強姦了我。」

「幾點的事？」

「七……七點多。」

「是嗎？」朱偉口氣很冷硬，「為什麼你要跑去學校借熱水，你這附近住了這麼多人家，七點多大家還沒睡吧？你從這裡走到侯貴平宿舍起碼要五六分鐘，為什麼近的不去，跑那麼遠？」

他指了指周圍，相隔幾十米外還有幾戶石頭房子。

丁春妹頓時臉色發白，當初警察並沒有問過她這個問題，她遲遲不語。

江陽冷聲道：「好好回答！在警察面前不要撒謊，你如果說假話要吃苦頭的。」

「是……是，我去旁邊家裡借過了，別人家沒熱水，所以……所以我跑學校裡看看。」

朱偉冷笑：「是嗎？你都借過了，別人家沒熱水，對吧？」

「對……是這樣。」

「那麼，這戶借過了？」朱偉手指向旁邊一戶最近的人家。

「借……借過。」

「那戶呢？」他指向稍遠點一戶。

「借過。」

「再那戶呢？」他指向斜對面一戶。

「我……我想不起來了，都……都這麼久了，我忘了，我只記得借了幾戶都沒有，才跑學校裡看看。」

朱偉看向記錄員：「這幾戶人家都記好了嗎？」得到肯定答覆後，他滿意地點頭。

江陽咳嗽一聲，瞪著她：「你說借過的這幾戶人家，我們都會去調查的，如果發現你撒謊，那麼——」他冷哼一聲，沒再言語。

丁春妹臉色更是慘白，一直低著頭，不敢看他們。

朱偉又繼續追問：「你到侯貴平宿舍後，他就強行把你拉進去，這過程沒人聽到動靜嗎？他宿舍對面就是學生宿舍，也就隔著二三十米。」

「我……我被他嚇住了，不敢叫出聲。」

「侯貴平放了你後，你馬上去報警了？」

「是。」

「在這期間你有沒有遇到什麼人，告訴對方侯貴平強姦你的事？」

「沒……沒有。」她眼神透著慌張。

「你說你七點多去了他宿舍，後來派出所紀錄裡寫著你十一點多跑到派出所報警，扣掉你跑到派出所的時間，也就是說，侯貴平強迫你在他宿舍待了足足三個多小時？」

「是。」

「這期間你一次都沒呼救過嗎？」

「沒……沒有。」

「這期間有誰來找過侯貴平嗎？」

「沒有。」

「侯貴平後來死了，你覺得他是因為你這件事畏罪自殺嗎？」

「我……我不知道，他自作自受。」

朱偉鼻子哼了聲，剛想繼續問她，被身後傳來的一個男人的土話聲打斷：「春妹，打我電話有事啊？」

朱偉和江陽同時轉過身去，朱偉眼中一亮，認出了走過來的這個男人——小板凳岳軍。

29

江陽三人都穿著便服，朱偉認識岳軍，岳軍不認識朱偉。他原以為站在店門口的兩個人是顧客，走近了看到還有一個人坐著寫紀錄，又注意到丁春妹的臉，隱約覺得不對勁。

「小板凳。」朱偉臉上掛著怪笑。

岳軍隱約覺得來者不善，但還是強撐氣勢，沒好氣反問：「你誰啊？」

朱偉走上前，伸出一手抓住他肩膀，凶巴巴地問他：「屋子裡那小孩是你的？」

岳軍一把打開他的手：「你他媽誰啊？」朱偉掏出警官證，在他面前晃了晃。

岳軍馬上萎了下去，但嘴巴還是很硬：「找我幹嘛，我又沒犯事。」

「丁春妹說屋裡那小孩是你的，對吧？」

岳軍臉色微微變了變，兀自道：「是我的，怎麼了？」

「你結婚了嗎？哪來的小孩？」

「我……我撿來的！」

朱偉哈哈一笑：「哪裡這麼容易撿，幫我也撿個來。」

「我……我就是撿來的，有人放我家門口，我總不能把這孩子餓死吧？是我撿來的！民政局都登記過！」

「登記過了，也不一定就是合法的啊。」朱偉打量著他，突然壓低聲音，嚴肅喝道，「群眾舉報你誘拐小孩，跟我走！到派出所老實交代清楚，小孩到底是怎麼來的！」

朱偉撩起短袖走上前，一把揪住他胳膊，岳軍本能地打開他的手，朱偉一個巴掌呼到了他頭上，原本朱偉就很壯實，岳軍哪裡是他的對手，加上這些年朱偉抓罪犯養成的氣勢，岳軍在下一秒就放棄了反抗的念頭，連聲哀求：「放手放手，我跟你走，哎喲哎喲。」

朱偉從包裡掏出手銬，把他銬了起來，放到一邊，走過來湊到江陽耳邊，神秘一笑：「你和丁春妹先聊著，等我好消息。」

他們走後，江陽自顧拉了條店裡的凳子坐下，示意對方也坐，擺出辦案的架勢，道：「我現在問你的話，你要老老實實地回答，記錄員的錄音和筆錄都會一五一十記下，明白沒有！」

他工作時間不長，實際辦案經驗不多，不過紀委和檢察院是聯合辦公，違紀官員被帶到檢察院審問看得很多了。

朱偉也傳授了他一些經驗，審問時態度一定要嚴厲，嚴厲但不是凶，因為遇到有些老油條的傢伙，審訊人員越凶，他們反而會看透你手裡壓根兒沒牌，是在故意嚇唬人呢。玩同花順不能把把都梭哈投機，自然，審問時也要真真假假。

果然，丁春妹很順從地回答：「明白了。」

「說，你和岳軍是什麼關係？」

「我們……我們……」

「說實話！」

「我們……有時候他在我這裡過夜。」

江陽點點頭，這關係從剛剛兩人的神情中也可猜出大半，城市裡叫偷情，農村叫姘頭。
「他經常來找你嗎？」
「嗯……有時候。」
「一個月幾次？」
「不好說，三四次，五六次。」
「你和他是什麼時候開始這種關係的？」
「幾年前。」
「具體什麼時候！」
「大概……大概二〇〇一年。」
「侯貴平死前你和岳軍已經是這種關係了？」
「對。」
江陽微微瞇了下眼睛，停頓著沒說話。丁春妹抬起頭，發現對方正在盯著她的眼睛。
江陽放慢了語速：「我們現在已經查出來，侯貴平不是自殺的，他是被人謀殺的！」
丁春妹瞬間眼角抖動起來，指甲掐進了肉裡。「誰殺了侯貴平？」
「我……我不知道。」丁春妹很是慌張。
「侯貴平死前和岳軍多次發生衝突，岳軍揚言要弄死侯貴平，你說侯貴平強姦了你，以你和岳軍的關係，你自然會把這件事告訴岳軍，他懷恨在心，所以跑去殺了侯貴平，對不對！」
「不是不是，他沒有殺侯貴平。」

「這件事你也知道，你也有份，對吧？」

「沒有沒有，不關我們的事，侯貴平真的不是他殺的！」丁春妹緊張地叫起來。

江陽一動不動盯著她：「那是誰殺的？」丁春妹慌忙低下頭：「我不知道。」

此後，無論江陽怎麼問，丁春妹始終否認她和岳軍殺了侯貴平，在誰殺了侯貴平這個問題上，她堅稱不知道。

一個多小時後，朱偉滿頭大汗地趕回來，把江陽拉到一旁，低聲道：「岳軍堅稱孩子是撿來的，還去民政局辦過收養手續，是用他父母的名義，不過很奇怪，派出所戶口登記裡，這小孩沒姓岳，姓夏天的夏。」

「為什麼？」

「不知道，這孩子戶口是冬天上的，又不是夏天撿來的，岳軍只說他有個朋友姓夏，當孩子乾爹，所以跟著他朋友姓。這事先別管了，我剛才問了旁邊的幾戶人家，他們說丁春妹從沒來借過熱水，農村最不缺的就是柴火，哪裡會沒熱水。」

江陽心領神會。

朱偉轉過身，望著坐立不安的丁春妹，肅然喝道：「周圍那幾戶人家都問過了，你從來沒有向他們借過熱水，你撒謊！」

「可能……可能隔了幾年，他們忘記了。」丁春妹連忙想出這個理由。

朱偉冷笑：「是嗎？可是岳軍在派出所交代了一些對你很不利的事情。」

他們注意到丁春妹的神情更加慌張了。

江陽輕輕握住了拳，試探性地問了一句：「說實話！侯貴平到底有沒有強姦你！」

丁春妹臉色一瞬間慘白，嘴角微微抖著。

看到這個表情，兩人都是一喜，江陽是根據丁春妹撒謊說借熱水這一點，懷疑強姦一事很可能存在隱情，於是故意試探，她這副表情毫無疑問證明猜測是對的。

江陽更加有信心了：「他說你報了假警，此外，他還交代了一些事情，我們要跟你好好查證，你不要想著繼續隱瞞了，他都招了，你坦白交代會從寬處理。否則──」

「我……」丁春妹眼睛一紅，忍不住哭了出來，「我沒想到事情會這樣，我真沒想到侯貴平會死。」

30

在朱偉和江陽的連番攻勢下，丁春妹這位並沒有多少應付調查經驗的農村婦女的心理防線很快崩潰，交代了當年的真相。

當初岳軍給了丁春妹一萬塊錢。

二〇〇一年的時候，一萬塊錢還是很值錢的，在縣城上班的普通人工資是四五百，一萬塊差不多抵普通人上班兩年的收入，對農民而言則更多。岳軍要丁春妹做的事很簡單，勾引侯貴平睡覺，然後到派出所告他強姦。

對丁春妹而言，勾引侯貴平睡覺不為難，她年輕守寡，又有姿色，總有年輕人來勾搭，貞節牌坊是不用立的。可是跑派出所告對方強姦這事，丁春妹猶豫了，這是誣告，誰願意沒事跑派出所找麻煩？

岳軍幾句話就打消了她的顧慮：只要侯貴平和她睡了，誰能證明她是誣告？只要一口咬定侯貴平強姦就行了，派出所肯定向著本地人，哪會幫外地人？何況，簡簡單單的一件事，一萬塊到手，這個誘惑實在太大了。

丁春妹唯一的顧慮是侯貴平拒絕她，但岳軍說侯貴平喝了酒，酒裡有藥，他又處於慾望最強的年紀，獨自待在他們這窮鄉僻壤的，這捆柴，一點火準著。

那天晚上岳軍找到她，說侯貴平把酒喝了，讓她現在過去。她去找了侯貴平，藉口借熱水，進屋勾引侯貴平，於是就和侯貴平發生了關係。她按照岳軍的吩咐，用毛巾擦了些侯貴平的精液，帶了回來。朱偉和江陽聽完這段講述，震驚了。

他們馬上推斷出下一個結論：在侯貴平屋內發現的女孩內褲上的精斑，就是那塊毛巾擦上去的。

先拿到精液，再謀殺侯貴平，然後栽贓，這是一個完整的局啊！江陽強壓著心頭的驚怒，這件事太恐怖了！在警察去找侯貴平前，侯貴平已經被人帶走殺害了，而歹徒把帶著精斑的女孩內褲藏在了他室內，將性侵女孩導致其自殺之罪嫁禍給侯貴平。而此前從女孩體內採得的精斑在公安局裡丟失，使之無法與侯貴平比對，才讓嫁禍順理成章。此案再次超出了他的想像。

膽大包天！

朱偉緊握著拳頭，嘴唇顫抖著問：「這一切都是岳軍指示你幹的？」丁春妹老實地點頭。

「侯貴平是岳軍殺的？」

「不是不是，」聽到這個問題，丁春妹連連搖頭，「侯貴平在水庫被找到後，岳軍也很害怕，跟我說，他不知道侯貴平會出事，鬧出人命來，他也嚇壞了。」

朱偉慢慢凝神盯住她，道：「一萬塊錢是岳軍給你的？」

「對。」

「這錢是他自己的嗎，還是哪來的？」丁春妹慌張道：「我不知道。」

「你和他相處好幾年了，這件事你怎麼可能沒問過他，你怎麼可能不知道？」

「我真不知道，你別問我，你去問他吧。」

朱偉怒喝道：「他我自然會問，你現在給我交代清楚，這錢到底是誰出的！」

丁春妹無言以對，過了一會兒，她雙手捂起臉，用出女人最原始但最經典的一招，大哭起來。

女性天生擅長哭，尤其在與異性吵架的過程中。哭大體有兩種，一種是情緒性發洩，真受了委屈，表達內心痛苦，老娘命比紙薄，怎麼遇到你這樣的臭男人；一種是技術性防禦，比如男女朋友吵架，女方明明理虧，但只要開始哭，最後都會發展成男方理虧，主動道歉而告終。許多男性朋友對此總是束手無策，其實辦法很簡單，你可以心裡罵娘，但只要表面上道個歉，最後開一堆空頭支票，對方準能破涕為笑。

朱偉還有個更直截了當的辦法，他喝了句：「號個屁，再浪費時間，現在就把你帶看守所關起來審！」

丁春妹馬上止住了哭。

「說，誰出的錢！」

丁春妹哽咽著，顯得萬分猶豫：「我……我問過岳軍，他說，他說這件事千萬千萬不要傳出去，我們得罪不起，要不然下場跟侯貴平一樣。」

「我問你，他們是誰！」

「我……我不是很清楚，聽岳軍提過一次，好像……好像是孫紅運的人。」

「孫紅運！」朱偉咬了咬牙，手指關節捏出了響聲。

江陽對這個名字倒是第一次聽說，但看朱偉的樣子，他顯然知道這人。

朱偉深吸一口氣，又問：「那塊毛巾去哪了？」

「我拿回毛巾後，先趕回家，岳軍看到我拿到了毛巾，就給他們打了電話，他們要他馬上就把毛巾送過去。」

「後來你過了多久去報的警？」

「岳軍回來後，就讓我一起在屋裡等著，大概過了一個小時，岳軍接到他們電話，要我馬上去報警。」

江陽思索著這些信息，顯然，對方拿到毛巾後，趁精液未凝固塗到了女孩內褲上，然後去侯貴平宿舍下了手，布置妥當後，讓丁春妹去派出所報警，一切都在計劃中！

問完後，江陽把筆錄遞給丁春妹，讓她把筆錄抄一遍，做成認罪書。

這時，他看到朱偉緊皺著眉頭，兀自走到門口，點起一支菸，用力地吸著。他也跟了出去，道：「怎麼了？是不是……你剛剛聽到孫紅運這名字，好像神情就不太對勁。」

朱偉眼睛瞪著遠處天空，猛抽了幾口菸，又續上一支，惱怒地點點頭。

江陽狐疑問：「孫紅運是誰？」

朱偉冷哼道：「縣裡一個做生意的。」

「這個人是不是比較難處理？」

朱偉深吸一口氣，過了許久，才歎息道：「這人聽說年輕時在社會上混得很好，黑白通吃。九十年代我們縣裡的老國營造紙廠改制，當時資不抵債，孫紅運把造紙廠收購了，我想你也猜到了，那家造紙廠後來改名叫卡恩紙業。被他收購後，廠裡效益越做越好，成了縣裡的財政支柱。

就在幾天前，卡恩紙業在深交所上市了，不光是平康縣，這可是金市第一家上市公司。」

江陽沉默著不說話。平康縣最高的一座樓就是卡恩集團的，最大一片地也是卡恩的。金市位於浙西，多是山區地形，經濟遠比不上浙江沿海的那幾個城市，平康縣自然更加落後。而卡恩是全縣最大的企業，貢獻了縣財政三分之一的收入。裡面更是有著幾千名員工，是關乎社會穩定的基石。卡恩在深交所掛牌上市，市領導班子集體到了縣裡慶祝，全縣都在熱烈宣傳。

如果是卡恩的老闆孫紅運涉案，這個時候抓了老闆，會怎麼樣？金市唯一一家上市公司，剛上市老闆就被抓？廠裡還有幾千個員工，這在領導看來，是影響社會穩定的大事。怎麼抓？縣公安局會批嗎？市公安局會批嗎？政府班子會同意嗎？

江陽瞬間感到前所未有的困難。彷彿前路一片渺茫，就算現在眼睜睜看到孫紅運親手殺人，要辦他恐怕也要頗費周折吧。

這時，朱偉接到一通電話，掛下後，回頭道：「局裡通知我晚上要抓捕一個盜搶集團，我先走一步。你留在這等她寫完資料，人先不用帶去派出所，你是檢察官辦不了公安的手續，諒她一個女人也跑不了。等過幾天抓捕行動處理完了，我再來找你。」他頓了頓，胸膛起伏著道，「管他什麼上市公司老闆，這麼大的刑事命案一旦證據確鑿，天王老子也保不了他，看著吧！」

31

接下去的幾天，江陽打過幾次朱偉手機，他總是關機，只有一次回覆他正在帶隊日夜蹲點抓捕犯罪集團，等過幾天再找他。

而從妙高鄉回來，知道了孫紅運這個名字後，江陽每天上下班，都會繞一圈遠路，經過卡恩集團的大樓。

他並不指望朝裡張望一眼能發現什麼線索，只是自從知道孫紅運涉案，他本能地想親眼看一看孫紅運到底是個什麼樣的人。

不過未能如他所願，他一次也沒見過孫紅運，可是有一天下班回家的路上，他看見岳軍抱著那個疑似拐來的小孩從卡恩大樓走出來，他心中莫名有種不太好的預感。

第二天他坐上中巴車重新回到妙高鄉，找到了丁春妹的小店，卻見店門緊閉，敲了好一陣，無人應答，向旁邊鄰居一打聽，得知丁春妹這幾天都沒開過店門，像是不在家。

畏罪潛逃！

他急忙掏出手機打給朱偉，幸好朱偉此刻手機開著。

「丁春妹家裡沒人，旁邊鄰居說她這幾天都不在家，怕是潛逃了！」朱偉做夢也沒想到丁春妹這一個女人會選擇潛逃，她雖然報假警，但侯貴平不是她殺的，那天他們也向她宣傳了政策，她的行為雖然屬於犯罪，作做偽證，但性質並不嚴重，主觀上並未預料到侯貴平會死的結果，並且有主動交代的從寬情節，只要她將來出庭作證，檢方會建議法院用緩刑。可是她卻潛逃了！一個可以適用緩刑的證人，卻選擇了最笨的方法，逃跑！朱偉連忙叮囑：「你等著別走，我馬上帶人過來！」

一個小時後，朱偉開著警車，帶著兩名刑警和陳明章趕到丁春妹家門口。

江陽奇怪地問：「陳法醫來是……」

朱偉冷聲道：「跟你打完電話後，我細想這事情蹊蹺，我不相信丁春妹會為這事潛逃當通緝犯，老陳聽了後說他來現場看看。」

朱偉打電話叫來了鎮上的派出所警察做見證，他們撬開了小店的木門，初一看就覺得不對勁。

店裡的貨櫃上，有一片玻璃裂了，從一個點發散出輻射狀的裂紋，另一片玻璃空了，不知所蹤。

陳明章緩緩地走進屋，站在原地看著這一幕，道：「玻璃本來就這樣嗎？」

江陽和朱偉異口同聲地回答：「不是。」

陳明章摸了摸額頭，慢慢地繞著屋子走了一圈，講解道：「從地上的痕跡看，屋子新近被人用掃帚打掃過。」

他走到貨櫃旁的一片牆邊，那裡釘了枚掛鉤，他低頭仔細地看著這枚掛鉤，咂咂嘴：「有血。」

江陽他們連忙上去觀察，果然，掛鉤前段有稍許的淡紅色痕跡，不注意根本發現不了。

朱偉皺眉道：「你肯定是血？」

陳明章笑道：「我的專業水平不可能把血和油漆搞混，是血，時間不太久，沒幾天工夫。」

這時，江陽說出了昨天傍晚的事，他下班路過卡恩大廈，看到岳軍抱著那個小男孩從裡面出來，小男孩本該是丁春妹在撫養，現在在岳軍手裡抱著，所以他才會有不好的預感。

朱偉咬著牙，過了好一陣，他一拳砸到牆上，怒道：「抓岳軍，帶回去！」

他掉頭離開小店，到了外面，囑咐兩個一同過來的刑警去向周圍人打聽這幾天的異常情況。

他則帶著民警直奔岳軍家。

32

「我不跟你多說，打發他律師走，岳軍我關定了。岳軍那小子哪兒來的律師！你替他請的吧！你說我手裡沒證據，哼，我等下就帶證據過來！」小餐館裡，朱偉嘴裡叼著的香菸像舊時代的輪船一樣往外吐煙。

掛上電話，朱偉擦起袖子怒罵：「人他媽才抓了一天，李建國就催著我放人，管到我案子頭上來，他百分百是孫紅運養的！」

「你是不是還沒把我們手裡有丁春妹認罪書的事告訴局裡？」

「當然，我故意留著的，不讓他們知道我們的底牌。我就是要看看，到底單位裡哪些人對這案子著急。岳軍抓來才一天，你看，李建國就急了。」

江陽不無擔憂道：「你們大領導呢？」

「幾個局長倒沒說什麼，如果他們都跟孫紅運一伙，那公安局豈不成孫紅運開的了？本來我們當天就能把丁春妹帶回來，順便抓了岳軍審，那天李建國打我電話讓我去抓捕一個盜搶集團，耽誤了，丁春妹這才出了事。昨天我抓了岳軍回來，要親自審，李建國又故意給我個案子想支開我，孕婦盜竊集團！去他媽的孕婦盜竊集團，整個平康就剩我一個警察了？抓幾個孕婦還要我去帶人蹲點？要不是被人攔著，我早跟他動手了。」朱偉氣沖沖地又續上了一根菸。

「原來是李建國通知你回單位的……」江陽頓時思索起來，「那天我們剛做完調查，你就接到李建國的電話，臨時要你回去辦案，這未免有點巧合吧？好像是故意把你引回去，不然丁春妹和岳軍當天就帶回去審了。」

朱偉眉頭瞬間皺了起來，琢磨道：「照你這麼分析……那個盜搶集團我們確實跟了一段時間了，但偵查員還沒對情況完全摸底，那天晚上我帶隊蹲點時，還跟他們說主犯沒有現身，現在抓捕會打草驚蛇，但他們說李建國命令當晚就要抓。我覺得時機不成熟，所以沒急著動手，安排人輪流蹲守了幾天。這李建國那天下令抓捕的時機，確實太早了。」

江陽想了一會兒，道：「如果是李建國故意找藉口把你拉回去，那麼是誰通知他的？」

「肯定是孫紅運的人。」

「孫紅運怎麼知道我們在妙高鄉調查岳軍和丁春妹？」

朱偉眼睛一亮：「我把岳軍帶到派出所，讓民警調查他小孩的來歷，隨後我就往你那邊趕來，一定是岳軍趁我走後，找機會拿手機打了電話。」

江陽點頭笑起來：「你那兒應該能查到岳軍的手機打給誰了吧？」

「當然能查。」

江陽嘴角冷笑：「一種可能是岳軍直接打給了李建國，嫌疑人在拘押期間打刑偵隊長電話，我是檢察官，我有理由叫李建國到我們單位來聊一聊。另一種可能是岳軍打給了孫紅運的人，隨後孫紅運的人通知了李建國，只要把三方對電話的解釋比照一下，如果說辭有漏洞，我同樣有理由叫李建國來趟檢察院。」

朱偉忍不住拍手叫道：「太好了，我這就派人去查。」

「不急，關於丁春妹的事，有什麼進展？」

「昨天審了一晚，岳軍堅稱不知道丁春妹去哪兒了。他說那天我們走後，丁春妹把小男孩送回了他家，此後就不知所蹤。丁春妹的鄰居說，那天晚上大概十一點，聽到過玻璃打碎的聲音，還聽到了一聲女人的哭喊，他不確定是不是丁春妹。農村都養狗，那時他家狗聽到聲音叫了起來，他還起床出門看過，但外面一片漆黑，也沒聽到後續動靜，他以為是哪戶人家夫妻吵架，沒有在意。看來，丁春妹應該是在那時出事的。」

「會不會是岳軍幹的呢？」

朱偉苦惱搖頭：「不會，那天岳軍在派出所拘留過夜，直到第二天早上民警找民政局核對過，確實有合法的領養手續，才放了他。」

「我們剛調查過丁春妹，這位證人就出事了。」江陽憤恨地咬牙。朱偉握緊拳頭怒道：「老陳說，結合鄰居的說法和現場的勘查，他判斷當天晚上十一點丁春妹出事了，不止一個人動的手。對方還把現場打掃過，丁春妹恐怕凶多吉少。實在是膽大包天，在警察眼皮底下動證人。如果這事查出是孫紅運派人幹的，我不惜一切代價也要把這王八蛋抓起來！」

33

第二天早上，朱偉打電話把江陽從單位叫出來，兩輛警車停在檢察院門口，朱偉從前一輛裡探出身，滿面容光地招呼他上車。

「去哪兒？」

「帶你抓人去。」

朱偉迫不及待地告訴他案子的最新進展。岳軍果然在派出所時用手機打了個電話，對方叫胡一浪，是卡恩集團的副總經理，孫紅運的助理。並且胡一浪在接到岳軍電話後沒多久，用手機打了一個電話到刑偵大隊長辦公室，通話整整五分鐘。只可惜岳軍這小子一直不肯交代他打電話是通風報信。

「你要抓誰？」江陽問。

「當然是胡一浪。」

江陽質疑道：「你有什麼證據直接抓他？」

「沒證據，先抓了審，我有把握他會交代犯罪事實的。」

「他又不是傻瓜，突然良心發現嗎？」

朱偉一聲冷笑：「如果我把孫紅運也抓了呢，胡一浪一慌，自然就交代了！」

「你要直接抓孫紅運？」

「當然。」

「到現在為止，沒有任何證據表明他跟這些事有關，你怎麼抓他？」

「理由不重要，」朱偉鼻子一哼，道，「把這兩人刑拘後，審上幾個星期。嘿嘿，我們警察審訊自有一套辦法，大燈一照，連著幾天睡眠不足，人的情緒就會變得很糟糕，思維也會混亂，到時稍微用點審問技巧，通常嫌疑人不出三五天就會招供的，我還沒見過心理素質能強大到硬撐幾個星期的罪犯。侯貴平都死了快三年了，上哪兒找直接物證，只能靠口供突破。」

江陽是個很遵守程序正義的檢察官，聽了他的話，頓時連連搖頭：

「你無憑無據抓人，這完全不符合規矩。」

「規矩？我也想守規矩，可他們守規矩了嗎？」朱偉瞪起眼，「侯貴平怎麼死的？我們剛調查丁春妹，她就遭遇不測。這幫人窮凶極惡，你跟他們談規矩？別指望了，對付他們，就不能用正常手段。現在我們手裡只剩下丁春妹一張單薄的認罪書，其他什麼證據都沒有，只能先強制拘留他們，逼他們交代出真相，再搜集相關證據。」

江陽依舊表示反對，說：「你要直接拘留孫紅運，拘留書拿到了？」朱偉露出了笑容，得意地從公文包裡掏出幾張紙，揚了揚。

江陽接到手裡看了眼，拘留書上是他們副局長簽的名，不由驚奇：「你們副局居然支持你拘留孫紅運？」

朱偉掩手湊到他耳邊說：「這事局裡領導不知道，我這幾天抓了好幾波人，今早拿著一堆拘留書找副局簽字蓋章，只不過裡面多了兩張。待會兒我們抓了人後，不帶回局裡，直接帶去派出所，那裡我找人偷偷安排了兩間屋子借我用幾天，我和我幾個手下都把手機關了，誰也聯繫不到，誰都不知道孫紅運被關在這兒，沒法阻止我們審訊。這些我都安排好了，局長和管刑偵的副局長下午都去市裡開幾天會，今天是最好的機會。不過，這事早晚會被領導知道，我得抓緊時間，趕在領導們知道前審出結果。嘿嘿，只要有了證據，木已成舟……」

「你……你還想把他們偷偷關起來，你這是非法拘留！」江陽驚訝地合不上嘴。

「管他合法非法，我一想到他們敢在警察眼皮底下對證人動手就忍不了！」朱偉一副不在乎的樣子。

「你……可你還騙取領導簽名，又加上非法拘留，你這麼做……」

「說不定他們不配合審問，那就再給我加一條刑訊逼供吧。」他不屑地笑起來，「我在單位本來就不求上進，這麼膽大包天的罪犯要是繼續逍遙法外，我見了頭痛，所以我也膽大包天一回。放心，帶你去是做見證，到時不管出了什麼事，你都要說是被我蒙蔽了，責任我一人扛。」朱偉無所謂地哈哈一笑。

江陽心裡動蕩著。

這麼做對朱偉個人沒有一絲好處。

這案子如果破了，也會鬧出很大動靜，全市唯一一家上市公司，剛上市老闆就涉嫌刑事重罪被抓了，政府領導會高興嗎？這也罷了，如果最後審不出，副局長知道朱偉夾著拘留書騙取簽名和公章，私底下把這位開會能和市領導坐一起的大老闆非法拘留了，甚至搞刑訊逼供，會怎麼樣？朱偉很可能入獄！

無論哪種結果，朱偉都會受到嚴厲處罰。可是他還是鋌而走險地做了。

他有些不理解，朱偉到底追求的是什麼？

江陽自問追查這案子，剛開始只是因為同學間的情誼，但很快就動搖了，在吳愛可的「強迫」下才堅持下來，後來遇到那麼多困難後，他又再次動搖了，是其他人的鼓勵才使他最終決定立案。再後來的堅持，更像是上了發條的齒輪，已經做了那麼多工作，不想付出的一切都付諸東流，於是就像已經上了高速公路的車輛，不得已地前進著。

可是如果讓江陽為這案子騙取領導簽名和單位公章，他是絕對不會幹的。

他一切行動都在框架內，既要對得起職業，又要對得起良心，還要對得起自己的前途。職業、良心、前途，這注定是一個不可能的三角形嗎？他不知道，但他希望活在一個乾淨、穩定的三角形裡。

目前他們最大的困難，就是缺少證據，唯一的突破口，正是朱偉所說的，先讓嫌疑人們交代口供，既然朱偉豁出去了，自己也熱血一次，陪著走一趟吧。

34

很快，他們到了卡恩集團，朱偉帶人大步流星闖進去，前台小姑娘一看是警察，哪敢阻攔，承認老闆在公司，馬上帶他們上樓。

頂樓是集團高層的辦公區，他們直接闖向董事長辦公室，這時，一名三十五六歲的戴眼鏡男子從旁邊一間辦公室走出來，攔住了他們：「你們是？」

朱偉出示了警官證和兩張拘留書，道：「胡一浪和孫紅運在哪兒？我們要帶走。」

那人表情微微一變，然後說：「我是胡一浪。」

朱偉朝他打量了一會兒，他長相很斯文，小眼睛卻透著一股狡猾的氣息。

朱偉冷笑一聲：「孫紅運在哪兒？你們倆都跟我們走一趟。」

胡一浪鎮定自若地拿起拘留書，反覆看了幾遍，抬頭不慌不忙地微笑問：「刑拘啊，嘖嘖，不知道是什麼原因要對我和孫總進行刑拘？」

「涉嫌多起刑事案件，去了自然知道。」

「是嗎？好像有一點點麻煩呀。」胡一浪低頭歎息一聲。這時，辦公區裡的人都走了過來圍觀。

朱偉絲毫不為所動，冷喝道：「別廢話，跟我們走！」他掏出了手銬，準備採取強制手段。

「等一下，」圍觀者身後傳出一個平穩厚重的男聲，人們自然地讓到兩邊，一個四十多歲穿著一件乾淨的短袖休閒衫的男人走了出來，朝他們看了眼，鎮定地詢問，「發生什麼事了？」

「孫總。」胡一浪走到他身邊，遞上拘留書，解釋了一番。孫紅運皺眉看著拘留書，朝胡一浪耳語幾句。

胡一浪轉身微笑說：「警察同志，你們的手續好像有點問題。」朱偉不由心虛，但還是鼓著嗓子問：「什麼問題？」

「孫總是省人大代表，受拘留，你們需要先去省人大常委會申請，省人大同意後他才能跟你們走。」

他們頓時一驚。

江陽並不知道孫紅運是省人大代表，朱偉更是一陣懊惱，他忽略了，但本不該忽略的，孫紅運這麼個人物，怎麼可能沒點社會地位？他太焦急了，他急著要破案，這才鋌而走險騙取公章和簽名，可他沒想周全，以為把人偷偷抓走強制審訊就成了，可最終，功虧一簣！

朱偉臉色發黑，孫紅運雙手圈住胳膊，像看戲一般瞧著他。

江陽突然道：「孫紅運暫時不用跟我們走，胡一浪，你不是人大代表吧？」

胡一浪臉上閃過一絲慌張。

「那你跟我們走吧。」

胡一浪腮幫微微抽動著，他抬頭看著孫紅運，彷彿是在求援，孫紅運臉上毫無表情。

江陽用手臂碰了下朱偉，他咬咬牙，重新振作起來，想起已經騙了拘留書，責任揹定了，既然兩個不能抓，抓一個也好，拿起手銬道：

「胡一浪，走吧。」

這時，孫紅運又重新開口了：「小胡，你剛才介紹這位警官叫什麼來著？」

「朱偉。」

「哦，」他故作驚訝地連連點頭，「朱偉，我知道，我們平康人都知道。平康白雪，警界的名片！嗯，朱警官，原本從手續上，我是不需要跟你們走的，不過你的大名在平康無人不知，既然是你來親自調查，拿了拘留證，我和小胡大概是在某些方面有嫌疑了，如果我仗著人大代表的身分不配合你調查，那平康的老百姓知道了，肯定要罵我，也會在背後傳我謠言。你放心，你的面子我一定給，我跟小胡都跟你走，會非常配合你的調查。」

說完，他在胡一浪耳邊低聲說了幾句，又跟公司其他人悄聲囑託了幾句，滿是自信地迎了上去。

35

朱偉知道已經沒辦法把孫紅運私下抓走強制審訊，他不想拖累江陽，讓他先回檢察院。朱偉一臉陰沉地帶著孫紅運和胡一浪回到局裡，那裡卻已經站著分管政法的副縣長、縣委辦公室主任和局裡的其他幾位領導，一干人等斥責的眼神，他視若無睹，依然讓手下帶著胡一浪去做筆錄，隨後與其他人一起到了單位會議室。

沒等朱偉說完經過，孫紅運就開始侃侃而談：「各位領導大概都知道，早些年我從縣國資委手裡買下這個實際已經破產的造紙廠，保住了幾百個職工的飯碗，一開始經營很困難，資金、技術、人員素質都是難題，我們平康本身不發達，交通不便利，那時整天想的都是怎麼養活這麼多人。後來，企業經營逐漸上了軌道，我們卡恩集團也進步很快，這個月在深交所上市，成了市裡第一家上市公司，總算是取得了一點點成績。以前我經營困難時，社會上沒人說我不好，廠裡的幾百個職工知道我不容易，都很親切地叫我孫廠長。現在我們卡恩有了一些發展，集團解決了平康幾千個人的就業問題，有錢了，社會上就開始傳出一些謠言。有說我早年是靠黑道起家的，有說我侵吞國有資產的，有說我現在還在從事一些非法犯罪活動的，對於這些傳言，我個人從來沒回應過，身正不怕影子歪，各級組織也都對我們卡恩做過調查，如果真有問題，卡恩能上市嗎？」

領導們紛紛點頭贊同。

他繼續說：「老百姓是什麼心態？老百姓可以跟你一起窮，但就是見不得你比他好。我們平康在省裡又是落後山區，老百姓很多還是小農思想，謠言這東西，一傳十十傳百，起先我倒沒覺得什麼，但今天朱警官都親自找上門了，我覺得謠言再這麼傳下去，會影響到我們集團的經營和穩定，我想有必要做個澄清。」

在座領導都開始數落起朱偉來，副縣長嚴厲斥責：「朱偉，我們知道你在辦案方面盡職盡責，但你在辦案的時候也要講政治顧大局，講究方式方法。人紅是非多，孫總是我們平康傑出的企業家，你在沒有經過深入的調查取證後，直接要拘留人家，人大代表能隨便拘留嗎，你懂不懂法律！誰給你批的拘留書，你們副局長？這傳出去是什麼？社會上會怎麼說？老百姓會怎麼看？卡恩是縣裡的支柱，是金市的名片，你這麼隨意地拘留集團董事長，會影響到一個企業的經營穩定，你懂不懂！」

顯然，這個時候他們還不知道朱偉設計騙取了領導的簽名，對他還是保留了幾分客氣。

朱偉深深吸了口氣，咬住了牙齒，選擇繼續繃住臉，以沉默對抗。「也沒這麼嚴重，」孫紅運反而笑著替朱偉開脫，「朱警官的正義感我們都知道的，我在平康聽過很多朱警官的事蹟，對他也是很佩服的。朱警官大概是聽了社會上一些亂七八糟的傳言，所以對我個人有所懷疑。這樣調查一下也好，能證明我清白，堵上一些人的嘴。」

朱偉再也無法忍受，開口冷聲質問：「丁春妹去哪裡了，你肯定清楚！」

孫紅運一臉茫然：「什麼丁春妹？你說的這名字我是第一次聽到，這是什麼人？我認識嗎？」

朱偉從胸口的內層口袋裡拿出一個信封，掏出丁春妹寫的認罪書，擺在桌上：「你自己看。」

孫紅運接過看了一遍，隨後幾位領導也接過看了一遍。

孫紅運不解道：「這上面出現的侯貴平、岳軍是誰？我從來不認識啊。」

副縣長問：「你這份資料哪裡來的？」

「丁春妹親筆寫的認罪書。」

「丁春妹是什麼人？」

「妙高鄉的一名婦女。」

「哪幾個刑警監督記錄的？」

「我和手下一名隊員，還有一位朋友。」朱偉臨時替江陽瞞下了名字，面對縣政府的領導，他不想把江陽這年輕的檢察官拖下水。

「你朋友？」副縣長皺眉道，「是警察嗎？」朱偉否認：「不是。」

「你帶了一位不是警察的朋友找丁春妹做調查，她當你們面寫下了這份認罪資料？」

「對。」

「那現在丁春妹人呢？」

「我調查結束的當天晚上丁春妹就失蹤了，初步懷疑被人劫持了，現在得問問孫老闆，人去哪兒了？」

孫紅運搖頭一番苦笑。

副縣長道：「既然她寫下這份認罪書，不管資料內容是真是假，和孫總有沒有關係，你都應該把丁春妹帶回單位繼續調查，人怎麼會失蹤了呢？在公安局被人劫走的？」

朱偉臉色難看，低頭道：「我當天臨時有事，一時疏忽，那時沒把她帶回來。」

副縣長冷笑：「妙高鄉的一名婦女，怎麼會認識孫總的呢？單單一份筆錄，能當證據？現在人也找不到，這份資料的真實性怎麼保證？」

朱偉無可辯駁。

「上面的侯貴平是什麼身分？」

「是支教老師。」

副縣長笑起來：「資料上寫，岳軍拿錢給丁春妹，讓她勾引侯貴平最後報假警，這筆錢是孫總出的，孫總能跟一個妙高鄉的支教老師有這麼深仇大恨嗎？孫總又不是妙高鄉的人，怎麼會有過節？」

孫紅運道：「是啊，我在平康這麼多年，還從沒去過妙高鄉，更不認識一個支教老師，也不認識岳軍這個人。」

朱偉緊緊咬著牙，他現在無憑無據，如果說孫紅運和女孩性侵有關，簡直是無稽之談，恐怕在座所有人都會當場發怒，斥責他憑空捏造企業家謠言。

過了片刻，他盯著孫紅運，道：「岳軍和胡一浪都關在後面，現在就等著看他們的口供吧！」

孫紅運不急不慢地道：「胡一浪是我的助理，我相信他的為人，我也從沒聽說他和一個妙高鄉的支教老師有什麼過節，希望朱警官今天的調查能給出一個可靠的結論，小胡到底有沒有犯罪，如果他涉嫌犯罪了，我絕對不包庇，一定和公安積極配合調查。如果他是清白的，」孫紅運頓了頓，咳嗽一聲，聲音突然冷了下來，「我也絕不允許這種莫名其妙的謠言存在，一定要向上級部門舉報！」

36

「太可惡，實在太可惡了！」餐館裡，朱偉咕嚕咕嚕喝下一整瓶啤酒，衝江陽抱怨著。

中午孫紅運在公安局談了不到半小時，就藉口公司有事，先行離開。所有領導都斥責朱偉辦事莽撞，要他馬上放了胡一浪。他執意不肯，摘下警徽，以辭職威脅，結果領導紛紛讓他馬上辭職，他們絕不挽留。

朱偉無奈，只能收起警徽，不理眾人，走進審訊室裡把門關了起來，在裡面親自審問胡一浪。

審了一下午，毫無結果。

胡一浪堅稱和岳軍只是普通朋友關係，那天打電話的內容，他忘記了，反正不是重要的事。至於後來打電話到李建國辦公室，也不記得說了什麼。

岳軍也是如此，不記得電話裡說了什麼。丁春妹去了哪裡，他更是毫不知情。

後來，還在市裡開會的正副局長都打來電話，怒批他騙取領導簽名，回來後找他算賬，李建國和其他領導更是強行要他放人，律師也到了公安局，手下刑警都不敢再接著審了，所有人都站在了他的對立面。

他孤掌難鳴，只好作罷。把兩個人都放了。

胡一浪堅決要公安局開無罪證明，還他清白，免得卡恩集團和孫總受人非議，局裡領導同意，最後朱偉無奈在無罪證明上簽了字。

江陽感到前路一片昏暗，垂頭喪氣：「現在路都被堵死了，人證物證都沒有，還能怎麼辦呢？」

朱偉厲聲道：「查，必須查！越是這樣，越是要查！我雖然拿孫紅運沒辦法，但岳軍我總對付得了！」

「可最後他不也被放了嗎？」

朱偉皺眉思索著，目露凶光，過了好一陣，沉聲道：「岳軍必然知道內情，直接逼他交代，我們再根據他交代的情況找證據！」

江陽帶著憂色：「你說逼他交代，怎麼逼？你騙取領導簽名已經違紀了，幸好最後你沒非法拘留，對付他，難道你要……」

「你猜對了，對付這種無賴，我要揍到他坦白為止！」

「這……」江陽強烈反對，「這不符合程序！」

「要什麼程序！這種貨色我見得多了，什麼法律程序最後都成了他們的擋箭牌，只有用手段！」

江陽臉色發青，他對這個主意感到恐懼，他和朱偉這老刑警不同，他是正規名牌大學法律系畢業，帶著書生氣，一直講究程序正義，刑訊逼供，這是他絕對不願涉足的。

朱偉看了他一眼，勸慰著：「你別怕，有什麼責任都是我揹，你不用擔心。你還是願意繼續一起追查下去的吧？」

江陽一臉糾結，聽著朱偉的話，他心中開始了退縮。

他工作不久，有著大好前途，人生剛剛起航，這件事已經給他帶來了很多麻煩，單位裡不少人悄悄建議他，不要跟著朱偉胡鬧了，就算孫紅運真有問題，也不是他這級別能辦的。

可是他看著朱偉周身散發出來的正義感，想到朱偉雖然衝動，心思卻也細膩，早上讓他先行離開，避免了他面對縣領導的尷尬，也避免了給檢察院帶去麻煩，頗為感激。

他考慮了許久，沉重地道：「如果……如果你一定要對岳軍刑訊逼供，那這案子我退出。」

「如果只是嚇唬一下呢？」

江陽思考了一會兒，很認真地看著他：「態度上，我始終站在你這邊，但是你絕對不能對嫌疑人造成人身傷害，這是我的原則。」

朱偉鬆了口氣：「你放心，我做了這麼多年刑警，有分寸。岳軍這種貨色我見得多了，嚇唬一下就全招了，不會傷害他的。」

江陽問：「你打算怎麼做？」

朱偉思索片刻，道：「不如就今晚連夜趕去妙高鄉，今天岳軍放出來後，孫紅運那邊肯定告誡他以後怎麼應對我的調查，今夜就要打他個措手不及，免得時間長了他有了心理準備，到時更難問出話來。」江陽想了一會兒，覺得既然決定了要用非常規偵查手段，自然越早越好。

朱偉繼續道：「我去單位借輛偵查用的非公務車，免得這小子一看到警車就逃。待會兒你來開車，我嘛……」他指了指面前立著的一排啤酒瓶，酒醉駕駛可不太好，他擠了下眼，「我回局裡拿把槍。」

「帶槍？」江陽驚慌地問。

「放心，我不要命了，難道真崩了他？嚇唬一下，戲當然要演真了。」

37

夜幕降臨，江陽開著車，載著朱偉前往妙高鄉。他們聊著各自的家庭、生活、經歷。

朱偉家庭很幸福，有個當小學老師的賢伉儷，有個剛念高中的兒子，兒子像他，個頭高，又很壯，從小喜歡體育，練過武術，性格也像他一樣，很有正義感。初中時見同學被流氓學生收保護費，他路見不平，一人單挑三個，還把三個都打傷了，老師叫來了各方家長，於是流氓學生和校外混混得知他有個號稱「平康白雪」的老爸，威名遠播，再也不敢惹他。唯獨這孩子功課不怎麼樣，他志向是考警校，出來後也當警察。

談到兒子，朱偉臉上總是洋溢著得意的笑容，好像看到了若干年後父子聯手抓罪犯的場面。

江陽也談到了他的過去。他出生在一個小鄉鎮，上小學的時候，母親就病故了，後來父親又組建了一個家庭，生了個女兒，在這個新家裡，父親把愛更多偏向了他的現任妻子和女兒，所以他一直存在著心結。自中學起，他就住校，不到萬不得已不回家。他對現在的生活很滿意，順利從大學畢業，遇到了一見鍾情的女朋友，人生剛起步，對未來的日子充滿了憧憬。

交談中，時間過去得很快。

他們到妙高鄉時大約晚上九點，農村人生活單調，大半人不太熱衷於響應計劃生育，都早早關燈上床辦事。鄉裡沒路燈，一片漆黑。通往岳軍家的路上路過一片魚塘，車子經過時，突然，他們聽到一聲「救——」。他們連忙停下車，側耳傾聽了片刻，但聲音消失了。「小江你聽見了沒有？」朱偉全神貫注傾聽動靜。

「好像……好像剛剛有人喊救命？」江陽不太確信地向四周張望，除了車燈照出的前方一塊路面外，周圍及更遠處都是一片黑乎乎的。

「下車看看。」那聲音聽著真切，朱偉不敢怠慢。

下車後，朱偉打起手電筒，朝聲音發出的一側探去，前方有片空地，他們沒走出幾步，就看到空地上停著一輛麵包車，車外站著一個人，正盯著他們。

這時，麵包車後又傳來一聲清晰的「救命」，但馬上聲音源被人堵上了嘴，朱偉注意到麵包車後還有人影，他馬上衝了上去。

那人衝他們喝了句：「滾開！」然後一把拉開駕駛座的門，跳上去，車後又躥出三個人，其中兩人正抓著另一個，捂住他的嘴，想強行把那人推上車，但那人雙腳賴在地上，使勁掙扎，不願上車。

朱偉眼見是歹徒行凶，急忙從腰間掏出手槍，朝天開了一槍：「別跑，警察！」

兩人聽到槍響，立刻撒手把人拋在車外，跳上車，關上車門，麵包車一踩油門朝他們猛衝過來，朱偉和江陽不得不避讓，跳到一邊，眼睜睜看著麵包車逃走，麵包車上沒有牌照，顯然是輛專門犯事的贓車。

朱偉回頭緊張地看著江陽：「你沒事吧？」

江陽站起身拍拍手：「沒事，先去看看那人。」

這時，還沒等他們靠近，倒地的那人卻一下爬起身，拔腿就跑。

「站住，我是警察，你跑什麼啊！」朱偉大叫著追趕，江陽也在身後急追不捨。

沒跑出多遠，朱偉拉住了那人的衣領，用大力一把揪過來壓倒在地，看清那人的臉後，朱偉冷笑起來：「踏破鐵鞋無覓處，得來全不費工夫，小板凳，沒想到老子救了你啊！」

38

「說，到底怎麼回事！」朱偉鬆開手，讓岳軍起身。

「沒，沒怎麼回事啊。」岳軍依舊一副無賴的嘴臉。

江陽對剛才差點被麵包車撞死心有餘悸，見他此刻還是這副嘴臉，不由怒上心頭，喝道：「我們救了你的命，你還不交代？剛才逃走的那三個是不是孫紅運的人？」

「我……我不知道，我不認識他們，什麼三個人？」

朱偉一把抓過他的衣領，眼神簡直要把他吞下去：「剛才要不是我們，你今晚是死是活都沒人知道！孫紅運都要殺你滅口了，你還要替他瞞多久！」

岳軍不敢與他對視，側著頭看著江陽。

江陽道：「孫紅運為什麼要抓你？他們要把你怎麼樣，殺了你滅口？」

「我不知道，你們別問我了行嗎？」

「你他媽——」

江陽攔住動怒的朱偉，道：「你最好老實一點，好好跟我們說實話，只有把孫紅運抓起來，你才能真正安全，否則以後你還會有今天的遭遇。我問你，丁春妹是不是就這樣被抓走了？」

「我真不知道丁春妹去哪兒了。」

江陽呼了口氣，對這小流氓徹底喪失了耐心，衝朱偉道：「行吧，你看著辦。」

「很好！」朱偉冷喝一句，一手拎著岳軍的後衣領，一手狠狠往他頭上肚子上連連幾拳砸去，痛得岳軍哇哇直叫，求饒不已。

江陽此刻絲毫產生不了同情，冷眼看著他：「現在你該知道了吧？」

「我真不知道，你們別問我了，求你們了，孫紅運的事我一點都不知道，我都不認識他。」

「嘴夠硬！」朱偉頓時火冒三丈，直接摸出手槍，頂住他的睪丸，唾沫星子噴到了他臉上，「你今天害老子臉面全無，你今晚要是不招，老子一槍崩了你。」

岳軍臉上表情漸漸僵硬，艱難地咧嘴乾笑：「你……你是警察，你……你……你殺了我要坐牢，你……你不會的。」

「你賭我會不會！」

朱偉的槍更用力頂了出去，岳軍感到下體一陣麻木，他閉起眼搖頭：「你是好警察，你不會的，殺我你要坐牢，你不敢，你一定不敢！」

朱偉冷笑：「就這麼殺了你我當然要坐牢。可是如果你襲警呢？」他收回槍，從腰間掏出一把匕首，遞給江陽。

江陽不解問：「幹什麼？」

「你拿去。」

江陽接過來：「給我幹什麼？」

「你往自己身上割上幾刀。」

「我往自己身上割？」江陽瞪大了眼。

朱偉一副理所當然的樣子說：「岳軍躲避調查，持刀襲擊你，我為了保護你，於是無奈開槍將其擊斃。」

聽著好像很合情合理啊。可是江陽還是不理解：「等一等，為什麼是我？你很厲害，你往自己身上割幾刀，然後再擊斃他，不是很好？」

朱偉笑道：「正因為我很厲害，岳軍持刀襲擊我，我還用得著拔槍對付這小潑皮？說出來監督處也不信。所以今天需要你做出一點犧牲。」

「一點犧牲，我……」江陽艱難地咽了口唾沫，摸著月光下透著寒意的匕首，看著自己單薄的衣衫，此刻他覺得自己是個乖寶寶，只想要一個大大的擁抱。

「就當是無償獻血了。」朱偉朝他擠了下眼。

他馬上心領神會，衝岳軍道：「好，你今天不交代害得我們倆在單位裡名聲掃地，這筆賬一定要算！我自殘，然後平康白雪把你擊斃，這事算告一段落，我們在單位也有了臉面。」

岳軍不可思議地看著江陽，他正漸漸把匕首朝自己的胳膊移去，整個畫面彷彿變得很漫長，他能感受到額頭的汗珠漸漸滲透出來。

正在這時，突然「砰」一聲，朱偉竟然直接開槍，江陽一個哆嗦，第一次如此近距離聽到槍聲，他簡直跳了起來。岳軍閉上眼睛連聲哭喊著大叫：「我說我說我全說！」

子彈並沒有擊中岳軍，而是從他襠下穿過，射入了身後的地面，朱偉鬆開了他，他直接滑倒癱軟在地。

朱偉使勁地甩著手，因為他手上和槍上都是濕漉漉的一片，岳軍襠下全是腥臭液體。

39

岳軍被帶到車內，江陽當即問：「說，今天麵包車那幾個人是誰？」

「是……是胡一浪派來的。」岳軍眼神中滿是惶恐不安。「派來做什麼？」

「我……我不知道，也許──」

「也許什麼？」

「我不知道。」岳軍低下頭。

江陽冷笑：「是要殺你滅口吧？」

岳軍垂著頭，慢慢點了幾下：「他們……他們把我叫出來，那時，我……我看情況不對，就反抗。後來你們車子經過，我抓住機會喊救命，他們捂住我嘴巴，不讓喊。幸虧……幸虧你們趕過來，我才……我才逃脫。」

「丁春妹的失蹤是不是也是被他們殺人滅口了？」

「我不知道。」

朱偉揪起他頭髮：「你還不肯招？」

「我真的不知道，胡一浪沒跟我說過，我更不敢問，我猜……我猜大概就是這樣吧。」

江陽道：「你在公安局什麼也沒透露給我們，他們也知道這點，為什麼還要冒險殺你滅口？」

岳軍哭喪著臉：「胡一浪認為是我把他供出去的，要不然你們不會知道我打電話給他，我怎麼解釋他都不信。」

原來如此，兩人明白了，胡一浪不知道他們是透過岳軍當天打的手機查過來的，還以為是岳軍把他供出來的，既然供出第一次，以後也難保不會透露更多的事，這才冒險殺人滅口。

江陽點點頭，道：「很好，你終於開始配合了。」江陽拿出手機，打開錄音功能，開始錄音，「胡一浪這次派人要殺你滅口，即便你今天活著回去了，將來他也會繼續找機會做了你。你自己可得想清楚了，你想要平安無事的唯一機會就握在自己手裡，只有配合我們調查，把胡一浪、孫紅運一干人等全部捉拿歸案，才能保證你以後的安全。要不然，留著你這樣一個定時炸彈，他們能安心嗎？至於你自己，願意當證人，將來會得到寬大處理，甚至可能免於刑事處罰。」

岳軍默不作聲地思考著。

「你同意配合我們工作嗎？」

過了一會兒，岳軍緩緩點頭：「同意。」

「那你先跟我們詳細說說丁春妹、侯貴平的事。」

岳軍承認，當年胡一浪找他，讓他找個女人勾引侯貴平，再誣告他強姦，給了他兩萬塊，他把其中一萬塊給了丁春妹。但他堅稱絕不知道後來侯貴平會死，如果知道鬧出人命官司，他絕對不敢收這錢。至於誰殺了侯貴平，他毫不知情。

「胡一浪為什麼要對付侯貴平？侯貴平當初舉報你強姦了他的學生，最後公安調查排除了你，不是把你放了嗎？侯貴平就算繼續舉報你也沒用。侯貴平應該不知道你上面是胡一浪吧？」

「是……不過……不過……」

「不過什麼？」江陽問。

朱偉怒喝一聲：「快說！」

岳軍嚇得馬上脫口而出：「不過他有一份學生被侵害名單，還拍到了照片。」

「什麼！」江陽和朱偉面面相覷看著對方。

江陽強忍住劇烈的心跳，問道：「你的意思是被侵害的女生不止一個？」

岳軍點點頭。「有幾個？」

「我……我知道的應該有四個……」

江陽的心越發沉了下去，這案子越發深不見底了。他深深吸了口氣，平復劇烈的心跳，此刻，他最關心的是侯貴平究竟拍到了什麼照片，導致他們竟然會殺人滅口。

岳軍交代：「我只是聽胡一浪提過一句，說侯貴平拍了一些照片，我不知道具體是什麼照片。」

「照片在哪兒？」

「侯貴平當時交給公安局了。」

江陽望著朱偉，朱偉深深地歎息一聲：「我從沒在單位見過侯貴平拍的照片。」

江陽問朱偉：「當年侯貴平來公安局舉報，接手的是李建國吧？」朱偉沉重地點點頭。

江陽轉頭對岳軍道：「現在帶你回公安局，你願不願意把知道的一切詳詳細細寫下來？」

聽到把事實都寫下來，岳軍又開始了猶豫不決。

江陽只好再做思想工作：「你看到了，胡一浪向你下手，而且你剛剛也向我們透露了關鍵信息，我們自然會據此調查。你想想，他知道你告訴我們的這些事，他以後能放過你嗎？只有一個辦法能救你，就是配合我們的調查工作，將胡一浪等人捉拿歸案。至於你個人的犯罪行為，我是檢察官，我向你保證，結案時我會替你爭取最寬大的處理機會。」

岳軍考慮了很久，最後點頭：「我跟你們去。」

40

在回去的路上，岳軍交代了更多的事。

他幾年前開始在卡恩集團當司機，由此認識了胡一浪，胡一浪得知他是妙高鄉上的混混後，有一次跟他說，如果他能帶女生到縣城來玩玩，可以給他錢，遠比工資多的錢，於是他從二〇〇〇年開始威逼利誘鄉裡的女孩，把她們帶到卡恩大酒店，交給胡一浪。這些女孩大都是父母在外地打工的留守兒童，或是孤兒，性格軟弱，膽小怕事。前後他一共帶過四個女孩，每次他把女孩送到酒店後，由胡一浪接引，第二天再把她們接回去，胡一浪每次會給他一千塊。女孩在酒店發生了什麼事，他沒問但能猜得出來。此外他還聽說，胡一浪找了好幾個類似他這樣的混混幫助找女孩，所以受害女生的數量遠超出他所知的四個。至於他所帶去的四個女孩，除了翁美香外，其他三個只知道小名，不知道真實姓名，但如果拿到學校的名冊，他能找出來。

江陽開著車，內心在劇烈起伏著。受害女童原來遠不止一個！

這起案件牽涉出來的新案情完全超出了他們的想像。觸目驚心，令人髮指！

到了公安局後，朱偉讓值班警察安排審訊室，他帶兩名刑警一起去審問岳軍，江陽在旁監督。

剛開始審問沒多久，審訊室的門就被人推開，李建國急匆匆衝進來，指著他們嚷著：「都出去，出去！」

朱偉站起身，攔在兩個欲走的刑警前，怒視李建國：「為什麼要出去？」

「你剛傳喚了岳軍，審不出結果，把他放走了，現在你又把人抓回來，這是連續拘傳，是嚴重違法行為！」

「違法？」朱偉冷笑，「我新發現有重大線索，再次調查，他本人也同意配合調查，不行嗎？」

「程序不到位，就是不行，出去，都出去！」他朝另兩名刑警呼喝著。

兩名刑警不知所措，考慮到李建國是大隊長，更有話語權，片刻後，他們還是向門口挪動了腳步。

「都別動！」朱偉大吼一聲攔住他們，伸手指著李建國，「你大半夜趕來管我案子幹什麼？你是不是怕我查出什麼證據！」

「我……我有什麼好怕，你是違法行為，我作為大隊長，你的領導，我糾正你。」李建國挺了一下背，讓氣勢更壯些。

「糾正我的違法行為？哈哈，李建國，老子問你，當年侯貴平來報案是你接的吧，照片在哪裡？照片在哪裡！」

「什麼照片，我不知道，你在說什麼？」李建國略有惶恐。

「你繼續裝吧，你要是和孫紅運、胡一浪一伙沒關係，老子二十年警察白幹了！這種未成年女孩集體性侵案你都敢包庇，你還是不是人！」

李建國怒叫起來：「朱偉！我告訴你，你再胡說八道，我就把你關起來！」

朱偉大手一張：「來啊，誰敢關我，誰敢關我，就憑你？敗類，害群之馬！」

「你嘴巴放乾淨點！」李建國怒指著他。

「我罵你是警察敗類，黑社會保護傘！」朱偉絲毫不為所懼地對視著。

「你他媽再說一遍！」李建國再也忍不住衝了上去。

朱偉毫不示弱地拿拳頭迎接他，兩人瞬間扭打在一起，單位所有值班警察都被驚動了，紛紛跑過去勸架。

兩人被強行拉開後，依然在兀自叫罵著，朱偉大罵他是孫紅運的保護傘、警察裡的敗類，李建國面紅耳赤地喝止他，揚言要把他關起來，但其手下也不敢真對朱偉動手。

這時，一群人走進來，帶頭一個穿西裝的男人拿出證件，自稱是岳軍律師，要和岳軍單獨會面。

朱偉怒罵道：「岳軍一個農村小鬼哪來的律師，不就是卡恩集團的律師嗎？」

律師微笑地看向岳軍：「我是岳軍請的委託律師。」朱偉回頭看岳軍：「他是你請的律師嗎？」

岳軍低下頭，不敢承認，也不敢否認。

律師看向他：「現在可以讓我和岳軍單獨會面了嗎？」

「不行！」朱偉喝道，「刑事偵查保密階段，公安有權拒絕。」李建國冷喝道：「你有刑偵調查的手續嗎？你沒有，你違法。」

江陽突然開口道：「我有手續，這是我們檢察院立的案，我們要調查岳軍。」

李建國對他絲毫不屑一顧：「那你帶你們檢察院的人來啊，跑公安局幹什麼，有本事自己去調查。可你記住，這裡是公安局，還輪不到你一個小小的檢察官發威。」

「你——」江陽氣急，卻在這公安局裡勢單力孤，周圍都是李建國的人，他氣勢上就矮了一截，後半句硬生生說不出來。

朱偉擋在江陽身前，喝道：「李建國我告訴你，在我審完之前，岳軍這人，我絕對不會放，我知道你為什麼會狗急跳牆，哼，口供一出來我就抓胡一浪，過幾天你也跑不了。」

李建國衝動地要掙脫其他人的拉阻，叫罵道：「朱偉，你今天口口聲聲侮辱我，我一定向督查處舉報，你等著！岳軍的律師在這裡，你必須按照規定來！今天你騙取領導簽名，非法逮捕人大代表，已經嚴重違法，這筆賬還沒算，現在你還知法犯法，這事我跟你說沒用，我打電話給兩位局長，讓他們跟你說！」

李建國轉身走出去，到一旁，掏出手機打了領導電話。過後，主管的副局長打電話到單位，說不反對朱偉調查，但必須按照規矩辦，既然岳軍的律師已經到場，就該安排他們單獨會面。至於朱偉騙取簽名的事，回頭再處理。

朱偉沒有辦法，他可以跟李建國叫板，但沒法跟正副局長叫板。李建國叫其他刑警把朱偉抓起來關了，沒人敢動手，但如果局長下令，他們將不得不這麼做。沒有刑警敢違抗正副局長的命令。

朱偉吞了一肚子氣，最後，只好帶著江陽到外面的辦公室等著，讓岳軍和律師單獨會面。

到了凌晨三點，李建國突然帶人推開門闖進來，手裡拿著一副手銬，大聲道：「朱偉，你嚴重違法，市公安局警風監督處正式對你立案調查，現在先把你拘留，你沒有意見吧？」

朱偉不可思議地看著他：「這不可能，你——」

「手續還在路上，監督處的人一早就到，剛剛監督處打來的電話其他同事都可以作證。」

兩個刑警接過手銬，膽怯地走上前，低聲道：「朱哥，實在對不住了。」

朱偉彷彿烈士一般地伸出手，讓他們銬住，冷眼望著李建國：「我沒想到你們做到這個份兒上，很好，很好，很好！」

他回過頭，鄭重地看了江陽一眼，江陽咬住嘴唇艱難地朝他點頭。朱偉被帶走後，李建國輕蔑地看了眼江陽，道：「現在還沒到檢察院的程序吧？早點回去歇著吧。」

江陽深吸一口氣，一言不發地走出門，手裡緊緊攥著有岳軍錄音的手機。

來到外面，他抬頭看天，夜色尚深，這夜出奇的長……

41

趙鐵民遞給嚴良一份銀行對賬單，說：「江陽在死前一個星期，給他前妻匯了一筆款，一共五十萬。」

「他哪來這麼多錢？」

「根據賬戶流水號，其中三十萬是張超在幾個月前匯給他的，他一直沒動過這筆錢。」

嚴良皺眉問：「也就是說，他並沒有如張超一開始所說，把這筆借款拿去賭博？」

「對。」

「那麼，關於江陽人品的定性，賭博這一條值得商榷？」

趙鐵民自然領會他的意思，只是含糊地笑著：「看得出，案子的水越來越深了。」

「另外一筆二十萬是怎麼回事？」

「經過查實，那筆二十萬是卡恩集團的一名財務在一個多星期前匯給江陽的，匯款沒用公司賬戶，走個人轉賬。」

「卡恩集團？」嚴良琢磨了一下，「是那個……」

「對，就是我們杭市的大牌房地產公司卡恩集團，餘杭區的卡恩天都城是全杭市最大的樓盤。」

嚴良不解問：「江陽過去是平康縣的一個小小檢察官，怎麼會和卡恩集團牽扯關係的？卡恩集團的財務為什麼要給他匯這樣一筆錢？」

「卡恩集團一開始是平康縣的公司，老闆孫紅運在九十年代收購了縣城的國營造紙廠，後來規模越做越大，上市了。沒過幾年，集團業務拓展到杭市做地產，在房地產暴漲的幾年裡，很快成了杭市最大的幾家地產公司之一，集團總部也遷到了杭市。所以，我想江陽與卡恩集團的關係，應該是在他當平康檢察官期間建立的。」

他繼續說：「更有意思的是，我們查江陽的手機通訊紀錄，發現他死前一段時間，一直頻繁地和一個號碼在相互通話，這個號碼的主人叫胡一浪，是卡恩集團的董事兼卡恩紙業的董秘。」

嚴良分析道：「如果江陽還是檢察官，說不定他們之間存在權錢交易，可江陽早不是檢察官了，他們為什麼要給他這麼一筆錢？是不是江陽手裡有卡恩集團或者這位胡一浪的把柄，甚至這起案子牽扯到他們？」

趙鐵民摸了摸前額，低頭輕歎一聲：「這也是我擔心的，如果僅僅胡一浪個人存在某些問題，倒也不麻煩。如果是卡恩集團涉及這案子，調查就有些麻煩了。民企做到卡恩這麼大規模，接觸的圈子很複雜，有句話叫牽一髮而動全身。」

嚴良點點頭理解他的苦衷，雖然他不願意但不得不承認，體制內有很多桎梏，對於警察來說，有些案子不是想查就能查的。思索片刻，他突然眼睛一亮：「高棟對你說過，你只管負責真相，你只是在盡一名專案組組長的職責，對背後其他因素你要佯裝不知，看來高棟這句話是對今天的你說的。」

趙鐵民一愣，左右踱步幾圈，隨後緩緩笑起來，彷彿鬆了一口氣，轉而說：「我知道該怎麼做了。對了，省高檢派人約談過李建國，他說那麼多年前的案子，他記不清楚了，如果當時辦案有瑕疵，也是因為當時環境的制約，不是他個人能控制的。」

「那他為什麼在案發後第一時間就急著銷案？」

「他不承認他急著銷案，具體細節一概稱記不住。」

「檢察院的同志相信他的話嗎？」

趙鐵民笑笑：「你會相信嗎？」

「不會。」

「不相信又能怎麼樣？誰有證據證明那是他故意辦的冤案？只不過是草率結案，追究起來，頂多是工作能力問題。」

嚴良皺眉獨自思索著，如果張超的動機是為了翻案，查辦李建國，此刻他應該已經亮出底牌了，可他沒有。他想對付卡恩集團？他也從未暗示過。他究竟想要什麼？

他依舊想不明白。

42

「這一次，朱偉的麻煩不小啊。」陳明章皺眉望著江陽。

江陽急切地問：「市公安局到底是憑什麼把雪哥刑拘的？」

陳明章抿了抿嘴唇，瞥了他一眼：「這事你也在場，他用槍指著岳軍，並且最後開槍了。」

江陽頓時變了臉色。

陳明章繼續道：「他被監督處帶走後，他們發現他的警備登記裡少了兩顆子彈。監督處問他子彈去哪兒了，他說當時看到岳軍被人劫持，情急之下朝天開了兩槍警告，事後還沒來得及寫開槍報告，就被帶走了。監督處隨即詢問了岳軍，可岳軍不是這麼說的。」

「岳軍怎麼說？」

「岳軍說當天晚上你和朱偉來找他，他看到朱偉喝醉了酒，氣勢洶洶要抓走他，朱偉說他害得朱偉下午在單位面子全失，要教訓他。岳軍害怕要逃跑，朱偉朝天開了一槍警告他，他只好停下來，結果朱偉不但揍了他，還掏槍頂著他的生殖器，要他非得作證孫紅運是黑社會，否則直接殺了他，理由是他攻擊你這個檢察官，朱偉出於保護你開槍射了他。岳軍說他只在卡恩集團打工，認識胡一浪，完全不認識孫紅運，朱偉不信，在他襠下開了一槍，把他都嚇得尿失禁了，他無奈編造了胡一浪的犯罪事實，你們才罷休，接著又把他帶回了局裡。督察處查了朱偉的槍，上面確實有岳軍的尿液，也去過你們吃飯的小飯館，小飯館的老闆承認朱偉當天喝了多瓶啤酒，於是認定朱偉作為警察，酗酒開槍威脅民眾，暴力執法。」

江陽急道：「岳軍在說謊！監督處為什麼沒有來調查我，我當天和朱偉寸步不離，為什麼不找我問清事實？」

陳明章歎息道：「監督處把岳軍交代的情況跟朱偉查證後，朱偉說一切都是他幹的，是他脅迫你這個檢察官跟他一起去做調查，他喝醉了，你受他暴力強迫，不得不去，不關你的事。而且我聽說他們來找過你們吳檢，吳檢保下了你，所以，他們才沒有找你。」

江陽感到一陣天旋地轉，當即表示：「不行，我要去找監督處，我要說明情況，絕對不是岳軍說的那樣。」

「沒用的，」陳明章搖搖頭，「我問你，朱偉是不是用槍指著岳軍的襠部，最後還開了槍？」

「是，可是——」

「你不要再去自找麻煩了。兩顆子彈都找到了，彈道經過了分析，槍上有岳軍的尿液，這是錯不了的，這是事實，對嗎？」

「可是——」

「事實就是事實，無論你們有多麼感人的理由，朱偉用槍指著岳軍襠部並開槍了，這就是事實。這個事情性質很嚴重，比刑訊逼供還嚴重得多，你是檢察官，你很了解。警察用槍威脅手無寸鐵的普通百姓，最後還開槍了，這事情放大了可以說故意殺人未遂。而且，李建國舉報朱偉在單位公開辱罵他，罵他是黑社會保護傘，對他個人聲譽造成嚴重損害。孫紅運舉報朱偉當天要非法拘留他這個人大代表，在沒有任何事實證據的情況下，對他個人名聲和企業的正常經營都帶來了很壞影響。副局長說朱偉私自盜取簽名，偽造傳單。這些都是事實，唉……」

江陽聽得全身都起了雞皮疙瘩，如果這些指控全部成真，恐怕朱偉要被判重刑了！他無法遏制地叫起來：「不行，我必須把情況說出來，我不能讓朱偉這樣平白坐牢，讓真正的罪犯逍遙法外！」

陳明章道：「這個時候你絕對不能站出來，絕對！」

「為什麼！」江陽眼睛血絲密布。

「你不能辜負朱偉，他說你完全是受他強迫，他一個人攬下了所有責任，你們吳檢為了保你想必也做了很多工作。因為他們都知道，你還年輕。現在，你什麼都不要做。」

「可是這案子牽涉很廣，不止一個受害女童啊，遠遠不止一個啊！」

陳明章歎息著：「我知道，是朱偉讓我轉告你，這件案子，到此為止吧。」

江陽彷彿身體被掏空一般向後倒在椅子裡。

43

「吳檢，岳軍雖然是被我們逼迫，但他交代的絕對是事實，我請求對性侵女童案進行立案調查。」

「就憑這個嗎？」檢察長把手機遞回給江陽，撇撇嘴，「你知道，錄音資料不能作為直接證據，何況是你們非法獲取的證據。」

江陽急聲道：「雖然是非法獲得的證據，可如果岳軍交代的是謊話，他不可能把所有細節都供述得這麼詳盡。」

檢察長歎息一聲：「小江，坦白說，我個人相信這份錄音內容的真實性，可法律不會相信。如果你現在再去找岳軍，他會承認錄音內容嗎？他一定是說錄音內容純屬在你們暴力脅迫下臨時胡謅出來的。」

江陽咬住牙，眼中盡是無奈和失望。

檢察長又道：「你那位叫平康白雪的朋友朱偉警官，已經被拘留，市公安局對他立案調查，刑拘申請已經打到了市檢察院，他們也來我們單位找你，我攔住了，動用了許多市裡的關係把對你的調查壓下來。為了你和愛可，這件事，就到此為止吧。」他臉上透著疲倦。

「怎麼能到此為止呢？」江陽忍不住激動起來，「多名女童被性侵，一名女童自殺，侯貴平老師被人謀殺遭誣陷，證人丁春妹突然失蹤生死不明，對嫌疑人岳軍的審問被無故打斷，主辦警察朱偉被拘留，這樣的案子怎麼能到此為止！」

檢察長平靜地看了他一會兒，還是耐著性子勸他：「工作中不要帶著情緒。」

江陽深吸了一口氣收斂情緒，抬頭正色道：「吳檢，你過去是支持我調查這個案子的。」

「過去我是支持的，但你要清楚目前的處境，不要意氣用事。照道理，除了貪腐案件外，其他刑事案件通常都是公安機關負責偵查，檢察院在偵查階段不會介入。我們就算立案了，誰去調查？你嗎，你有刑偵能力嗎？還不是得要公安去查。過去是朱偉和你一起調查，現在朱偉不在了，公安裡誰幫你查？」

江陽據理力爭：「就算我一個人去調查也不怕，我一定會找出證據的，這案子我絕對不會放棄。」

檢察長坐在椅子上沉默了許久，慢慢道：「對於錄音裡的多名女童被性侵，我同樣痛心疾首，我也很想立案調查，想要查出真相，可是我也束手無策。這案子的水很深，朱偉進去了，如果你再繼續追查下去，說不定，你也可能成為下一個他。」

「這不可能，我不像朱偉那麼衝動，我追求程序正義。」江陽一副坦然。

檢察長搖了搖頭：「我相信朱偉不是第一次這麼衝動了，過去他的衝動破案獲得了嘉獎，成為單位裡的美談，可是這一次他進去了。為什麼同樣的衝動會換來截然不同的結局？你怎麼能保證你不會成為下一個朱偉？」

「我一切行為都在法律框架內，我不會做任何出格的事。」

「那侯貴平犯了什麼法嗎？」

江陽突然閉上了嘴。

「我相信你是個好檢察官，我從不懷疑，我也很欣賞你。」檢察長歎口氣，誠摯地看著他，「但這件事上，我真心實意勸你停下腳步。」

「我不會停，」江陽回答得很果斷，「一開始接觸侯貴平的案子，我確實很猶豫，但得知了更多事實後，我就沒辦法停下來了。吳檢，我只求檢察院立案，一切調查，我會盡我自己的能力去完成。」

「不行。」檢察長的回答同樣很果斷。

兩人就這麼對視著，沉默了許久，檢察長的臉色漸漸變得冷漠，眼中透出了失望的神色，他抿了抿嘴唇，看向江陽：「吳愛可準備報考國家公務員，我想你……不要打擾她了，讓她好好備考吧。」

江陽臉上的肌肉抽搐著，過了會兒，他點點頭，轉身走出了辦公室。

44

二〇〇五年三月，杭市西湖畔。

「我早就猜想，侯貴平是自願和那個女人發生關係的。」李靜搖頭歎息著，放下了手中的香茗。

江陽試圖解釋：「可是他一個人在異地他鄉，又喝了酒，酒裡據說有藥，他剛好在熱血年紀——」

李靜打斷他的話：「我一點也沒有責怪他，也不認為他背叛了我，更不會覺得他的死罪有應得，大部分男人在那樣的時刻面對一個陌生女人的勾引，都會禁不住誘惑的。」她苦笑一下，又說，「他在做的事和他是否與其他女人發生關係，沒有任何關係。私德上的瑕疵掩蓋不了他所努力的這些事的正義。」

江陽認同地點頭，發現老同學也變了，不再是校園裡的女孩，漸漸成了走上社會的成熟女性。

人啊，都在成長，都在改變。

李靜微微一笑，換了個話題：「我沒想到你和吳愛可會分手。」江陽苦笑一下，似是無所謂：「我想她是真正害怕了。一開始接觸侯貴平的案子，我很猶豫，是她一直很堅定地支持我，要不然，我早就放棄了。不過自從朱偉進去後，她的態度明顯轉變了，她勸我放棄，我不同意。

漸漸地，我們倆的聯繫越來越少了，後來過了幾個月，吳檢調回市裡去了，我和吳愛可再也沒聯繫過。最近聽說她找了個當法官的男朋友，希望她能過得好吧。」

李靜望著江陽的眼睛，出神地盯了一會兒，搖搖頭：「你們檢察長調回市裡了，沒讓你跟著回去？」

「吳檢問了我的意願，我表示要留在平康，他沒有強行調走我，我想，這也是他一種無奈的支持吧。」

李靜點點頭：「朱警官後來怎麼樣了？」

談到這個話題，江陽不由笑了起來：「他逃過了一劫。我聽老陳說，市裡對怎麼處理朱偉有很大爭議，一開始檢察院批了刑拘單，他被關進了看守所，有人要求對他進行司法審判。後來多名政法界人士站出來發聲，要求從輕處理，他們寫信給各級領導，還有一些朱偉以前破案幫助過的人民群眾自發寫聯名信替他求情，外地的一些公安系統人員也向省裡提出該案存在的疑點。在眾人的努力下，上級平衡各方聲音後，最後決定對他取保候審，暫時免去一切職務，送去警官學校進修三年。過年時我去了趟他家，他一切正常，身心健康，唯獨一提到李建國這三個字，他簡直要吃人的樣子。他說三年後他依然是刑警，會繼續追查下去的。」

「你也會嗎？」

「當然了，我如果要放棄調查，早回市裡了，我留在平康就是因為要追查到底。」

李靜欣慰地點頭：「好在朱警官只是去進修三年，如果他真的坐牢，這個世界也太不公平了。」

「世界本就不公平，」江陽爽朗地笑道，「所以我們想要透過努力，在我們的職責範圍裡，讓世界公平那麼一點點。」

李靜戲謔道：「你好像把自己當成了拯救世界的大英雄。」

「拯救世界不敢當，把這幫歹徒繩之以法是我的願望。」江陽笑道。

「看你的樣子，好像案件有新的進展？」

江陽點頭應道：「我幾個月前拿到了侯貴平當年教書的學生名冊，然後對上面的女學生一家家走訪，調查背景。當時岳軍跟我們說，他挑的女孩都是留守兒童或者孤兒，父母不在身邊，我調查了一圈下來，鎖定了幾名疑似受害人的女學生，我準備找她們談談，看看能否得到更多的線索。」

「這些都是你一個人做的調查？」

「對啊。」

「那一定很不容易。」

江陽笑了笑：「一開始調查確實比較艱難，我一個外地人去當地農村，不懂方言，交流起來很困難。好在案子過去這麼久，重新調查也不必急於一時，每個星期只要天氣好，我就去妙高鄉走訪一圈，幾個月下來大致鎖定了幾名疑似受害女生。」

「那些女孩子現在都念高中了吧？」

「對，當年她們是小學畢業班，如今都已上高中，那幾名疑似受害者，有的隨父母去了外地，有的在外面打工，有的在縣城的高中讀書。我名單裡剛好有一個女孩在縣城職高，我準備先找她談談。」

「你自己去問女孩性侵案的事？」

「是的，現在朱偉還在進修，我只能一個人去調查了。」

李靜不由掩嘴笑起來：「你一個大男人問女孩在小學時有沒有遭到性侵？合適嗎？」

「那我能怎麼辦？」

「我幫你問吧，我是女生，這樣的調查我更方便。」

「你真的能幫我調查？」

「當然啦！」李靜顯得很熱情，旋即又猶豫起來，「可我不是警察也不是檢察官，能幫你做調查嗎？」

「不是正式地做筆錄，當然沒問題。只是你在杭市有自己的工作，時間方面——」

「每次你需要我協助時，我可以請假，我們單位很人性化的。」江陽有些忐忑，微紅著臉：「你這麼幫忙，為……為什麼？」

李靜笑起來：「我為什麼這麼主動幫你？可別想多，我有男朋友，不是想趁你單身故意接近你，江帥哥。我只是，嗯……也許是被你們的努力打動，也許是知道了這麼多內情，也許……也許覺得侯貴平的死太不甘了吧。」

45

李靜從平康職高出來，江陽忙迎上去：「怎麼樣，那女孩是受害人嗎？」

李靜搖了搖頭：「應該不是。」

「你問仔細了嗎？」

「我試探了很多次，她都反應正常。對於侯貴平，她只記得是她小學六年級的老師，教了幾個月後死了。談到岳軍，她也表示只知道是流氓，沒有接觸過。」

江陽面露失望：「當時岳軍交代時，只提到死去的翁美香的名字，其他受害女生的真實姓名他不知道。既然這個不是，我再想想辦法聯繫其他幾名可能的受害者，到時再找你協助。」

他們分手後，江陽接到一通陌生電話。

「是江陽嗎？」手機那頭傳來一個略熟悉的聲音。

「對，是我，你是哪位？」

「你的大學老師，張超。」

「張老師？」江陽有些意外，畢業後這幾年，他們從來沒有聯繫過。「李靜還在你身邊嗎？」

「她回杭市了，怎麼了？」

「我到平康了，如果有空的話，我想和你見面談一談。」

他們約在了過去常和朱偉分析案情的茶樓，闊別重逢，兩人唏噓不已。

印象裡那位比他們大不了幾歲，喜歡打籃球，渾身散發著活力青春的班導師張超老師不見了，取而代之的是一個衣著正式，戴著一本正經的眼鏡，逐漸向中年人氣質靠攏的張超。

江陽也不再是那個臉上常掛著笑容，整天精力充沛，目光總是帶著自信樂觀的大學生。現在的他總會不由自主地簇著雙眉，抬頭紋深了幾許，多了幾分陰鬱的氣息。

兩人都隨著時間變了。

張超朝他看了許久，伸手指了指對方前額：「你長白頭髮了，是不是……這幾年工作壓力很大？」

江陽不以為意地笑笑：「還行吧，走上社會，總是會有各種各樣的壓力。」

張超微微閉上眼睛，似在回憶：「同學裡，考檢察院的不多，好像只有兩三個，你一直都很優秀。」

江陽苦笑一下，道：「張老師評上副教授了吧？」

張超點頭又搖頭：「評上了，不過很快又辭職了，現在我是一名律師。」

「在學校當老師不好嗎？我覺得學校才是最純潔的，不像社會。當然了，以張老師您的專業水平，當律師肯定會賺更多錢。」

「倒不是完全為了錢，」張超笑了笑，臉上略略透著尷尬，「之所以辭職，是因為我愛上了自己的學生，繼續當著老師，嗯……總感覺不太好。」

「是……是李靜吧？」江陽從對方的神色裡，已經察覺出了什麼。

「檢察官判斷果然敏銳，」張超笑起來，並不隱瞞，「對的，我和李靜訂婚了，再過半年我們就結婚。」

「哦……」江陽隱約猜到了張超的來意，心中一陣落寞，但還是強自開著玩笑，「現在提前通知我，是知道我們檢察官薪水微薄，讓我省吃儉用準備紅包嗎？」

「哈哈。」張超笑出聲，但笑容很快消失，兩人陷入一種彼此都明白對方用意的沉默，過了好一會兒，他才重新開口，還是把用意直截了當地用言語表達出來；「我來找你，是希望你這裡的案子，不要再讓李靜插手了。她並不懂得太多社會上的規則，你應該能理解，這案子很困難。」

「我明白了。」張超抿抿嘴唇，面無表情地回應。

「當初侯貴平的資料，我看出了破綻，我知道這種地方上的冤案是很難平反的，不是證據問題，不是法律問題，也不是程序問題，是整個司法環境的問題，如果再過十年也許就不一樣了。我當初看到了問題，本該藏在心裡的，我至今都很後悔告訴了李靜，間接又告訴了你，導致那位朱警官以及你——」

江陽皺眉看著他：「這些事你都知道？」

張超點點頭：「我有平康的朋友，我一直在關注你們的事，也聽李靜講了一些。如果當初我發現了疑點沒告訴任何人，就沒後面這許多事了。現在這樣的困局，我相信你比我更清楚。我真心建議你放棄吧，你是個很聰明的人，你可以繼續做檢察官，也可以來當律師，以你的能力，你有很多種選擇。」

江陽冷漠地歎口氣：「謝謝你，我知道了，我不會再打攪李靜了。」

46

「平康白雪朱偉也和江陽一樣，多次受過處分？」嚴良看著眼前的這份個人資料，心思轉動著。

「準確地說，他本該和江陽一樣坐牢，不過有人保他，低調處理了。」趙鐵民臉上露出一絲不屑，瞅著資料，「他當刑警期間，多次刑訊逼供，居然還持槍威脅嫌疑人作偽證，在嫌疑人襠下直接開槍，這種事駭人聽聞。他居然最後沒坐牢，只是被撤職，強制到警察學校進修三年，最後又恢復職務。呵，平康的法治管理，真是一齣笑話。」

「你們找到朱偉了？」

「還沒聯繫上，去年六月份開始，他就以身體原因突然向單位申請留職停薪，一直請假，據說經常來杭市，也不知道在幹什麼。電話也關機了，家裡人只知道他最近在杭市，誰也不知道他在哪兒，不過聯繫上他是遲早的事。」

「去年六月開始突然請假？到張超案發時，已經請了大半年。」嚴良轉過身，左右踱步，過了很久，他突然開口，「請了這麼久假，又一直駐留杭市，江陽也一直在杭市，他到現在依然不現身，嗯……要盡快找到他，他很可能也是這案子的關鍵人員。」

趙鐵民點頭表示認同，他躺進沙發裡，仰起頭，臉上帶著神秘微笑：「再告訴你一個更有趣的消息，我們查到江陽前妻賬戶時，意外發現江陽死後第三天，匯進一筆五十萬的款項，匯款人是張超的太太。這位張太太名叫李靜，不但是張超曾經的學生，江陽的同學，我們在向他們其他同學了解情況時還得知，李靜當年曾是侯貴平的女朋友。」

嚴良驀然想起那次見到這位張太太時，她看到侯貴平的名字，只是輕描淡寫地說了句他是張超的學生，江陽的同學，壓根兒沒提到更多信息，說話時的語氣也不帶任何感情色彩。

嚴良皺眉問：「她從來沒有透露過她和侯貴平的關係嗎？」

趙鐵民攤開手：「我們剛得知這條消息，據說她和侯貴平當年感情非常深厚。我想儘管侯貴平已經死了十多年，不過作為當年準備畢業就結婚的兩個人，一點懷念都沒有，甚至隻字不提，你不覺得奇怪嗎？」

「我需要找她談一談。」

趙鐵民揶揄壞笑：「沒問題，我已經約了她明天來單位，到時，這位丈夫入獄、獨守空閨的美少婦的時間，就全部交給嚴老師了。」

李靜緩緩推開門，挪動優雅的身軀，走入辦公室。她看到嚴良，微笑著點頭打了聲招呼，款款落座。

嚴良簡單地自我介紹完畢，不敢與她對視過久，他覺得大多數男人與她相處，都會忍不住被她那種成熟得恰到好處的魅力所吸引。

他只好低著頭趕快切入正題：「你曾經是侯貴平的女朋友？」

「對。」沒想到她很直截了當地承認了。「你和他感情怎麼樣？」

「很好，好到約定了等他支教結束就結婚。」她淡定且從容。

嚴良抬起頭望著她：「可是上一回見面，你並沒有向我們透露這點，甚至……看到侯貴平的名字，你好像……好像……」

「好像漠不關心吧？」沒想到李靜直接地把他的話接了下去。

「嗯對，就是這個意思。」

「很正常啊，」她輕巧地表述，「侯貴平的事過去十多年了，他的事和我丈夫現在的處境有什麼關係？我只關心我丈夫，為什麼要提和侯貴平的關係呢？何況，你們有問我嗎？」

這個理由冠冕堂皇到所有人都沒法反駁。

嚴良抿抿嘴，換了個話題：「關於侯貴平當初的案子，你知道多少？」

「侯貴平是被人謀殺再被栽贓冤枉的。」

「你知道？」

「我當然知道，當初就是我告訴江陽，他才去重新立案調查的。」嚴良思路更通暢了，馬上問：「你是怎麼知道的？」

「一開始公安局來學校通報案情，張超作為班導師，看過資料，他當時就發現了驗屍報告的鑑定內容和結論不符，告訴了我。我知道侯貴平一直在舉報學生遭性侵的事，聯繫到他的死，他當然是被人謀殺再被栽贓的。」

「是張超第一個發現侯貴平死亡的疑點？」嚴良感覺即將觸摸到案件的核心，「他當時為什麼沒有舉報？」

「他說地方上已經定性了這案子，以當時的司法環境，翻案是很困難的。」

嚴良微微惱怒道：「即便再困難也該試一試吧，他教的就是法律，死的可是他學生！」

「可是他沒有做呀。」李靜微微笑著，帶著輕蔑，「後來畢業後，江陽當了平康的檢察官，我一直希望侯貴平的案子能得到平反，於是找了他。誰知我當初的一個舉動，卻讓他在這個案子上追查了整整十年，還害得他坐了牢，唉，是我對不起他。」

嚴良目光一動，忙問：「害他坐牢，是什麼意思？」

「你們找江陽的好朋友朱偉問吧，他知道的比我多多了。他外號平康白雪，被譽為當地正義的化身。這十年我並沒有參與什麼，具體的情況我不了解，說了也不準確，相信朱偉能詳細地告訴你們整個故事。」

又是朱偉！

果然，朱偉是整件事的關鍵。嚴良更加深了這個判斷。

片刻後，他又問：「江陽死後第三天，你給他前妻匯了一筆五十萬的款項，對嗎？」

李靜絲毫沒有驚訝，大大方方地承認：「沒錯。」

「你為什麼要給她錢？」

李靜沒有多想就說：「我丈夫涉嫌殺害江陽入獄，我給江陽前妻五十萬，是讓她把江陽的品性描述得壞點，被害人越壞，我丈夫越能得到各界的同情，才能輕判。我當時並不知道江陽不是我丈夫殺害的。」

嚴良笑了起來：「於是江陽前妻果然把他描述成一個受賄、賭博、保持不正當男女關係的傢伙，還說當年正是這個原因才離婚，江陽也由此被捕入獄。」

「沒錯。」

「那麼你覺得江陽真的是這樣一個人嗎？」

「當然不是了。」

「他是個什麼樣的人？」

她目光飄向遠處，透著回憶：「他是一個非常正直的人，和上面的任何一條都搭不上邊，如果非要用一個詞來形容他，我會給他——赤子之心！」

「好一個赤子之心。」嚴良的目光變得銳利，「可是你匯給他前妻五十萬，讓她把一個赤子之心的人形容成一個劣跡斑斑的社會敗類，這是涉嫌唆使他人製造偽證，是違法犯罪行為！」

李靜發出悅耳的清鈴般的笑聲，像是在嘲諷：「我讓她說的話，都是法院對江陽判決的原話，如果我涉嫌製造偽證，那麼你們先去糾正官方定論吧。」

她以彷彿勝利者的姿態對視著。

嚴良望了一會兒，緩緩笑起來，低聲道：「你真是個厲害的女人，這番說辭已經準備了很久，就等著今天了吧？」

李靜微微側過頭，沒有應答。

「只不過……只不過你存在一個小小細節上的疏忽。」嚴良突然放低了聲音。

李靜轉過頭看著他。

「得知你在江陽死後第三天匯給他前妻五十萬後，去查了你的通話紀錄，發現你在匯完錢後和她打過電話，當然，你為什麼知道他前妻手機號碼可以有很多種解釋，我無意針對這點。可是在這之前的幾個月裡，你從未和他前妻通過電話，那麼你是怎麼知道江陽前妻的銀行卡賬號的呢？」

李靜兩彎細眉突然簇到了一塊兒，緊張地說：「我……我在江陽住所找到了一張紙，上面記著他前妻的賬號……江陽住的房子是我們家的，所以……所以我——」

嚴良打斷她：「案發後這幾天，房子一直被警察封鎖，你進不去。此外，就算你找到賬號，五十萬這筆錢不小，你至少會先打電話和對方確認一下賬號再匯款。」

「我……我……」

嚴良把手一擺：「不用擔心，這個細節相信除我之外，其他人不會注意到。對這起案子的整個經過，我已經清楚了大半，只不過還有一些細節需要查證。你放心，我不是警察，我是大學老師，我唯一要做的就是查出真相——不管這個真相多麼殘酷。接下來，按照你們的計劃，我們應該去找朱偉談一談，對嗎？」

李靜愣了很久，最後乾張嘴沒發出聲音，只是順從地點了一下頭。嚴良微微一笑：「麻煩你通知朱偉，他可以現身了。」

47

二〇〇七年五月。

桌上開了兩瓶茅台，一桌的好菜，三個人醉意朦朧中觥籌交錯。

「老陳太夠意思了，我活這麼大，第一次茅台喝到飽。」朱偉哈哈大笑地又把一杯茅台送下肚。

陳明章微閉著眼皮，懶洋洋地說著：「你進去三年，好不容易出來了，我能不大方一次嗎？」

「說什麼我進去三年，搞得我好像坐牢一樣。我告訴你，我是進修，我是學習法律，出來我不還是刑警嗎，李建國那王八蛋能拿我怎麼樣？」

「他都當上副局長了，想把你怎麼樣就把你怎麼樣，你可別這麼大嘴巴，小心又去讀上三年。」陳明章挖苦道。

江陽笑起來：「現在白雪再找李建國麻煩，說不定等他兒子當上警察後，別人問你老爹幹嘛的？警察。在哪個單位啊？公安大學。哦是警校老師啊？在老師下面讀書呢。啊，都快退休了還讀書？活到老學到老嘛。那學歷很高了吧？湊合吧，大專肄業。」

「哎喲，我瞧你們兩個，現在都成了李建國那王八蛋一伙的吧！」朱偉指指他們，三人開懷大笑。

陳明章咳嗽幾聲，用力睜開朦朧醉眼，擺出喝酒總結的樣子：「今天這頓酒呢，是慶祝三件事。第一，阿雪成功從公安學校進修歸來，當然，外語考十分的事就不提它了，還有什麼考試翻書作弊，咳咳，我們就當沒聽說過，總之，阿雪還是刑警，還是副大隊長，這就行了。第二件事呢，是我，我前段時間辭職了，不幹了。」

朱偉和江陽同時驚訝道：「你不幹法醫了？」

「男人有錢就變壞，誰讓我有錢呢，」陳明章得意地大笑，「這幾年大牛市股票賺了不少錢，我把股票都賣了，辭職了。小江呀，當年我說給你那個極具價值的消息，你不信，後悔吧？」

江陽攤手道：「我天生不是賺錢的料。」朱偉問：「你辭職了幹嘛去？」

「去杭市創個業。我家老頭子前年去世了，我也早不想在平康這小地方待了，準備過段時間在杭市安頓好後，把我媽接過去，我也開個公司幹幹。」

聽到老朋友即將離開平康，兩人臉上都有些落寞。

陳明章笑慰道：「別這副表情嘛，搞得我跟你們有某種難以啟齒的感情一樣，我會來看你們的，你們來杭市，自然我也會全力招待，管吃管住，多好啊。」

朱偉大笑：「好，咱們乾一杯，預祝老陳在杭市打下一片江山。對，還有第三件呢？」

「第三件是江陽的好事了。」陳明章歪著頭看著江陽。

「哦？」朱偉轉向江陽，盯著他的臉，過了會兒笑起來，「該不會小江要結婚吧？」

江陽不好意思地低下頭。

朱偉連忙拉他：「別難為情，說說，誰家姑娘，有照片嗎？給我鑑定鑑定，別忘了我的職業，我一眼就能瞧出姑娘好壞。」

陳明章挖苦道：「你又不是他爹，你要覺得不好，小江還能跟人家悔婚嗎？」

江陽含蓄地拿出手機，打開裡面的照片遞過去。朱偉端詳著問：「怎麼認識的啊？」

「這幾年你進修不在，我有空趁著周末就去妙高鄉，想探點線索，無奈啊，什麼都沒有，最大的收穫就是認識了她，我們挺談得來，她知道我做的事也很支持。她叫郭紅霞，現在在縣城紡織廠上班，文化程度不是很高，不過，她對我很好，很理解很支持我。」江陽臉上滿滿都是甜意。

朱偉連連點頭：「挺好挺好，這小郭姑娘看起來挺好的，就是……好像，她看起來年紀比你大？」

「比我大四歲。」

朱偉笑起來：「三十多歲，也是個老姑娘了，我本來還在想你這浙大帥哥，最後娶的老婆是啥樣呢。」

陳法醫搖頭晃腦道：「姐弟戀現在最流行了，老怕什麼呀，最美不過夕陽紅，溫馨又從容，夕陽是遲到的愛，夕陽是未了的情。當然了，這老姑娘自然是比不上吳愛可的，想當初——」

朱偉突然一聲冷喝：「陳明章！」

陳明章當即驚醒，連連道：「哎呀，我醉了我醉了，我罰一杯，我自罰，小江千萬別往心裡去。」

江陽微笑說：「沒關係，玩笑嘛，她對我好，我覺得她好，這就夠了。」

朱偉朗聲叫起來：「來來來，為了三件喜事，咱們乾一杯，把剩下的酒喝完，老陳你可別裝醉，等下還要你買單……你這傢伙還真裝醉，信不信我告你敲詐勒索執法人員把你抓了……」

這一夜，他們開懷痛飲，肆意大笑，一直喝到天昏地暗。他們都沒有提案子的事了，彷彿是在和過去做一個告別。

時間啊，改變了社會，改變了人。

48

二〇〇八年三月，平康又下了一場雪。

大雪中，江陽帶著兩位檢察院的同事和朱偉來到了平康看守所。因為就在昨天，江陽得到了一個極其重要的線索。

有一個名叫何偉的人，綽號大頭，是當地有名的混混，初中綴學後就糾集社會無業人員組成號稱「十三太保」的流氓集團，早年曾因故意傷害罪入獄六年，出獄後不久就再次因鬥毆把人捅死，事後調查發現，他不但犯有故意殺人罪，身上還揹了至少兩宗故意傷害罪。公安第二天去抓人時發現他已潛逃，隨後發布了網上通緝令。上個月他偷偷回家過年被群眾舉報，隨即在潛逃三年後被公安抓獲。

經過初步審理確認身分後，目前他被關押在平康看守所。

昨天檢察院的兩位檢察官按程序去看守所提審查證案情，何偉知道這次入獄很可能會判死刑，他為了活命，向檢方提出，他願意供出一件公安尚未查獲的命案，即「十三太保」的一個成員在二〇〇四年殺害了一位妙高鄉婦女的事，來換取減刑。

得到重大另案信息後，檢察院同事馬上回到單位向領導匯報，江陽得知消息，瞬間聯想到了丁春妹，他在取得領導同意後，親自過去打算審問清楚。

到看守所後，他們立刻提審了何偉。在按慣例查證身分後，江陽向他表明政策：「你昨天交代的案子如果被查屬實，我代表檢察院向你保證，一定會在庭審時向法院出示你的立功資料，為你爭取最大程度的減刑。」

「能保證不判死刑嗎？」何偉目光凝重，他知道重刑逃不了，現在唯求一線生機。

「我無法保證，但我承諾會盡全力，只要你的供述對未查明案件有重大貢獻，我們檢方有很大把握能保你不被判死刑！」江陽誠懇地看著他。

他深吸一口氣，點點頭：「我願意把我知道的都說出來。」

「很好，」江陽不再廢話，直截了當問：「被害人叫什麼名字？」

「我不知道，只知道是妙高鄉的一名開小店的婦女。」江陽心中一觸，更加確信了：「凶手是什麼人？」

「他叫王海軍，我早年和十二個兄弟結拜，組成十三太保，他當時是我的小弟。」

「王海軍殺人的事，你是怎麼知道的？」

「我們兄弟一直都有聯繫，大概二〇〇五年年初的時候，我跟王海軍吃飯，他酒醉之後告訴我，去年有天晚上，他和另一個人，我不認識的，忘記名字了，他們到了妙高鄉，抓走了一名婦女，後來將她殺害，屍體放進麻袋，扔到了妙高鄉外面一座失火燒掉的荒山上的廢井裡。」

「他為什麼要殺人？」

「他說是收錢辦事。」

「收了誰的錢？」

「我問他了，他沒說，他說這人不能說，說出來沒命。」

江陽看了眼旁邊的錄音器，又看了看一旁同事記下的筆錄，略微放下了心，最重要的信息這次都記錄了，而且程序完整，是法律上承認的證據。這一次，一定不會再像上一回那樣，被稱為非法取證，不被法律認可。

他馬上把思緒拉回了當下，繼續問：「王海軍現在在幹嘛，人在哪裡？」

「他在卡恩集團保安部當經理。」江陽心下已經完全確認了。

提審結束後，他趕到外面，朱偉早已迫不及待：「被害人是丁春妹嗎？」

江陽把筆錄交給他過目，冷笑道：「百分之百就是丁春妹，你馬上帶你信得過的人去抓王海軍，順便安排刑警和派出所的人去找丁春妹的屍體，屍體在妙高鄉外一座失火的荒山枯井裡，那座山我有印象，每次去妙高鄉都會經過，很小的一個山包，相信不出一天就能找到。」

朱偉一點頭：「我馬上去辦。」

江陽拉住他，鄭重道：「最關鍵的時候務必要更加小心，否則我們這麼多年的努力都功虧一簣了。你要帶徹底信得過的自己人，而且動作一定要快，不能給他們任何反應的時間！」

朱偉心領神會：「我明白，現在李建國是刑偵副局長，徹底管死我，先不能讓他知道這事。刑警我就帶幾個新人跟我去抓人，縣裡幾個派出所我都有要好的朋友，我找他們調人找屍體。這件事，是時候來個了結了！」

他目光深沉地凝向了遠方。

49

江陽趕到刑偵大隊後，朱偉滿面春風地通知他，王海軍順利抓獲歸案，現在還在和刑審隊員對抗，不肯招供，不過只要找到屍體，加上何偉在看守所的交代資料，諒他也無從抵賴了！

沒過多久，好消息傳來，妙高鄉外那座荒山上的枯井裡，果然發現一具屍體，屍體已經完全腐爛只剩骨頭，不過憑骨骼能判定是女屍，縣裡法醫正帶人趕過去做驗屍。

朱偉說完，兩人幾乎喜極而泣。

朱偉激動道：「真沒想到，我真沒想到這案子會在幾年後出現重大轉機，我——我原以為這輩子再也——再也——」他紅著眼，哽咽著幾乎說不出話。

想起當年辦案，他和江陽兩人的遭遇，他滿腔盡是感慨。

江陽握住拳頭，狠聲道：「太好了，真的太好了，命案浮出水面，王海軍極可能被判死刑，在死刑面前，孫紅運用錢收買不了他。王海軍必定會招供，到時孫紅運和胡一浪在刑事命案面前，再也沒人能救他們了！」

正說話間，李建國帶著幾個刑警急匆匆地趕進來，見著朱偉就問：「王海軍在哪裡？」

朱偉憤怒地瞪著他：「你想幹什麼？」

李建國冷笑道：「聽說出了一起重大命案，這案子現在由我親自接手負責，你不用管了。」

「案子是我查的，人是我抓的，屍體是我派人找到的，憑什麼現在歸你接手了？」朱偉握緊了拳頭，氣氛劍拔弩張。

李建國絲毫沒把他放在眼裡，一副理所當然：「我是你領導，你要聽我的，案情重大，我要親自來審。當然，你放心好了，這件案子破獲後，我向上級報告時，功勞全記你頭上，可以了吧？」

「不行！」朱偉大喝一聲，所有刑警都看向了他們。

「朱偉！」李建國臉上的肌肉跳動著，「你是個警察，你必須服從命令！」

朱偉爆喝道：「我告訴你，這案子我絕不放手，你想幹什麼大家心知肚明，王海軍被抓了，過不了幾天，就是你——」

李建國一拳打在朱偉臉上，朱偉頓時要撲上去還手，被江陽和身邊刑警緊緊抱住。

「你簡直在單位放肆慣了，監督隊應該再找你好好談談。」李建國冷聲道，「我是領導，我有權命令你幹什麼。現在嫌疑人已經抓獲，屍體也找到了，剩下審問的事就不需要你管了，這案子破獲的功勞都歸你，我不跟你搶功，這話大家都做個見證。現在有另外一起案子急需要人手，我要你馬上去辦案。」

朱偉咬牙道：「還有什麼案子非要我去？」

「孕婦盜竊集團案，派出所連續多天接到報案——」

朱偉再也忍不住吼起來：「又是他媽的孕婦盜竊集團非要我去抓人？」

「案情重大——」

「重大個屁！」

李建國呵斥道：「朱偉，我再警告你最後一遍，你如果再辱罵領導，明天監督隊就會帶你走。」

朱偉冷笑：「好，我不罵你，老子今天就坐在這裡，哪裡都不去。」李建國吸了口氣，狠狠點頭：「好，你不願去破孕婦盜竊案，我也拿你沒辦法，但以後所有案件，你都不用管了，所有人都不會配合你，你自己看著辦吧。」

朱偉咬著牙，臉上的肌肉劇烈顫抖著。

在機關係統，你沒嚴重違紀，領導沒法開除你，但會讓所有人都不再配合你的工作，你會被所有人排擠，孤立無援，比開除還難受。辦案必須兩個人以上，李建國一旦下了這命令，以後朱偉將再與破案無緣，這簡直扼殺了他剩下的職業生涯。

江陽在他耳邊輕聲勸道：「白雪，再忍幾天，現在王海軍殺人證據確鑿，沒法抵賴，過幾天送到看守所後，就是檢察院提審了，你放心，後面有我。」

朱偉看了他一眼，深吸一口氣，衝李建國狠狠點頭：「好，我這就去抓孕婦盜竊集團，李局長！」

50

第二天一早，朱偉衝進了檢察院辦公室，臉色一片慘白，一把抓住了江陽的胳膊，緩緩道：「你們……你們快去抓李建國。」

江陽和辦公室吳主任以及其他檢察人員連忙把朱偉扶到椅子上，朱偉連聲喘息著，胸口劇烈起伏。

吳主任讓人趕緊倒了茶，拍著他的胸口：「朱警官，發生什麼事了？你慢慢說。」

「喪心病狂，簡直喪心病狂！」朱偉顫抖著緊緊捧住茶杯，「王海軍死了，王海軍死了！」他重複著這句話。

江陽緩緩退後兩步，直起身，強忍著心中劇烈的波動，震驚得臉上失去了表情：「他不是被關在公安局嗎？怎麼死的？」

「我不知道，不用想也知道，李建國幹的。」

吳主任小聲道：「不……這不可能吧，你們李局長怎麼會把嫌疑人……那個呢？」

朱偉目光空洞地看著手裡的茶杯：「王海軍半夜被送到醫院搶救，沒救活，死了，我偷偷問過知情醫生，醫生說是李建國把人送來的，來的時候人已經死了，李建國還是要求醫院不顧一切搶救，到早上才對外說……才說王海軍死了。」

吳主任顫聲道：「怎麼……怎麼會這樣啊！」

江陽深吸一口氣，過了一會兒，沉聲問：「屍體現在在哪裡？」

「醫院太平間。」

江陽立刻轉身跑出去找領導匯報情況，檢察院領導在這件事上倒並沒有顧及李建國是公安副局長，嫌疑人在拘留期間死亡，自然需要檢察院介入調查，於是馬上就批覆了江陽的調查請求。

事不宜遲，江陽帶著幾名檢察人員即刻趕赴醫院，在太平間門口，被守候警察攔了下來。

「我要看屍體！」

兩名警察本分地表明態度：「領導交代不能放人進去。」

江陽大怒：「我們是檢察院的，依法調查嫌疑人在公安局的非正常死亡！」

警察看見他們的制服，自然知道是檢察院的，但領導有命令，他們不敢擅作主張：「我們真沒辦法，看屍體要有我們領導的批示，檢察同志，不要讓我們難做。」

「檢察院的調查令也不行？」

「不行。」

「讓開！」江陽大喝。

兩名警察身體向前挺直，絲毫沒有退讓的餘地。

江陽緊咬著牙齒，囑咐身後的同事：「拍照錄影。」

他拿出證件和調查令，走到兩名警察面前，按照調查程序響亮地重複一遍要求，兩名警察頓時慌了神，其中一個連忙說：「檢察同志，你們稍等，我馬上向領導匯報一下情況。」說完就走到一旁打電話。過了一會兒後，他回來向另一名警察耳語幾句，兩人示意他們可以進去。

他們進入太平間，江陽拉開白布，王海軍的屍體呈現在他面前。他屏住滿腔怒火，深吸一口氣，拉開屍體身上的衣服檢查。正面沒有明顯的外傷，唯獨手臂上有幾處手指的箍痕。他和同事合力將屍體翻了個面，背面也沒有明顯的外傷，只是脖子根部也有手指的箍痕。他不是法醫，沒有這方面的職業能力，思索片刻，掏出手機給已經在杭市經商的陳明章打了電話。聽完描述，電話那頭給出建議：「看一下顱骨附近有沒有外傷。」

江陽仔細地翻開頭髮，按陳明章的指導檢查，沒有發現外傷。

陳明章思索道：「這不應該啊，沒有外傷怎麼會突然死了，除非中毒了。你看看他身上有沒有針孔，如果針孔也沒有，只可能是服食毒物了，那得專業法醫做進一步的理化驗屍。」

江陽仔細看了一番，失望地對電話裡說：「沒找到針孔。」

「你這樣的非專業人士，是很難判斷針孔的，你可以再看下手臂和脖子附近，把皮膚拉平看，如果有針孔，通常會在這些地方，如果還是找不到，那沒辦法，只能向公安申請找法醫做進一步驗屍分析。」掛上電話後，江陽將這幾處地方的皮膚拉平了仔細觀察，到脖子時，拉開皮膚上的褶皺，突然看到了一個細小的紅點，他連忙讓同事用專業相機拍下來。

51

離開醫院後，他們徑直前往公安局，縣政府領導和公安局局長接待了他們。局長兼任縣政法委書記，是檢察院的上級領導，江陽不敢直接要他交出昨晚辦案的人員，只能按程序出示調查手續。

局長請他們到會議室，讓李建國親自來說明情況。

幾方落座，李建國低著頭出現在眾人面前，沮喪地講起事情經過：

「昨晚王海軍是我親自審的，到了後半夜，他還是什麼都不肯交代，考慮到時間關係和嫌疑人的精神狀態，我讓刑審隊員先回去休息，第二天繼續。其他人走後，我準備把王海軍帶回拘留室，這時我看到他在抽搐，一開始我以為他在演戲，後來確認他不是在偽裝後，我連忙找人一起把他送醫院搶救，最終還是沒救活。唉，醫生說是血糖太低造成的休克猝死。這件事情，是我的責任，是我沒有管理好嫌疑人，我願意對此負全部責任。」

一位縣領導開口問：「你們警方有沒有對嫌疑人刑訊逼供？」

李建國連忙否認：「絕對沒有刑訊逼供，絕對不是刑訊逼供造成的猝死，檢察院同志可以分別約談昨晚的刑審隊員做調查。」

江陽冷哼一聲，李建國害怕王海軍交代都來不及，哪還會對他刑訊逼供。他冷冷瞪著對方：

「昨晚是你最先發現他猝死的？」

「對。」

「就你一個人嗎？」

「是的。」

「你們審訊完成後，他還是正常的嗎？」

李建國猶豫道：「審訊結束，犯人總是會很疲憊，這個……這個也是正常的，但是我們當時沒發現他身體狀況有明顯異常。」

「醫院說他是血糖偏低猝死的？」

「是的，醫院這麼說。」

江陽盯著他的眼睛：「我們會調查他的病歷的。」李建國皺了皺眉，沒有說話。

「我需要看監控。」

李建國低頭，目光偷偷掃視了一遍眾人，低聲道：「由於工作疏忽，監控錄影昨晚沒有打開。」

「監控錄影沒開！」江陽瞪大了眼睛，「凡是審訊都要打開監控錄影，怎麼可能沒開！」

李建國歎口氣：「這個確實是我們工作疏忽，我願意對此負全部責任。」

「你怎麼負責，人都死了！你要負刑事責任！」江陽不由大怒。這時，主管司法的副縣長開口道：「檢察同志，你們雖然精通法律，但說話也要有法律精神。嫌疑人是猝死的，公安局沒有刑訊逼供，唯一疏漏在於忘記打開監控錄影，這頂多內部處分，用不著上升到刑事高度吧？」

江陽咬咬牙，冷聲質問李建國：「王海軍脖子後的針孔是哪兒來的？」

李建國臉上頓時一陣惶恐：「什麼針孔？」

「王海軍脖子後有針孔，你需要看照片嗎？」

「我不知道啊。」李建國一臉無辜狀。

江陽瞪著他：「我會向市裡要求做進一步的驗屍。」

這時，公安局長開口道：「這當然是檢察院的權力，你們可以按程序向市裡申請委派刑技人員。至於李建國同志的責任認定，我們單位內部會做討論處理，如果到時檢察院覺得不合理，也可以提起抗訴。」

局長如此一說，顯然意思是今天保下了李建國，檢察院沒法帶回去審問了。

江陽沉默了一會兒，無奈妥協地低下了頭。

52

接下去的一個多星期，江陽一直在申請由上級公安機關派法醫調查王海軍在公安局非正常死亡的情況，但得到的答覆是王海軍的家屬為了保留死者尊嚴，拒絕公安機關進行驗屍。江陽知道，這一定是孫紅運派人運作的，有錢人總有很多辦法收買活人，人已經死了，即便是自己的親人，但既成事實，當然還是錢更重要些。

江陽只能諮詢陳明章的意見。陳明章幫他聯繫了幾位外地的資深在職法醫，他們看過王海軍脖子的照片後，都表示針孔很新鮮，應該發生在死亡前不久。醫院診斷報告是血糖過低導致的休克死亡，而調查王海軍的病歷發現他沒有低血糖病史，因而懷疑他被注射了過量胰島素。手臂和脖子上的淤痕是他被人強行抓住而留下的。但這些都需要法醫對屍體進行進一步鑑定。

江陽據此多次向上級提交調查申請，他懷疑這不只是簡單的猝死，或涉及刑事犯罪，刑事罪的驗屍就由不得家屬反對了，但上級一直沒有給出明確答覆。而家屬多次要求把王海軍的屍體火化，只因檢察院堅持反對，才暫時保留下來。

這天傍晚下班後，江陽留在單位伏案寫報告，卻見妻子郭紅霞心急火燎地跑進來，開口就問：「你找人接走了樂樂？」

樂樂是他們唯一的兒子，不過三歲，正在上幼兒園，每天四點放學。郭紅霞要上班，都是讓兒子在幼兒園待到五點才去接。

結果今天五點她去接時，老師告訴她，有一個開著轎車來的中年男子，自稱是江陽的朋友，替他接孩子，父母信息都說得完全一致，小地方的人思想單純，於是老師就讓他把孩子接走了。郭紅霞知道丈夫為了案子最近都很忙，也沒開轎車的朋友，更不會派人接孩子，她感到不對勁，連忙找到他單位。

「沒有，我從來沒派人接樂樂！」江陽頓時感到整個頭皮發麻，從椅子裡跳了出來。

郭紅霞頃刻間哭了起來，斷斷續續地重複著老師的話。江陽手足無措，急紅了眼。

一旁的辦公室吳主任上來忙說：「別耽擱了，趕快去派出所報警，先把孩子找回來。」

兩人一聽掉頭就往外跑，吳主任滿臉愁容地望著江陽奔波勞碌的背影，苦澀地歎口氣，回到座位上，從櫃子底下拿出一個信封，他握著信封看了很久很久，最後歎口氣，又把信封塞回了櫃子。

報完案，派出所做了登記，說失蹤不到二十四小時，暫時不會調查，江陽跟他們爭執了很久，最後找來了朱偉，朱偉把派出所的人痛罵了一頓，要他們趕緊出去找孩子。朱偉一路勸說安慰著驚慌失措的江陽和郭紅霞，送他們回家，剛到家門口，看到了一輛轎車，車上下來一人，抱著正拿著玩具飛機高興笑著的樂樂。

胡一浪很遠就笑咪咪地向他們打招呼：「怎麼現在才回家，等你們很久了，帶你們孩子吃了頓大餐，送了他一些玩具，你們不會生氣吧？」郭紅霞一看到兒子，連忙衝上去接過來，摸著頭痛哭，對兒子又扭又罵，小孩子一下子大哭起來。

胡一浪皺眉道：「這麼小的孩子又不懂事，何必呢？」

江陽冷冷地注視著胡一浪，走過去挽住妻子，示意她先回家，等到妻子上樓關上家門，他再也控制不住，衝過去就朝胡一浪一拳砸去，朱偉也同時衝上去，對著胡一浪一頓猛踢。

這時，旁邊響起「喀嚓」的相機聲，胡一浪抱頭大叫道：「把他們都拍下來，我要舉報！」

朱偉絲毫不顧，一拳朝他頭上砸去：「我今天丟了公職也要弄死你！」

胡一浪手下見對方下手實在太狠，忙衝了上去，強行拉開這兩個近乎瘋狂的傢伙。

胡一浪抹著滿臉鮮血，狠聲道：「你們好樣的，等著，等著！」

53

陳明章拿著茅台，給兩人倒酒，笑說：「現在你們倆都暫停公職了，就在杭市多待些時間，我帶你們出去玩玩散心，所有花銷我包了。」

「還是陳老闆好啊，」朱偉端起酒杯一口乾完，又自己滿上一杯，「你這兒有吃有喝的，我才不想回去呢，待杭市多好，幹嘛回平康，對吧，小江？」

江陽沉默了片刻，說：「我住幾天就走，我回單位找領導盡快讓我恢復工作。」

朱偉搖著頭說：「暫停公職，又不是把你開除了，急什麼？」他停頓片刻，吃驚問，「該不會你還不死心，想繼續查孫紅運吧？」

江陽不說話。

陳明章微微歎息一聲，也開始勸說：「小江啊，現在連白雪都放棄了，你又何必堅持呢？」

「是啊，王海軍屍體都被火化了，你現在能查什麼？我們本來早幾年就放棄了，後來丁春妹的案子浮出水面，原本以為是個新突破口，結果呢，哼，王海軍在公安局被人謀殺了，你還查個屁啊！」

江陽把酒一口喝完，馬上倒了一杯：「我沒想過他們會膽子大到這種地步，這種時候，如果我放棄了，那最終再也沒辦法法辦他們了。我回去後，就把這些年前前後後的所有事寫出來，寄給市檢察院、省高檢院、最高檢的檢委會各個委員，還有省公安廳和公安部的領導，我堅信，總會有人來關注這些案子，這樣的案子總會有水落石出的一天！」

陳明章抿抿嘴，放低了聲音：「繼續這麼做，你考慮過後果嗎？」江陽苦笑：「我已經不同於幾年前了，現在的我對未來前途不再抱任何期待，現在的我，還能更糟嗎？大不了他們也像前幾次那樣，找機會把我謀殺了吧，他們用我兒子威脅我時，我就不怕更壞的結果了。」

「那你是不是應該為郭紅霞和樂樂多考慮一點呢？」陳明章輕聲的一句話突然觸動了江陽心中最脆弱的防備，「他們先殺了侯貴平，後殺了丁春妹，又殺了王海軍，殺了這麼多人，他們早已肆無忌憚了，可是你有沒有想過，為什麼你和阿雪只是被他們利用規則整倒，他們卻從來沒有對你們個人的人身安全下手。」

江陽輕蔑地笑了笑：「我和阿雪一直都在提防著他們，他們怎麼下手？」

「真要向你們下手，還是很容易的，至少比在公安局謀殺王海軍困難小一點。」陳明章搖搖頭，接著說，「他們不敢對你們下手，一是，你們是國家公職人員；二是，有很多人在背後支持和保護你們。」

「除了你，還有誰會在背後支持我們調查？」江陽冷笑。

「有，而且有很多。這幾年下來，你們對孫紅運的調查，私底下在金市公檢法裡早已廣為人知了，很多人都相信你們，但是他們不敢像你們一樣，有勇氣正面與那個龐大的集團對抗，但是他們心裡是支持你們的。要知道，大部分人的心地都是善良的，是站在正義這一邊的。就拿朱偉來說，當年在岳軍襠下開槍，明面上是極惡劣的行為，坐上幾年牢也不為過，為什麼最後只是進修三年，回到原崗位？孫紅運這些人還希望他繼續當刑警嗎？當然不。包括這一次，你們倆毆打胡一浪被拍下來了，上級對你們倆都有理由調離實職崗位，但沒有，只是分別暫停公職三個月和一個月。是誰讓你繼續當刑警？是誰讓你繼續留在檢察院？只有你們的領導。他們雖然保持沉默，但他們知道你們在做些什麼。現在也是一種黑與白之間的平衡，如果你們倆遭到不測，那麼此刻將引起沉默的大多數巨大的反彈。每個人都有人脈，說不定他們中有人會向公安部、最高檢舉報，也或許他們中本就有人認識很高級別的領導。當你們這樣代表正義的調查人員連自己的命都保不住時，沉默的那一方會徹底憤怒，黑白的平衡就會被打破，孫紅運他們也深知這一點，所以，他們絕對不敢向你們個人下手。可是，他們雖不敢對你個人下手，卻敢用你的妻子、你的兒子威脅你，到時該怎麼辦？你可以豁達，可是你的家庭是無辜的。算了吧，聽我一句勸，不要再管了，保持著這份平衡，也許若干年後真相在某一天、某一因素下，突然就大白了呢？」

朱偉也說：「小江，老陳說得很對，你要為郭紅霞和樂樂考慮，你是他們的依靠，你也不想因為自己給他們帶去危險吧。」

江陽握著酒杯，手停在空中，過了很久，慢慢地移到嘴邊喝完，他身體裡的生氣彷彿都被抽空，目光空洞地望著前方，艱難又堅定地吐出一句話：「我要離婚。」

54

二〇〇九年十一月，江陽下班後遇到了胡一浪。

對方很客氣地打招呼：「江檢，我們之間恐怕有一些誤會，能否賞臉找個地方聊一聊？」

江陽斜視著他：「有什麼好聊的？沒空。」

胡一浪微笑說：「既然江檢這麼忙，有沒有考慮過找個朋友幫忙接送兒子呢？」

江陽握緊了拳頭，沉默了片刻，他冷聲道：「我已經和我妻子離婚了，兒子歸前妻，你們還想怎麼樣！」

胡一浪攤開雙手：「這話說的，我只不過想和江檢找個地方溝通一些情況，用不著生氣吧？」

江陽深吸一口氣，控制住怒火：「好，我跟你聊！」

他們把江陽帶到了一家大飯店的包廂裡，胡一浪讓服務生上菜，江陽阻止了他：「不必了，我不會吃你們的任何東西，你有什麼話快說，說完我就走。」

胡一浪絲毫不惱怒，笑說：「好吧，既然江檢不想吃，那我們到旁邊坐下聊幾句如何？」

他們坐到了包廂副廳的沙發上，胡一浪從公文包裡拿出一份文件，推到對面，笑著說：「江檢，聽說你寫了一些資料，寄給一些上級領導，是這份東西吧？」

聽到這話，江陽並不意外，舉報資料被他們拿到已經不是第一次了，他理直氣壯地承認：

「是我寫的。」

「這裡面啊，一定是有某些誤會，我們孫總一向很佩服江檢的為人，希望能和江檢交個朋友，資料的事嘛，能否不要再寄了？孫總一定會——」

「不可能。」

胡一浪尷尬地閉上嘴，把剩下的話吞了回去，他搖頭歎息般笑了笑，從口袋裡拿出一副撲克牌，抽出半疊，放到江陽面前，另半疊放到自己面前。

江陽遲疑地打量著他：「你這是幹什麼？」

胡一浪沒有直接回答，而是從身後拎出一個箱子，打開後，全是一疊疊整齊的人民幣，他把人民幣整堆倒在茶几上，說：「不如做個遊戲，江檢可以從自己手裡任意抽一張牌，我也從我手裡抽一張，每一次只要你的比我大，一刀錢就是你的，如果比我小，你不用付出任何代價，怎麼樣？」

江陽冷笑一聲，站起來，輕蔑嘲笑：「我對這種遊戲沒有任何興趣，還是留著你們自己玩吧！」

「哎，等等，」胡一浪連忙起身，諂笑地拉住他，「我們這樣的俗人遊戲，確實太俗了，夠不上江檢的審美，請允許我做個彌補，江檢離婚也有一段時間了，男人嘛，總歸是有一些愛好的。」

他用力咳嗽了兩聲，馬上兩個事業線很旺的年輕漂亮姑娘走入包廂，在職業性的微笑中從容地圈住了江陽的手臂，諂媚地一口一聲「江哥哥」叫著。

江陽一把推開她們，大聲喝道：「你別指望用這種招數拖我下水，我不是李建國，我也絕對不會成為李建國！」

說完，他大步跨出了包廂。

胡一浪停在原地，望著他遠去的身影，歎息一聲：「是個好人，不過，不是聰明人。」

55

嚴良和李靜交談過後的第二天，專案組就聯繫上了朱偉，表示希望能找他了解關於江陽被害一案的情況。朱偉爽快答應，但提出一個附加條件，必須要有省高檢的檢察官在場，因為他還要當場向專案組舉報一件事。

趙鐵民悄悄向高棟請示，高棟暗示條件可以接受，讓他找專案組裡的省高檢同志一同參與。於是，趙鐵民在刑偵支隊設了一間辦公室，帶著嚴良和專案組裡公安廳和省高檢的一些領導共同接見朱偉，由嚴良先問，其他人再補充。

那是嚴良第一次見到朱偉，對方大概五十多歲，寸頭，兩鬢頭髮都已花白，身材壯實，臉上飽滿，輪廓彷彿刀削了一般，永遠把腰桿挺得直直的。

他進門一望這麼多領導模樣的人，卻絲毫不顯驚慌，大大方方地坐下，目光平靜地在眾人臉上掃過，最後落在了嚴良身上，他特別重視地打量了幾秒，才把頭轉開。

簡單介紹過後，轉入正題。嚴良問他：「你和江陽認識多久了？」

「十年。」

「你們關係怎麼樣？」

「很好，不能再好了！」朱偉回答得斬釘截鐵，那種氣勢讓在場所有人都感到他心裡一定充滿了某種憤懣。

嚴良打量了他一會兒，緩緩道：「對於江陽被殺一案，你知道哪些情況？」

朱偉鼻子呼出一團冷氣：「我敢肯定，一定是胡一浪派人幹的。」

「你指的是卡恩集團的胡一浪？」

「沒錯。」

「為什麼，他和江陽有什麼矛盾？」

朱偉向眾人掃視了一圈：「江陽死前幾天，我和他剛見過一面。他告訴我，他手裡有幾張照片，這幾張照片能和胡一浪換一大筆錢，當時胡一浪已經派人匯給他二十萬，他要求對方再給四十萬，對方卻遲遲不肯答應。一定是這個原因，導致胡一浪鋌而走險，派人殺了他。」

所有人都面面相覷，大家已經知道卡恩集團的財務確實在江陽死前匯給他二十萬，可並不知道為什麼匯給他二十萬，聽到朱偉的說法，他們更確信，江陽手裡的那幾張照片，應該是胡一浪的某種把柄。

嚴良問出了大家的疑惑：「是什麼照片，江陽能用來和胡一浪換這麼大一筆錢？」

朱偉沉默了片刻，突然冷聲道：「十多年前侯貴平拍的一組照片，關於卡恩集團誘逼未成年少女向官員提供性賄賂的過程。」

聽到「卡恩集團向官員提供性賄賂」，眾人都提起了精神，知道這件事非同小可。

嚴良馬上問：「侯貴平死前一直舉報他的一個女學生遭遇性侵後自殺的事，難道——」

「沒錯，受害的遠不止一個女生，她不是被岳軍強姦，而是被岳軍帶到卡恩大酒店，被卡恩集團老闆孫紅運等人逼迫，向官員提供性賄賂。孫紅運指使胡一浪，找來岳軍這樣的地痞流氓，尋找農村膽小怕事的留守女生，向有特殊癖好的官員提供特別服務，從而謀取其他利益。」

會議室裡鴉雀無聲，大家都在思考這個消息的真實性。

卡恩集團是全省百強民營企業，在區域範圍裡有著很大的影響力，老闆孫紅運更是身兼人大代表、協會領導等多個政治身分，政商關係密切，一旦這消息屬實，必然會牽出一起涉及眾多的大案。

一位省高檢的檢察官立刻問：「這些照片現在在哪兒？」

「照片在江陽那裡，當時他說藏到了隱蔽處，所以我沒見到。」

「那你有什麼證據證明你說的話是真實的？」

朱偉目光不動，卻慢慢搖了搖頭：「我沒證據。」

與會者一陣私語，檢察官毫不留情面地指出：「你的消息很駭人，我們今天雖然是內部會議，與你之間的談話不會外傳，不過你無憑無據這樣說也不合適，如果被外界知道，你是要負法律責任的。」

朱偉冷笑道：「我和江陽對這件事調查了十年，證據，很早以前是有的，結果卻一次次被人為破壞殆盡。我現在這樣說，確實是無憑無據，不過說到負法律責任，哈哈，我們早就買單了。我先被撤職，後去進修，再後來調離崗位，從一個刑警變成派出所民警，每天處理大爺大媽的吵架糾紛，也許這在各位大領導看來是不夠的，可是江陽坐了三年冤獄，從一個年輕有為的檢察官，被人栽贓坐牢，變成一個手機修理工，哈，這總夠負法律責任了吧！」

「你說江陽是個年輕有為的檢察官，他三年坐牢是冤獄？」另一位檢察官問。

「沒錯，我要舉報的就是江陽入獄的冤案！」朱偉的鼻頭張合著，彷彿一頭憤怒的公牛。

檢察官皺眉道：「死者江陽的資料我們都看了很多遍，包括他入獄的判決書和庭審紀錄。關於他違紀犯罪的幾項罪名，都有照片的物證、行賄的人證，以及他自己的口供和認罪書，證據充分，怎麼會是冤案？」

朱偉哼了聲：「張超殺害江陽，一開始不也證據充分，你們為什麼不直接判他死刑槍斃他，現在又回過頭重新調查了？」

「這……情況不同。」檢察官耐著性子回答。

朱偉哈哈一笑，繼續道：「江陽入獄前，正在追查現在金市公安局的政委、當時平康公安局的副局長李建國涉嫌謀殺嫌疑人滅口、毀滅證據的案子。」

所有人聽到這個消息都瞪大了眼。

「結果江陽被胡一浪以家屬作為威脅，去談判，談判桌上，胡一浪擺出一堆現金，拿出一副撲克牌，讓他贏錢，江陽不予理會，胡一浪又找來小姐勾引他，他同樣不為所動，轉身離去。可誰知胡一浪早已用相機偷拍，把江陽拿著錢、被小姐搭在身上這些場景都拍了下來，舉報到紀委，稱他以檢察官的身分，多次向企業勒索賄賂，企業迫於無奈才舉報。不光如此，真是巧合，那幾天江陽工資卡上突然存進了二十萬，一個他曾經處理過的一起刑事案的當事人向檢察院自首，說江陽幫他實現輕判，他給了江陽賄賂。由此，江陽被批捕，隨後被金市檢察院提起公訴，一審判決十年，江陽不服，提出二審，二審改判三年，直到他出獄。這樣一個正直的檢察官最後被逼迫到如此地步，你們這些省高檢的領導怎麼看？」他咬著牙齒，眼睛布滿紅絲。

一位省高檢的領導道：「可是江陽自己寫下了認罪書，並且在二審開庭時，當庭認罪，如果他真如你所說，一切都是被人栽贓陷害，他怎麼會自己寫下認罪書？」

朱偉深深吐了口氣：「他之所以當庭認罪，是因為他上了張超的當！胡一浪是真小人，張超是徹底的偽君子！到底是不是張超殺了江陽，我不知道，但張超肯定參與了！」

56

「朱偉說得沒錯，江陽那三年坐牢確實冤枉，而且他這三年冤獄，很大程度上，是我一手造成的。」面對趙鐵民和嚴良，張超毫不隱瞞，爽快地承認了。

趙鐵民喝道：「這件事為什麼你從來不提？」

張超微笑道：「我不知道這事與江陽被害有關，而且你們也沒有問過我這事。」

「我們怎麼知道你們這些年裡發生過哪些事，我們怎麼問！」趙鐵民怒視著他，對他此前的隱瞞不說極其惱怒。

他很平靜地笑著：「現在你們對這十年裡發生的事應該大致了解了吧？」

「我們——」

嚴良抬了下手，打斷趙鐵民，說：「這十年的故事像一座大樓，我們現在知道的只是大樓的外觀，具體的內部結構我們並不清楚。此刻我最好奇的一點是，這十年的故事，我們是從不同的人口中拼湊出來的，可你明明知道全部故事，並且也一直引導著讓我們知道全部故事，為什麼你不肯一開始就全部告訴我們，反而繞了這麼大一個圈子？」

張超笑了笑：「當遊客走到這座大樓面前時，只有對外觀感興趣，他才會深入內部看看。如果大樓的外觀就把遊客嚇住了，讓遊客不敢靠近，甚至裝作沒看到，掉頭就走，那麼大樓的內部結構將繼續保留下去，直到等來願意進來的客人。」

嚴良和趙鐵民對視了一眼，緩緩點頭：「我明白了，也理解了你的良苦用心。現在，能否先揭開一角，談談你是怎麼害得江陽入獄三年的？」

「江陽正式被刑事拘留期間，李靜告訴了我當年的事，我由於當年未舉報侯貴平的冤案，心懷內疚，馬上趕到金市，做江陽的辯護律師。江陽在看守所始終沒有認罪，相信你們作為過來人，也知道早些年的審訊方式，具體的，沒必要說了，總之，江陽的意志力讓我深深敬佩，他是個極其頑強的人。一審開庭前，法院組織了多次的模擬法庭，單純從證據來說，除了賬上多出的二十萬之外，那些照片都不算實質證據，而且二十萬是在他被調查期間匯進去的，自然可以作為庭審上辯論的疑點證據，對這起案子，我有很大的信心能為他脫罪。只不過……」

他低下頭，歎了口氣：「只不過最後一審還是判了十年。江陽不服，提出上訴。上訴開庭前，法院組織了幾次模擬法庭，我的辯護理由完全站在公訴人之上，這時，法院突然宣布延期開庭。幾天後，我有幾個比較要好的同學朋友，從事法院系統工作的，找上了我，跟我說，目前江陽的罪名是領導定性的。他本人一直不肯認罪，而我又以疑罪從無的角度替他進行無罪辯護，這讓審判工作很被動。他們告訴我，領導對這個案子的定性不會改，如果我再不顧全大局，替江陽做無罪辯護，我的律師執照將來年審時，恐怕會有點麻煩。而江陽不肯認罪，法院開庭就會繼續延期，他還要關在看守所裡吃苦。」

聽到這兒，嚴良的臉色漸漸變得鐵青，這是赤裸裸地以顧全大局為名，對人進行威脅。

張超抿了抿嘴巴：「他們帶我去見了一位領導，那名領導說，他可以承諾，只要江陽認罪，案件定性不改，由於涉案金額只有區區二十萬，可以從最輕程度判刑，甚至判緩刑，他已經坐了一段時間的牢，等審判結果下來，抵消刑期，就可以直接出獄了。至於江陽的公務員工作，也承諾可以保留。這是既顧全他們的面子，又對我和江陽兩人最好的解決辦法，他建議我去說服江陽。」

他歎口氣：「我找江陽做思想工作，他起初不同意，認為有罪就是有罪，沒罪就是沒罪，有罪就該服法，怎麼可以既認罪又不用服法？我和他談了很多，最後談到了他的家庭。他前妻沒有固定工作，還有一個兒子要養活，他需要向現實妥協，保住公務員這份工作，這是一個男人該負的責任。他低頭了，寫下了認罪書，也當庭認罪。」

他苦笑一下：「後面的結果你們也知道了，那位法院領導根本是騙了我們，最後還是判了三年，丟了公職。」

嚴良和趙鐵民沉默著，沒有說話。

過了很久，趙鐵民咳嗽一聲，打破這種壓抑的靜謐，說：「現在你能告訴我，江陽到底是誰殺的吧？」

「這是你們的調查職責，不應該問我。」

「你還不肯說嗎？」

「江陽的死，你們應該去問問胡一浪和孫紅運。」趙鐵民眼角收縮著：「放心，我們會問的。」

張超微微一笑：「這麼說，你們並沒有被這座十年的大樓外觀嚇住，有興趣往裡面看看。」

嚴良問：「那麼裡面是什麼樣的，現在能告訴我們了嗎？」

「沒問題，不過，」張超眼睛裡閃過一絲狡黠的光芒，「不過我需要附加一個條件。」

「你說。」

「我要請你們破例，這次對我的審訊，需要當著專案組所有成員的面。」

趙鐵民皺眉問：「為什麼？」

張超笑道：「這個條件如果能夠滿足，才能證明你們確實想進大樓裡看個仔細。」

57

二〇一二年四月，春暖花開，萬物復蘇。

檢察院辦公室吳主任手裡拿著一個大信封，來到一條熱鬧的街上。人流穿梭中，他的目光看向了不遠處一爿小小的鋪面，鋪面只有三四個平方米，是隔壁店面截出一小間出租的，外面掛著印刷板，寫著「手機維修、貼膜、二手機回收出售、手機快充」。門口用一個玻璃櫃台隔住，裡面放著一些二手手機，櫃台後面，一個男人正低頭專心致志地修理手機。

吳主任駐足朝那人看了很久，似乎下定了很大決心，慢慢朝他走去。到櫃台邊，他停住腳步，就站在那兒，近距離默默地注視著裡面的那個男人。

過了一會兒，男人留意到陽光將一道人影投射到他身上，人影長久沒動，他這才抬起頭，辨認了好一會兒，露出依然燦爛的笑容：「吳主任！」

「小江！」吳主任眼睛中有著太多的感情，面前這人，才三十多歲，但已經有白頭髮了，他在笑著，露出了深深的抬頭紋和眼角的魚尾紋，他已不再年輕，他再也不是那個帥氣、幹練、堅毅，整個人總是充滿能量的江陽了。

江陽推開櫃台，熱情地招呼他進來。

吳主任靠著牆壁坐著，打量了一圈這間小小的店鋪，隨後又把目光投向了這個曾經共事過多年的檢察官，遲疑了一陣子，緩緩問：「你出獄後這半年，過得還好嗎？」

江陽撓撓頭，不熱不冷地笑著：「還行，服刑期間有就業培訓，學了手機維修，好歹有門手藝。」

「你，一個浙大高材生……」吳主任喉頭一緊，有些哽咽。

江陽不以為然地笑起來：「這和學歷沒關係，誰說浙大畢業的不能修手機啊，別人北大畢業的還殺豬呢，反正現在能養活自己，日子能過。」

「你入獄實在是……」吳主任捏著手指關節，「我聽說你一直在向市檢察院和省高檢申訴。」

江陽突然收斂了笑容，正色說：「我白白坐了三年冤獄，我是被人陷害的，還被人誘騙寫下認罪書，這個公道，我一定要爭取，哪怕一次次被駁回，我還是要爭取。」

「這是公檢法的一次聯合判案，你想平反，太難了，太難了……」江陽眼中微微透著防備，語氣也變得很冷漠：「吳主任，你是來勸我放棄申訴吧？」

吳主任低著頭沒說話。

「怎麼可能！」江陽冷笑著搖頭，「絕對不可能，平反我自己的冤獄只是第一步，我根本不是為了我自己——」

吳主任手一擺，慢慢點頭：「我知道，你不是為了你自己，你是為了把孫紅運他們繩之以法。」

江陽瞬時激動起來：「可是我沒有證據啊，這些年查到的那些證據去哪兒了呢？」他忍不住眼眶紅起來，「查到證人，殺了；查到凶手，死在公安局了；還有我和朱偉的遭遇呢？我能不爭取嗎？這樣的事情如果不能有個公道，我還念法律幹什麼！」

吳主任站起身，雙手抓住江陽的肩膀，重重捏了捏，過了好久，他似乎很艱難地說：「我這個月就退休了，這些年來，有件事一直藏在我心裡，每每想起，我都在懷疑當初的決定是不是做錯了。」

江陽抬起頭，發現他已經老淚縱橫。

「侯貴平有幾張照片在我這裡。」

「侯貴平來檢察院舉報岳軍性侵女童三次，都是我接待的。最後一次，他告訴我，他去公安局舉報，公安局說早已調查過，自殺女孩體內留著的精液和岳軍不符，不是岳軍幹的，不予立案。他不信，於是他拿了一個相機去跟蹤，終於有一次，他跟蹤到岳軍開車把另一個女孩送到卡恩大酒店，在酒店門口，岳軍把女孩交給了另外幾個成年男人，其中一個男人帶著女孩進了酒店。等另外幾個人走後，侯貴平衝進酒店想解救那個女孩，卻被保安趕了出來。當時岳軍把女孩交給那幾個人以及其中一人帶著女孩進酒店的過程，都被他拍了下來，他說雖然不能直接證明脅迫女孩賣淫的事實，但這種線索足夠公安展開調查了。可是他去公安局交了照片，公安局依舊不予立案。他只能再洗了幾份照片，送到我們檢察院。」

吳主任整理著思路，回憶著那一天侯貴平找他的情景，想起那個熱血的年輕支教老師，他不禁熱淚盈眶。

「後來呢？」江陽皺著眉，翻看著這些照片，照片都是在室外拍的，似乎並沒有能實質性證明他們犯罪的信息。

「除了這些照片外，侯貴平還拿來一張寫了幾個女孩名字的名單，說這幾個女孩都是被岳軍帶去給人性侵的女孩，名單不一定完全準確，是他從其他學生口中探出來的，但如果據此調查，必能找到受害人。」

江陽焦急地問：「那你有沒有派人調查呢？」

吳主任抿嘴很久，最後低下頭：「沒有，我勸侯貴平不要管這事，對他不好，他很生氣，很生氣很生氣，就這樣走了。」

江陽痛苦地叫起來：「你為什麼不調查，有照片有名單，這線索還不夠嗎！你如果當時就調查，還會有人死嗎！還會有人坐牢嗎！」

「我……」吳主任愧疚地深深歎口氣，「我沒有你的勇氣，照片上的人，來頭太大，我……我不敢……」他雙手捂住臉，竟痛哭起來。

這是江陽第一次見到這樣的吳主任，一個即將退休的老人失聲痛哭，他再也不忍心責怪了，拍著對方的肩膀，竟有一種無能為力的虛脫感。

58

「原來如此，原來如此！」已經半頭白髮的朱偉舉起泛黃的照片哈哈大笑，最後笑得鼻子酸了、眼睛紅了才停下來。

江陽遲疑地看著他：「照片有什麼問題嗎？很普通的照片，當不了證據，證明不了任何東西。可是你和吳主任好像都覺得這些照片很重要？」

朱偉連連點頭：「重要，太重要了，你知道嗎，侯貴平就是因為拍了這照片才死的！」

江陽依然不解。

「你能認出照片上都有誰嗎？」

「岳軍、李建國、胡一浪、孫紅運，這些人都出現在照片裡了，還有幾個面熟，但不認識，帶女孩進去的這個男人好像也見過，可完全想不起來。」

朱偉手指重重地戳在照片裡帶小女孩進去的那個男人頭上：「那時的常務副×長，現在的省××副×長夏立平！」

江陽倒吸口冷氣。

朱偉繼續道：「夏立平那時主持金市日常工作，權力極大，所以你們單位吳主任一看到夏立平就知道這案子他無能為力，才勸侯貴平放手。可是侯貴平沒有，他還以為找到了關鍵證據，拿給公安局了，自然李建國就看到了這張照片。照片雖然不是實質證據，可是這照片曝光會怎麼樣？你讓夏立平怎麼解釋帶著女童進酒店這件事？孫紅運他們以向夏立平這樣的人提供性賄賂來獲取非法利益，這案子一查就捅破天了，所以他們必須冒著謀殺侯貴平、犯下更大罪行的風險，不惜一切代價拿回照片！後來丁春妹和王海軍的死，都是他們為了掩蓋最初的罪行，一步步犯下的更大的罪，包括我和你的遭遇，全部拜這張照片所賜！」

江陽不願相信地搖起頭：「當時我們逼供岳軍，他從來沒交代過涉及高官。」

朱偉不屑地一聲冷哼：「岳軍頂多認識李建國，他能認識什麼高官，他在這裡面只扮演了最底層的物色獵物的角色，上面的交易哪能讓他知道，所以他現在還活著，沒被他們滅口。」

江陽仰身躺倒在椅子上，十年的回憶歷歷在目。

朱偉一隻手頂著腮幫，另一隻手無力地舉著菸，目光迷離。就這樣過了很久，江陽挺直了身體，朱偉也挺直了身體。江陽望著他，微微一笑：「阿雪，你說吧，我們怎麼查？」朱偉打了他一拳，笑起來：「我就料到你還是想查下去。」

「那能怎麼辦？我三年牢白坐了？你那幾年課白上了？還各科都不及格，唉，我瞧你這麼笨，當警察到底怎麼破的案呢？」

朱偉哈哈笑起來：「是啊，太笨了破不了案，所以現在不幹刑警，調到派出所每天給夫妻勸架，給人找錢包，和不三不四的人扯淡過日子。你呢，你這浙大高材生，這麼聰明，也幹不了檢察官，去修手機啊，很有追求嘛。」

「你瞧不起修手機的？好歹我給你透露過手機盜竊集團的線索，讓你立功被表揚了。」

「是啊，拿了兩百塊獎金請你吃火鍋花了三百塊。」

「你還帶著你派出所的兄弟一起吃的好嗎，哪能都被我吃了。」

兩人大笑起來，過了好久彷彿宣洩完了，朱偉鄭重道：「這麼多年過去，不管當初性侵案是怎麼發生的，現在沒有物證了，任何直接證據都沒有了，但我們可以找到侯貴平名單裡的女孩，找到她們說出當年的遭遇，再拿著這照片舉報到紀委，省紀委還有國家紀委，國家紀委一定會管，只要他們派人查，這只是引子，孫紅運、夏立平他們之間必有其他貪腐證據，一定要扳倒！」

江陽伸出手掌，與他擊掌：「默契，和我想的完全一樣！」

59

「有點信心好嗎？名單上一共四個女孩，翁美香死了，我們這不才問了一個，還有兩個嘛。」

朱偉搭著江陽的肩膀走著。

「昨天那個從頭到尾不承認小時候被岳軍帶走過，說得很肯定，不像說謊，該不會侯貴平的名單搞錯了吧？」

「誰知道呢，吳主任不也說了嘛，侯貴平告訴他，名單是他私下從學生口中探出來的，不一定準確，但肯定有受害人在其中。看，第二個到了，但願好運氣吧。」

「是這裡？你沒搞錯？」

「這可是我費了很大功夫，從名單裡這個王雪梅的老鄉那裡重重打聽才問到的。走吧，速戰速決，晚上老陳擺了一桌酒歡迎我們到杭市蒞臨視察，哈哈！」

朱偉拉著他要往裡走，江陽卻停在了原地，抬頭望著門上色彩斑斕的招牌「美人魚絲足」，滾動的LED屏幕上滑過一行字：「絲足、油壓、按摩、休閒」。

江陽轉頭鄭重地看著他：「你肯定是這裡？」

「當然了，11號，很好記，吃住都在店裡，人準在裡面。」朱偉一把將他拉了進去。

店裡分上下兩層，他們進門後，一名穿著粉紅色超短制服的豐腴女人馬上站起身，熱情招呼：「兩位是嗎？請先上樓。」

女人離開前台，引導他們上樓，江陽沒動，微紅著臉問：「麻煩叫一下王雪梅，我們……我們要找她到外面聊下。」

女人馬上皺起了眉：「這你們得私下和她商量，我們不能出店門的。」

「我們——我們是想——」

朱偉連忙打斷：「沒關係沒關係，先上樓，點個鐘，11號。」江陽回頭驚訝地望著朱偉，畫外音是，你好懂哦。

「你們兩位，11號，還要哪個，我可以嗎？」

朱偉連忙推脫：「我還有事，把我這位朋友照顧好，啊，一定要好好照顧啊，等下我來買單。」

他把還在驚訝中的江陽硬生生推上樓，幸災樂禍地逃到門外。完全懵了的江陽被帶到了一間七八個平方米、燈光幽暗的房間，女人指著角落的淋浴房，讓他先洗一下，11號很快到。

江陽侷促地站在原地，什麼也沒動，就這麼打量著四周，過了一會兒，一位同樣制服打扮的年輕女子推門而入，五官長得不算漂亮，但也還清秀。

「第一次來嗎？」女孩溫柔地問，「您先洗一下，要做什麼項目？」

「什麼——什麼項目？」江陽很緊張。

女孩嫵媚一笑：「粉推228，胸推328，絲足全套598，全裸789。」

江陽咽了下口水，連忙端正身體，支吾著說：「我——我不是，我這些不要，我是想——」

女孩打斷他：「我們這裡沒有一條龍服務的，現在都只有半條龍，你放心吧，一定會讓你很開心的。」

說著，女孩走上前，就要拉開江陽的拉鏈。

江陽連忙向後退步，脫口而出：「你還記得侯貴平嗎？」

女孩動作停滯住，過了幾秒，突然嚴肅地看著他：「你是誰？」

「我……我是侯貴平以前的同學。」

「你想幹什麼？」

「你……你小時候有沒有被小板凳岳軍——」

「住口！」女孩厲聲喝道，「我不做你的生意了，你找其他人吧。」她馬上要轉身而出。

江陽連忙叫住她：「侯貴平是你的老師，當年死得太冤枉了吧，死後還被說成姦污翁美香的凶手，你知道嗎？」

女孩身體固定住幾秒，隨後轉過身，很生氣地瞪著他：「這關我什麼事，這都哪年哪月的事了，你為什麼現在跑過來問這個？」

「我……我希望當年的受害者能夠站出來，你當年是班長，侯貴平對學生是很好的，你能不能——」

女孩眼中泛紅，伸手指著他的鼻子，哽咽道：「這都多少年前的事情了，你為什麼現在要問起來，你到底是誰啊？」

「我……我過去是檢察官，查過這個案子。」

「那你過去為什麼不把人抓了呢，現在為什麼又要來找我？你看到我現在這樣了，我為什麼是現在這樣呢！為什麼呢，為什麼呢！」

「對不起，我——」

「你走吧，你走啊！你覺得我會願意提起嗎？不管誰死了，誰活著，關我什麼事呢？我絕對不會提這件事了！我只想忘掉，我不知道誰是小板凳，我誰都不知道，不管你想找我幹什麼，我都只有一句話，不可能，別找我，我要過我的生活。你走啊！」

女孩就這樣一動不動地指著江陽。

江陽和她對視了幾秒後，默不作聲地走過她身旁，打開門，慢慢走了出去。

60

「來來來，別客氣，我們陳老闆現在生意做得這麼大，別怕喝窮他。」朱偉哈哈笑著倒著酒，給三人都滿上。

陳明章朝他們看了看，朱偉滿臉笑容，江陽卻始終皺著眉頭，不解道：「你們倆下午的事情順利嗎？」

朱偉大笑起來：「下午找的那人在會所，那種會所，我本來想讓小江談完話，再換個其他技師放鬆一下，畢竟他這些年哪出去玩過呀。」

陳明章忍俊不禁：「小江肯定不敢。不過我說，你好歹過去是平康白雪，怎麼現在很懂門道嘛。」

「我這幾年在派出所幹，能不和這些會所打交道嘛，」他大手一擺，「你們別搞錯啊，我還是很潔身自好的。」

「然後呢，小江怎麼樣了？」

朱偉重重歎口氣，道：「那女孩確實是受害人，但一句都不肯提以前的事了。」

陳明章點點頭：「人之常情，過去十多年了，換你，你願意提嗎？」江陽默不作聲，一口把白酒喝下肚，拿起酒瓶，自顧自再倒了一杯。

朱偉安慰著：「沒事沒事，不還有最後一個嘛，說不定最後一個叫葛麗的女孩願意站出來呢，別灰心嘛。好了，小江，我們今天不提這些事，我們這趟就是來杭市旅遊的，老陳好吃好喝好玩招待，我們一分錢都不用掏，想起這事就爽快啊。別苦著臉了，來，舉杯共享盛世！」

江陽不想駁了他興致，換上一副輕鬆的笑臉，跟他們觥籌交錯起來。

幾盞過後，陳明章重又關心起這兩位老朋友：「阿雪，你兒子也當警察了，我還沒送紅包呢。」

「這有什麼好送的。」朱偉不屑擺手，「這小子太沒我基因了，說幹刑警太苦，報了……報了經偵隊，哎呀，你知道經偵隊幹點什麼？每天都是一堆上了年紀的大媽跑過來報案被人騙錢啦，遇到傳銷啦，跟她們態度好點呢，就上了臉，罵你知道她被騙錢了，怎麼還不去查？你跟她們解釋態度一不好呢，馬上投訴你。我看這小子以後能幹出什麼花頭來！」

「挺好的呢，孩子的事，你管他那麼多幹嘛，跟你一樣幹刑警，最後升職到派出所去咯？過幾年國家政策要延遲退休的話，八成你退休前升職當保安。」陳明章挖苦道。

三人都哈哈大笑。

陳明章又看著江陽：「小江，你兒子大班了吧，下半年該升小學了，我這裡備了一份紅包給你。」

他掏出一個厚厚的信封，江陽極力推脫，但他們倆強行要他收下，他紅著眼睛拿住紅包，眼淚都快出來了。

朱偉連忙拿起酒杯大聲叫著乾杯，把他眼淚逼了回去。

陳明章關切地看著他：「事情不管最後有沒有成，過了這階段，你和你那位復婚吧，聽阿雪說，你那位可依然守著家門口小超市，沒有嫁人，在等你。你出獄這大半年回去看過了吧？」

江陽吸了下鼻子：「看過幾次，我申訴還沒弄好，所以我——」

「聽我說，不管申訴最後能不能成功，今年年底，就到今年年底，到此為止，好不好？明年復婚，我們都來參加。」陳明章很誠摯地望著他。

他默不作聲，隔了半晌，慢慢點頭。他們哈哈大笑，忙舉杯敬江陽。

江陽心頭一陣暖意，他把紅包拿下桌，塞進褲袋，過了幾秒，他突然站起身，渾身上下摸了一遍。

「怎麼回事？」朱偉問。

「錢包丟了，」江陽焦急地又摸了一遍，確認真的丟了，苦著臉，「大概下午逃出來時沒留意，從口袋掉出來的。」

朱偉道：「帶了多少錢？」

「多是不多，不到一千——」

朱偉連忙道：「老陳報銷——老陳，沒問題吧？」

「沒問題。」

「那就別管了，先喝酒。」朱偉招呼他坐下。

江陽眼睛開始越來越紅：「身分證、銀行卡，這些都要補辦，我……」朱偉大手一揮：「我在派出所專幹這事，放心吧，下午是半條龍，回去我就找人一條龍服務。」

「可我還是把錢包丟了，錢包丟了……」江陽依舊喃喃自語，幾秒鐘後，他「哇」一聲大哭起來。

朱偉和陳明章靜靜地看著他，沒有人說話，沒有人有任何動作。這十年來，經歷了那麼多，他皺眉過，苦惱過，咆哮過，可始終能笑得出來，始終懷著期許，把腳步往更前方邁去。這十年他從來不曾掉過一滴眼淚。

可是今天，只是錢包丟了，他哭了，大哭，前所未有的大哭……過了好久，江陽哭累了，開始大聲咳嗽起來，朱偉和陳明章走到他兩側，拍著他，他還在咳嗽，劇烈咳嗽，突然，一口鮮血從嘴裡噴了出來，隨後他整個人昏倒失去了知覺。

61

高棟摸著鼻子思忖：「張超要求當著專案組全體成員的面才肯交代？」

「對，」趙鐵民面露難色，「不知道他到底想對著這麼多人說什麼，怕是一些比較敏感的事。」

「嚴良怎麼說？」

「他說那就召集唄，可他不是體制裡的人，當然不用顧全大局。」高棟皺眉思考了片刻，道：「你如果不答應他的條件，好像暫時也拿他沒辦法吧？」

「他的態度很堅決。」

高棟笑著給出建議：「那你就照辦吧，你只是忠於職責，為了破江陽被害一案，不用管背後的各種因素。」他停頓片刻，突然壓低聲音道，「記住，你完全是為了自己的本職工作，是為了破案，對事不對人，不想針對任何人。」

第二天，趙鐵民聯繫各家單位，再次召開專案組專項會議，會上，他透露張超願意如實交代案件真相，但需要當著專案組全體成員的面。

大多數成員對這個要求並不排斥，案件影響很大，社會各界一直在追蹤警方的調查進展，專案組的當務之急就是迅速破案，平息風波。

但也有人認為這是嫌疑人故意耍詐，輕視國家機器，不接受這個要求。最後經過協商，專案組投票通過了這項決定，不同意的幾位，有人出去打電話，趙鐵民故意裝作不知情，一心破案，當即帶上眾人集體奔赴看守所。

在一個臨時改造成審訊室的會客室裡，張超見到了專案組的各位領導，包括公安和檢察，他偷偷朝嚴良和趙鐵民望了一眼，嚴良看得出，那是感激的神色。

隨後，張超就開始從侯貴平的案子講起。

江陽如何接手案子，李建國等人如何阻撓，最後費盡周折才得以立案。展開調查後，證人丁春妹當晚失蹤，再無音訊。另一位主要證人岳軍被帶到公安局協助調查又被李建國等人阻止審訊，後來差點遭人謀害，朱偉鋌而走險逼供，手機錄音被當成非法證據排除，朱偉被拘留並撤銷職務，強制進修三年。江陽在單位裡被徹底孤立，一開始竭力支持他的女友離他而去。幾年後，牽出王海軍涉嫌受胡一浪指使殺害丁春妹，結果王海軍竟然在公安局猝死，死者身上有針孔，當事刑警李建國未受任何處理。江陽追查王海軍非正常死亡一案，卻因兒子遭胡一浪挾持，他和朱偉毆打胡一浪被雙雙停職。此後，他向妻子提出離婚，孤軍奮戰，寫資料向上級舉報多年來的冤案，可是被胡一浪設計誣陷受賄而批捕。張超成為江陽的辯護律師，在當時的司法環境下，知道此案從法理上辯護有大機率勝算，卻很難動搖案件定性，被迫向種種現實妥協後，誤信他人承諾，以為只要江陽認罪就能被判緩刑並保留公職，可勸服江陽照做後，江陽依舊被判刑入獄三年。

十年冤案平反路，簡直觸目驚心。

以侯貴平之死為起點，犯罪集團為了掩蓋當初利用女生進行性賄賂的罪行，不斷犯下一起起更大的罪，打擊舉報人，毀滅罪證，將這個謊言越圓越大。

相信向官員第一次進行賄賂時，孫紅運心裡也是害怕的，但是漸漸地，用一起起更大的犯罪來掩蓋前面的犯罪時，犯罪就成了習慣。

人們已經想不起來第一次闖紅燈的時間了，有了第一次，就會有第二次、第三次……

一個努力查出真相的警察和一個赤子之心的檢察官，最後被逼迫到這種程度！

這場審訊，持續了很久，其間沒有人發問，所有人都在靜靜聽著張超講述這個讓人難以置信的真相。

張超一直很平靜，沒有激動，沒有斥責，也沒有抱怨，只是耐心地講述著。

這個故事很長，足足十年，聽的人也感覺很長，彷彿過了十年。直到他講完，所有人彷彿才能重新呼吸了，一陣漫長的靜默過後，終於有檢察官問出了很多人心中的問題：「你講的這些有證據嗎？」張超緩緩搖頭：「所有實質性證據都被毀滅了，現在保留下來的，只有那些當初被認定為非法取證的所謂證據。」

一陣竊竊私語後，有人再問：「你沒有證據，這麼多年前的事目前也無法採證，你讓我們怎麼相信你？」

張超平靜地搖搖頭：「我沒有想讓你們相信我，我只是想讓你們知道有這樣一個故事。」

那人質疑地望著他：「你很清楚我們今天集體來到這裡，並不是為了聽你講這樣一個故事的。」

張超笑了笑：「當然，你們是大領導，有很多工作要忙，之所以今天有緣聚在一起，都是因為江陽的死。不過在這個問題前，我還要再浪費大家幾分鐘時間講一件事。一開始江陽得知侯貴平遭人謀殺，也是懷疑因為他舉報岳軍性侵女童，但後來漸漸發現了疑點，既然女童並不是被岳軍性侵的，凶手為何還要冒著擔負更大罪名的風險殺人？

「直到出獄後，他才知道原因。因為那一年他得到了幾張侯貴平當年拍的照片，照片上是當時的金市副×長、現在的××副×長夏立平帶著一個女生進入酒店的場景。」他注意到其他人臉上都寫著「茲事體大」，他仍不動聲色地繼續說：「那幾張照片並不能作為夏立平犯罪的罪證，但那樣一位大領導在照片裡的不正常舉動，足以要了侯貴平的命。胡一浪為什麼在江陽死前給他匯過一筆二十萬元的款項？因為江陽打電話告訴他照片的事，說要把照片賣給他，可是他付了定金後，江陽取消了交易。」

一名刑警問：「你是認為胡一浪殺害了江陽？」張超不置可否地笑了笑：「這就不好說了。」

「可你為什麼會認罪又翻供？」

「這個問題的答案我現在還不能說，除非再答應我一個要求。」一位檢察官問：「你有什麼要求？你想為這整整十年前的事翻案？可是你沒有證據，事隔多年，我們也沒法查出實證。」張超搖搖頭：「我不是要翻案。」

嚴良突然開口問：「那你到底想要什麼？」

「我的訴求，相信嚴老師看過那幾張照片後，就能猜到了。」

「照片在哪兒？」

「我家書櫃的一個普通文件袋裡。」

會後，趙鐵民單獨留下嚴良商量案情，很快他接到一通電話，掛上後，他神色奇怪地望了嚴良一眼：「我想江陽肯定不是胡一浪派人殺的。」

嚴良一副早就知道的模樣，道：「當然不可能是胡一浪幹的。」

「你為什麼不早說？」趙鐵民抱怨道。

嚴良歎息一聲，看著遠處，緩緩道：「我很早就猜到了這案子後面一定有個很大的故事，我不想因為我個人的一點小聰明就打斷張超他們的計劃，我希望你們專案組能順著他們的計劃調查下去，那樣，這個故事才能讓更多的人知道。」

趙鐵民抿抿嘴，他理解嚴良這個充滿同情心的老師的邏輯，過半晌，他唏噓一聲，道：「我派人詢問過胡一浪給江陽二十萬的事，他承認二十萬元是他給的，不過沒提半句照片，只是藉口江陽出獄後，總是騷擾他們公司和他個人，稱當初是他舉報自己向企業索賄導致的入獄，要求給點補償。起初他是置之不理的，並且還考慮過報警，最後終於給錢是出於同情。因為那時江陽已經肺癌末期，有省腫瘤醫院的診斷報告。」

嚴良愣了一下，倒沒有驚訝，緩緩道：「難怪會走上這條路，死都不怕的人，什麼都嚇不住他了。」

趙鐵民兀自不解地搖頭：「江陽沒有醫保，各醫院信息也沒聯網，所以我們壓根兒不知道他死前已經肺癌末期了，如此看來，他應該是自殺的，想用自殺製造大案，來引起社會對這個長達十年故事的關注。只是我們當初做過各種各樣的鑑定，都是他殺，他是怎麼做到自殺的？難道張超協助？那也不可能啊，張超協助自殺，也沒法躲過我們的司法鑑定。」

嚴良撇撇嘴：「別忘了還有個陳明章，他可是專業的，你們的鑑定工具都他們公司造的，他最懂鑑定的原理，完全有能力模擬出他殺的跡象。」

趙鐵民恍然大悟：「陳明章也摻和進這案子了？可張超為什麼願意以自己入獄為代價，來揭露這件事呢？要知道，張超涉嫌危害公共安全，幾年牢獄之災是跑不了的，他就算和江陽關係再好，放棄事業家庭來做這麼大犧牲，常人根本辦不到啊。」

嚴良歎口氣：「相信他一定很愛李靜吧。」

62

江陽醒來時，視線裡出現了五個人，朱偉、陳明章夫婦、張超和李靜夫婦，五個人目光焦急地看著他，他把頭慢慢轉開，打量了一圈四周，然後看向陳明章，露出了笑容：「獨立病房？老幹部待遇啊。」

陳明章苦笑著點點頭。

「那麼，我還有多久？」

「什麼……什麼還有多久？」

「連嫂子都來了，還有張老師和李靜，看來時間不多了。」朱偉立刻道：「你別瞎說啊！」

江陽笑著說：「我猜一下，我醫學懂得不多，這情況一般是癌症，我記得我最後咳血了，肺癌？」

「你……」陳明章表情黯淡了下去，所有人都低下了頭。「末期吧？」

朱偉連忙道：「沒有，絕對不是末期！」陳明章道：「中期，治癒希望極大。」

「是嗎？」江陽一點不信的樣子望著他。

過了一會兒，陳明章改口：「中期和末期之間，真的是之間，你可以看化驗報告。」

江陽面無表情地仰望著天花板，過了漫長的幾分鐘，他忽又笑問：「我老婆和兒子知道嗎？」

陳明章慢慢地點頭：「他們在趕來的路上，晚上會到。」

「我多久能出院？」

「你就好好養病吧，我送你到國外去接受治療，你肯定會好起來的。」

江陽深吸了口氣，笑著說：「這病我知道一些，中末期死亡率嘛……就算治療撐一些時間，也沒有幾年勝算。我……」他停頓了很久，「還有很多事沒完成。」

朱偉怒道：「你還要幹什麼？」

「時間不多了，我還要再試試。」

陳明章搖頭說：「就算你申訴成功又如何？給你幾十萬元的國家賠償，有意義嗎？」

「有！」江陽從病床上坐起身，嚴肅地看著他們，「我手裡還有照片，還有受害者名單，我一定要公諸於世，我要一個公道！」

這時，張超走過來，歎息一聲，抿嘴道：「江陽，我老早就告訴你，這件案子是辦不了的，你不放棄，所以才會有這十年——」

「去你媽的！」朱偉大步跨過來一把掐住張超的脖子把他壓到牆壁上，怒罵，「你有什麼理由這樣說江陽！他做錯了嗎！他從頭到尾沒有錯！你一個大學老師，自以為聰明，自以為知道一切。你他媽第一個發現疑點，一聲不吭，這才有後面的事。後面還害江陽認罪，坐了整整三年牢！天底下都是你這種自作聰明的人，孫紅運這幫畜生才能無法無天！」

其他人連忙上去勸架。

張超掙扎著辯解：「江陽三年牢確實是我被騙了，可那種司法環境下翻案根本不可能的，你們為什麼——」

朱偉一拳打到他臉上，阻斷他的話：「你就是個真小人！你當初為什麼不提出疑點？你就是想侯貴平死得不明不白，你就是想霸占李靜，你巴不得侯貴平冤死！李靜來找小江，要幫他做調查，你卻背後跑來叫小江不要打擾她生活，你不就是一心想讓李靜徹底忘記侯貴平嗎？你這點鬼心思老子早就看穿了，不說出來是給你面子，你到今天還有臉說這話！」

陳明章和爬下病床的江陽死死抱住朱偉把他往後拉，朱偉力大如牛，原本誰也拉不動，但他陡然間看到江陽也在拉自己，忙卸了力氣，走到窗口，憤怒地大口喘氣，掏出香菸，又意識到江陽得了肺癌，便懊惱地把整包菸用力地擲下樓，結果掉到一個過路女人的頭上，女人抬起頭，朱偉大罵看什麼看，嚇得女人低頭連罵幾句神經病老潑皮匆忙離去。

李靜的眼眶中流出了兩行眼淚，直直地掛在臉上，她冷冷地注視著丈夫。

張超焦急地解釋：「真不是……真不是他說的那樣，我……我不是故意，我……我是……」

「不用說了。」李靜冰冷的聲音在病房裡迴盪。

張超糾結的眼神望著她：「我……我是為大家好——」

「你走吧。」

「我——」

「你回去吧。」

張超沉默著，站在原地很久，最後慢慢挪動步子，到了門口，他悄悄側過頭：「你呢？」

「我在這裡陪江陽。」李靜看都沒有看他。

在沉重的一聲歎息裡，張超打開門，走出了病房。

63

二〇一二年九月。

杭市一家茶樓的包廂裡。

五個人一同走進房間，唯獨張超離眾人遠一些，臉上的表情始終帶著尷尬，因為雖然旁人再三相勸，朱偉不再對他撒氣，但看他的眼神，總是不那麼友好。

朱偉抱怨著：「自從小江得了這病，唉，逼得我每次見面都戒菸，小江你可要快點好起來啊。」

江陽笑著說：「我不介意，你抽吧，這麼多年聞著你的菸味，你不抽我還不習慣。」

突然，朱偉沉下臉，低頭道：「要不是你吸了我十年二手菸，恐怕……」

江陽連忙安慰說：「別這麼說，這是命中注定的，你抽菸的人都沒事，我是運氣不好罷了。」

朱偉坐在那裡唉聲歎氣，手上做出抽菸的動作，又反覆握拳。

江陽忙轉移了話題：「說說你調查葛麗調查得怎麼樣了，我下周又化療了，希望聽到個好消息。」

「葛麗啊……」朱偉皺起眉來。「沒查到她嗎？」

朱偉搖搖頭：「查到了，她……她在精神病院。」

「精神病院？」

「她十年前就瘋了。」

江陽肅然道：「怎麼會瘋了？」

「她……她在侯貴平辭職前就退學了，退學的原因是……她懷孕了，回家產子。」

所有人都瞪直了眼睛。

朱偉舔了舔嘴唇，繼續說：「她生下了一個男孩，我打聽到，這個男孩後來賣給了岳軍家，是她爺爺奶奶賣掉的，後來，也不知道是由於自己孩子被賣掉，還是受不了流言蜚語，她瘋了，被送去了精神病院，她爺爺奶奶也在幾年後陸續去世。她現在還在精神病院裡。」

江陽眼睛緩緩睜大：「我們當初第一次找到丁春妹和岳軍時，丁春妹有個孩子，你還記得吧？」

朱偉點點頭：「就是那個小孩，現在孩子在杭市一家很貴的私立小學讀書，岳軍每天開車接送孩子，孩子稱呼岳軍為哥。」

「岳軍？他為什麼這麼有錢能把孩子送去私立小學？」

「孩子不是岳軍的，岳軍開的車是卡恩集團的，住在濱江的一套排屋裡，花銷應該是孫紅運承擔的。」

江陽冷聲問：「孩子是孫紅運的？」朱偉搖搖頭：「不是。」

「那是誰的？」

「你還記不記得，孩子姓夏。」

江陽一愣，過了半晌，緩緩說：「孩子是夏立平的？」朱偉慢慢點頭：「現在的組織部副部長。」

「你有證據嗎？」江陽透著急切。

「沒有。」朱偉無奈地搖搖頭，繼續說，「我在派出所查一個人是很方便的。我很快查到了葛麗關在精神病院，從當地鄉民那裡打聽時，意外得知她早年生子，孩子賣給了岳軍家，岳軍家那個姓夏的孩子的領養登記時間與買葛麗孩子的時間完全吻合。我經過多番打聽，在金市、杭市兩地調查，終於找到了這小孩，我也去過精神病院，從醫生那裡知道，葛麗在裡面的所有費用都是胡一浪給的。這孩子每過幾個月會去精神病院看望葛麗，平時生活在杭市。我還透過跟蹤發現夏立平經常周末來找孩子，帶他出去玩，夏立平另有家室，有個成年的女兒，估計得了這個兒子特別重視，所以冒著被人知道有私生子的風險去找他。但是這一切只是我的調查，沒有任何證據。」

這時，李靜突然問：「孩子是什麼時候辦理的領養手續？」

「二〇〇二年的四月，那時孩子大概半歲。」朱偉道。

李靜微微一思索，道：「即便按二〇〇二年的四月算，倒推九個月，當作葛麗的懷孕時間，那時她有沒有滿十四歲？」

朱偉搖搖頭：「沒有。」

李靜欣喜道：「這就是證據啊！葛麗依然活著，關在精神病院，你們派出所肯定能拿到葛麗的戶籍資料，只要把小孩和葛麗、夏立平的血液進行親子鑑定，不就能證明孩子是夏立平和葛麗的？葛麗懷孕時未滿十四歲，夏立平當年的行徑就是強姦，這就是直接證據！不用找任何人證物證，就這一條，夏立平的刑事責任怎麼都逃不過，對嗎？」

她抬起頭期待地朝眾人看去，卻發現眾人臉上毫無笑意。「法理上我沒說錯吧？」

她再次從眾人的表情中尋求支持，卻發現無一人回應。

過了一會兒，丈夫張超緩緩開口：「你說得很對，可是，沒辦法操作。」

「為什麼？」李靜不解。

「夏立平是組織部副部長，你去舉報，說他和一個精神病女人產下一個私生子，紀委會問你，證據呢？沒有，只能做親子鑑定。可憑什麼做親子鑑定？如果毫無憑據的舉報就要做親子鑑定，那麼不管誰舉報哪個小孩是某領導私生子，豈不都要去鑑定？程序不是這樣的，這樣的舉報是不可能被受理的。」

她看著眾人的表情，明白了丈夫所說的他們每個人都了解，她很不甘心卻又是萬般無可奈何。

近在眼前的直接證據，完全足夠定刑事罪名的直接證據，甚至可以透過夏立平被調查將孫紅運一伙一網打盡的直接證據，那麼近，就是觸碰不到。

就像一條被關在玻璃房裡的狗，草地就在面前，可是踏不出去。

過了一會兒，張超吸了口氣，又開口：「江陽，這件事就暫時放一旁吧。你安心治病，我當你的律師，我替你向檢察院申訴，平反你的三年牢獄之冤。」

朱偉忍不住冷笑：「張大律師收費可不低，我和小江可沒這麼多錢，至於老陳願不願意聘請你這大律師，得看他的意思了。要知道當年可是你害小江入獄的，誰知道你的心思呢！」

陳明章低聲制止他：「你少說幾句行不行。」朱偉悻悻地閉上嘴。

「我……我不收錢。」張超尷尬地說，目光投向了妻子，妻子卻沒有回應他，他頓時委頓了下去，低著頭說：「不管你們怎麼看我，我……我想做一些事彌補我當年的自作聰明，你們……你們都很勇敢。」

江陽平靜地說：「謝謝張老師，不過我現在身體沒問題，我可以自己申訴，我對程序很了解，不麻煩你了。」

「我……」張超話到嘴邊，只得咽了下去。

陳明章歎息一聲，道：「張律師的建議很好，我替你做決定，一切拜託張律師了，費用不能全免，該收還是要收，我會一應承擔。——小江，下周化療，你好好養病別累著，這幾天我就安排人把你太太和兒子接到杭市來住，我會安頓好一切。」

「這……不行，你已經做了太多了。」江陽感動地望著陳明章。陳明章擺手笑道：「我只不過出了一點點錢，這些年來，你和阿雪做的一切，我都在旁邊看著，可我始終沒有勇氣用行動和你們站在一起，我，也不是一個勇敢的人。你和阿雪，是我打從心底佩服的人。」

64

二〇一三年一月，元旦剛過。陳明章公司的辦公室。

張超坐在他們三人面前，臉上帶著笑容：「省高檢已經受理了江陽的申訴資料，但是冤案平反一直是很漫長的，不能急於一時，我會每一兩周跑去打聽。現在有個很好的消息，新一屆政府要做司法改革，上個月省高院剛剛平反了蕭山叔侄五人殺人冤案，這是一個標杆，在全國引起很大的轟動。司法界各種消息管道都顯示，全國各地即將開啟一輪平反冤假錯案的浪潮，這一輪司法改革給人很大的希望，大環境開始變了，我相信江陽的案子，一定會得到平反！」

江陽微笑著說：「謝謝張老師。」

「哪裡的話，這是我唯一能為你做的了。」這時，他突然注意到朱偉和陳明章皆低著頭，一言不發，對他剛才的這番話毫無反應。回想剛剛，從他進門開始，只有江陽客氣地招呼他，另兩人卻是心不在焉的狀態。朱偉並沒有對他表現出惡意，只是好像毫不在意他說了什麼。

「你們……你們這是怎麼了？是不是還是覺得我……」朱偉和陳明章依舊默不作聲。

江陽向他解釋：「他們不是因為你，因為……因為治療效果不是很理想，已經確診末期。」

張超瞬時倒抽一口冷氣，眼眶開始紅了起來。他知道，肺癌末期，半年內死亡率幾乎高達百分之百。

江陽依舊一副無所謂的樣子，笑著對他們三人說：「大家別這麼哭喪著臉吧，我這不還沒走嘛，又不是第一天知道這消息，我都做了半年心理準備了，早預料到會有這麼一天。癌症這事吧，也還行，就最後兩三個禮拜全身擴散比較難受，之前也就那樣，就當我得了重感冒唄，現在也就偶爾咳嗽一下，不打緊。來，阿雪，給大家笑一個。」朱偉托著下巴瞪眼望著他，過了片刻，慢慢咧嘴笑了起來，其他人也跟著笑出了聲。

得知確診末期的消息後，也沒有人勸他好好治療了，大家只希望他開心就好。

「這就對了，我現在每天和老婆孩子在一起，很開心，真的很開心，很感激你們，對於未來，我不在意。至於欠老陳的錢，恐怕我是還不上了，要不就當你當年訛我八百塊後產生的利息，一筆勾銷了吧？」

陳明章笑著說：「算我倒霉咯，遇上你這放高利貸的。我這輩子最差的一筆生意就是當初訛你八百塊了。」

「你得考慮當年的物價水平啊，我得吃多少頓泡麵才能省出這八百塊，你就辣手摧花，一把拿走。」

大家哈哈大笑起來。

過了一會兒，江陽平靜下來，突然變得嚴肅，鄭重地看著三人，道：

「醫生說我大概還有三到五個月，時間不多了，我還要再做一件事，希望你們不要阻止我。」

陳明章緊張地問：「你要做什麼？」

「這十年來，我幾乎只做了一件事，可是最後還是沒有辦法做完它。現在我沒有時間了，大概這也是天意。我要用死來引起社會各界的關注，把所有的真相公諸於眾，讓罪犯受到應有的懲罰。」

朱偉厲聲喝道：「你在胡說什麼！」

江陽激動道：「我接到醫院報告後，這幾天想了很久，如果我自殺呢？一起轟轟烈烈的自殺！引起廣泛關注的自殺。事後，人們會知道我以前是個檢察官，我為什麼會入獄，我十年時間在做一件什麼事。再加上照片，再加上受害人名單，你們悄悄把事情經過發到網路上，我相信，一定會引起大風波，他們一定會被查處的！」

朱偉罵道：「你瘋了嗎？你在胡說什麼！哪怕你就只能活一天了，也給老子好好活下去，跟你老婆孩子好好團聚！」

陳明章道：「阿雪說得對，你不要異想天開，你這麼做依然不會有任何結果。」

張超說：「你做了這麼多年檢察官，應該很清楚，你們檢察官最反感的是什麼。你們最反感別人用行動藝術來抗爭法律。什麼自焚、什麼自殺，都是愚不可及的人才幹的，能有什麼好結果，該怎麼樣還是怎麼樣。你一個檢察官，向來追求程序正義，你怎麼會有這種也去做行動藝術的想法！」

江陽對三人的勸說無動於衷，仍然一副一意孤行的樣子，朱偉隨後和他大吵起來，氣得拉開窗戶，頭伸出去老遠在窗戶外抽菸。

陳明章依然在一旁苦勸。

張超則坐在角落低著頭，看著他們爭吵的樣子，一言不發。

爭論整整持續了一下午，最後朱偉放話：「你要自殺，行啊，你去，你別想我們會在你死後把照片啊、各種事情經過發到網路上，我跟你說，這不可能。到時你死了，只會被派出所論定為一個行為不端的檢察官入獄三年，出來後受不了生活落差，自殺，誰也不知道你這十年幹了什麼，所有人只會罵你活該！」

江陽道：「你不會這樣無動於衷的。」

「我不會？哈哈，那你就去白死吧，你看我會不會！」

陳明章道：「不要爭了，這沒意義，你自殺毫無意義，不會改變任何結果，我們也不會在你死後做任何事。」

江陽看著這兩人，長長歎了口氣。這時，他注意到遠遠坐在角落低著頭，一句話都沒說過的張超，便徵求他的意見：「張老師，你會答應我嗎？」

張超搖了搖頭：「不會。」

朱偉朗聲道：「看吧，連我們都不會幫你，你這張老師怎麼可能想惹上麻煩。」

陳明章冷聲喝道：「朱偉，你就不能閉上臭嘴嗎！」

朱偉自覺失言，連忙向張超道歉：「張律師，我不對，我說錯話了，請你原諒。」

張超沒有去理他，而是把目光直直地投向了江陽，緩緩道：「如果你真的想死，不妨換一種死法。」

朱偉頓時怒道：「你在說什麼屁話！」

張超依舊沒有理會他，而是鄭重地看著江陽：「我幫你死，換取——程序正義！」

65

「不行。」聽完張超的計劃，江陽果斷拒絕，「這樣你也會坐牢，李靜也不會同意的。」

「這一點不用擔心，我會說服她的。」張超很肯定地說。

朱偉憤怒咆哮起來：「當然不行，要坐牢你自己去，也算還了江陽三年牢獄之災！絕對不許你出這餿主意害死江陽！」

「朱偉！」江陽吼道，「你不要說了行嗎！我坐牢和張老師沒關係！」

「明明是他騙你認罪就能緩刑——」朱偉指著張超罵。

江陽站起身來，歇斯底里地發聲：「我早就說過，我坐牢和張老師沒有關係！你閉嘴！」

「可他這計劃會活活害死你啊！」

「不然呢，不然我就不會死嗎？」江陽冷笑起來，「我覺得張老師說的可以考慮，只是我不想拖累你們任何人。」

朱偉怒道：「本來你明明可以自然……自然的，現在要人為提前……」江陽閉眼吐了口氣，語氣緩了下來：「阿雪，醫生說我還有三到五個月，你要是把我氣成內出血，興許明天我就掛了。」

朱偉連忙好生勸說：「你先坐下，我好好說，好好說行吧？」

江陽衝他笑了下，重又坐回椅子裡，看著他們三人，道：「我本來就沒幾個月了，無非提前一些，何況癌症最後階段是很痛苦的，你們或多或少都見過親友患癌症，那最後幾個星期的日子很不好過，中國又沒安樂死，與其最後那種死法，還不如利用一下，對吧？」

朱偉和陳明章都深深歎了口氣，把頭埋到了手臂裡。

江陽又說：「張老師，我覺得你的主意很好，我只想到了行動藝術，太低級了，你說的程序正義，才是最理想的方案。只不過我不希望你為此付出這麼多，能不能有一個辦法，不拖累你們，計劃由我獨自來實施，又能達到同樣的效果？」

張超搖搖頭：「不可能，為了實現程序正義，你死後的這些事，必須要由其他人來完成。」他看向陳明章，「陳總很擅長證券投資，自然明白收益和風險成正比這個道理。」

陳明章抿嘴道：「我理解小江，我不反對利用他的死來做一些事，但是我覺得張律師確實沒必要自我犧牲，你這麼做一定會坐牢，我百分百相信當年替小江打官司時，你是受騙了，你不必抱著贖罪的想法來完成小江的身後事。」

「不是你理解的那樣，」張超搖頭說，「坦白講，我是抱有贖罪的想法，但不只欠江陽的，我更欠侯貴平的。朱偉說的一點都沒錯，我確實很早就喜歡上了李靜，一開始發現疑點卻不申訴，是怕惹上麻煩，可是後來，我內心是自私的，我想讓侯貴平的影子徹底走出李靜的世界，所以才一直鼓吹調查不會有結果，讓李靜放棄。我欠了侯貴平，也欠了李靜，如果我不能用實際行動來彌補過往，往後，我也不知道該如何面對李靜。也許她會裝作若無其事，我做不到。所以江陽，你不要拒絕我的建議，我早不是年輕人了，不會一時熱血想表現正義感才說下這番話，我是個深思熟慮的人。」

朱偉抿抿嘴，沒說什麼，站起身走向屋外抽菸。

剩下三人沉默無言，過了很久，陳明章開口道：「你這計劃不太成熟，我覺得有很多漏洞，走不到最後想要的那一步。」

張超微笑說：「這只是我短時間想出來的方案框架，我們還有很多時間，到最終付諸實踐，還需要把每一步都詳細規劃過。集合我們四人之力，法醫、警察、檢察官、律師，我們四人都精通各自行業，都是各自行業的頂尖人物，聚集四個人的能力，一定能讓最後的方案走到那一步。」

江陽猶豫地搖著頭：「我不想你們都因此惹上麻煩，那樣就算成功走到那一步也沒有意義。」

張超道：「不會的，我惹上麻煩是避不了的，陳總和朱偉只提建議，看看整個計劃有哪些漏洞，不牽涉到具體的執行，我們要規劃好彼此的口徑，才能把我方的犧牲降低到最小。」

陳明章皺眉說：「可是這件事，不光你要說服李靜，小江也要說服郭紅霞，郭紅霞有權利知道整件事，她只是個很普通的女人，恐怕……」

江陽搖搖頭：「老陳，你把紅霞看得太簡單了。也許在你們眼裡，她是個很普通的女人，沒多少文化，除了在家帶帶孩子，做一點粗糙簡單的工作，她什麼都不懂，什麼都不會，可是她是個很堅強的女人。從我們接觸開始，她一直知道我在做什麼，她也一直支持我，哪怕這些年遭遇這麼多事情，她從沒怪我半句，從沒叫我放棄。這一次，她也會支持我的。只不過，」他眼眶紅了起來，「這輩子我對不起她了。」

陳明章咬住嘴唇，似是不情願，又似是找不到更好的辦法了。

66

一個星期後，四人重聚一堂，每個人手裡都拿著一份稿子。

張超看了眼大家：「你們對這份修訂後的計劃還有什麼意見？」朱偉嘟囔著：「這麼做，小江真的被扣上貪污賭博嫖女人的帽子了，這……這怎麼行？萬一走不到最後那一步，小江的名聲豈不完全毀了？」

江陽不屑地笑道：「現在我的形象，不就是這樣嗎？」

「可明明不是這樣的！」

張超道：「一切都是為了最後的翻盤，污蔑得越徹底，最後才能翻得越乾淨。」

朱偉連連搖著頭：「反正我就是不同意這計劃！」

江陽盯著他：「你不同意歸不同意，你會照做的對吧？」

「我……唉！」他拳頭空砸了一下。

江陽得意地翹起嘴角：「你以資深老刑警的角度說說還有哪些要注意的地方吧。」

朱偉重重歎了口氣，無可奈何地拿起稿子開口：「真拿你們沒辦法，那我就說了啊。」

江陽笑起來：「我早知道你嘴上說反對，這計劃肯定還是用心研究了無數遍。」

「去你的。」朱偉白他一眼，一臉嚴肅地開口，「張律師被抓後，沒有庭審前，一定要讓警方完全認定你是凶手，不能懷疑到其他情況。按現在的計劃看，案情很簡單，並且證據徹底鎖定你，你也供認不諱，通常情況下會馬上把你當作凶手關起來，不會懷疑其他。不過要考慮到你是知名刑辯律師，你這樣的人如此衝動犯罪，又如此配合認罪，說不定有警察會起疑，而且棄屍為什麼要隔一天，為什麼要到地鐵站，這些問題回答得是否合情合理都是極其關鍵的。當然，通常證據鎖定你，你也供認不諱，警方是不會再對一些不自然舉動展開調查的，因為很多案子的嫌疑人都會做一些旁觀者看來不合邏輯、莫名其妙的事，警察早見怪不怪，辦案只求證據鏈，不管動機。但我們這個計劃，你和小江付出那麼多，自然要確保萬無一失，不能讓警方在翻供前懷疑你，所以有些口供我要替你改改。另外，等張律師翻供後，警察重新調查，一定會查小江的人際關係，手機通話是必查的，所以，從今天起，老陳就不要和小江通電話了，以免被警方知道你們很熟。主要就這兩點，如果沒問題，我把我負責的這些事再理理，修改上去。」

張超補充說：「翻供後，我們要引導警方的調查，並且要讓盡可能多的人參與調查，知道真相的人越多，孫紅運他們才沒辦法動用關係強行把事情壓下去。所以在這引導調查的過程中，我們要把握節奏，不能讓朱偉一早就成為警方的詢問目標，要讓警方在我們希望的時候再注意到他，所以朱警官在接下來的時間裡，也不要打江陽的電話了，你可以找我，我再雙方通氣。」

朱偉想了想，表示贊同。

張超又看向陳明章：「陳總能確保警方會認定江陽是被我勒死的嗎？」

陳明章皺著眉點點頭：「我是做這行出身的，計劃中小江被勒死會有雙向證據，我公司就生產警方刑偵設備，自然也能用設備模擬人體力學勒死人的力度和角度。只不過有一點我……我……」他欲言又止。

江陽道：「老陳你有什麼困難直說吧。」

陳明章抿抿嘴：「不是我的困難，是你的。被勒窒息而死是一件很痛苦的事，你自願把脖子放入繩圈後，如果一開始你受不了折磨，拉住了繩子，是可以逃出來的。可是如果你忍住一分鐘不動手，一分鐘後，你那時因為窒息，本能地會用手拉繩子阻止被勒死，可是那時繩子已經用力太足，你後悔已經來不及了，你——沒有辦法後悔。」

江陽不屑地笑起來：「前一分鐘我一定能用意志忍住，一分鐘後本能地去拉繩子，拉不開，正合我意，我就怕你設備不牢，被我臨死前的牛勁給拉出來了。」

陳明章搖頭苦笑：「這是不可能的。」

「要不把我手綁住，免得我本能地去拉，這樣更保險，別讓那天計劃白費，又得多花時間準備。」

「不行，張老師要在警方面前承認一時衝動把你勒死，這才能有後續的各種不知所措，胡亂棄屍。如果你手是被綁住的，驗屍一定會查出來，先綁住你手再勒死你，就是預謀殺人，張律師的棄屍解釋警方不會信。」

江陽點點頭：「在我有意識的時候，我一定會控制住自己不去拉繩子。」

陳明章又歎口氣，繼續說：「張律師第二天去房子裡，務必記得拆掉牆上的設備，零件也拆出來，扔到陽台角落，那樣看起來就像廢舊的伸縮晾衣架，不會引起注意。」

張超說：「我不會忘的。」

江陽道：「以我對檢察系統的了解，這份計劃沒有什麼漏洞需要修補。」

四人又反覆討論了很久，張超把所有要點都記錄下來，說：「每個步驟，每個人該說的話都不能錯，我們都要記牢所有細節。」

大家都點頭。

陳明章疑惑地看著張超：「你是怎麼說服李靜支持你這計劃的？無論如何，你都要坐牢，她是你太太，無論如何——」

張超微笑著打斷他：「當然，她一開始是反對的。可她理解我，最後，她還是答應我了。她在警方開始調查後，會按著計劃來，我很放心她的應對，唯獨江陽，你太太如果面對警方的調查……」

江陽笑了笑：「我已經說服她了——」

朱偉問道：「郭紅霞那麼愛你，怎麼可能同意，你怎麼說服她的？」江陽含糊道：「張老師怎麼說服的李靜，我也是一樣。至於擔心她面對警方調查時的應對能力，她是個堅強老實的女人，老實人撒謊，哪怕別人懷疑，甚至提出邏輯疑點反駁，老實人也不會改口。我很了解她這一點。」

眾人唏噓了一陣，張超道：「總之，我們計劃的核心就是，擴大影響，造成轟動大案，引來的調查組規格越高越好，要讓盡可能多的人參與到事件調查中，引導他們得知這十年的真相，最後，逼迫他們答應我提出的那個簡單要求。所以，我們每個人面對警方調查時都不要急，不同的調查階段提供給他們相應的線索和口供，不能一開始就讓他們知道全部真相，不然影響範圍太小，如果他們顧慮到真相的影響力，強行壓下案子，我們就功虧一簣了。」

67

二〇一三年的春節過後，郭紅霞和孩子回了平康，江陽留在杭市，開始了最後的計劃。

二月中旬，江陽給胡一浪打了一個電話，告訴對方，他手裡有幾張侯貴平拍的照片，其中有拍到大領導帶著小女孩進酒店的過程，要約他談談。

胡一浪訂了私人會所包廂，江陽隻身赴宴。對於安全，他們並不擔心，因為江陽只帶去了影本，如果胡一浪敢在會所對江陽動手，鬧出命案，這就直接翻盤了。

朱偉建議他攜帶錄音筆或者偷拍器材，說不定會留下罪證，張超否定了這個辦法，一是因為他不認為憑錄音筆或偷拍器能錄下實質罪證；二是因為一旦被對方發現，計劃就行不通了。

果然，江陽到會所後，胡一浪讓人用儀器仔仔細細搜查了他的全身，確保沒有攜帶電子設備後，才招呼他坐下談。

「我不是很理解你電話中的意思，你說的照片指什麼？」胡一浪微笑著問。

江陽冷笑一聲：「是嗎，侯貴平不就因為那幾張照片才死的嗎？」

「哦？」胡一浪搖搖頭，「我不太明白你說什麼，能給我看看照片嗎？」

江陽從包裡拿出影本，遞過去。

胡一浪看了眼，皺了皺眉，把影本撕成兩半扔到一旁，仰頭看著他：「那麼你找我的目的是什麼？」

「我的工作、我的生活、我的家庭，都沒有了，全部拜你們所賜。現在，我用這些照片向你們換五十萬元的補償，不過分吧？」

胡一浪不禁冷笑：「憑什麼呢，這照片能說明什麼問題，能當證據嗎？你以前是檢察官，你很清楚證據的定義。」

江陽攤開雙手：「法律上當然算不上證據，不過如果有人不斷向紀委、向檢察院舉報，還在網路上講述你們老闆曾用未成年女孩向官員性賄賂的故事，並且配上這些照片，恐怕也會多少惹出一些麻煩。」

「我們會告你誹謗，你會再次坐牢。」胡一浪冷峻地盯著他。

江陽輕鬆一笑：「無所謂，不過是二進宮罷了，這些照片就算在法律上奈何不了你們，我想還是會有很多人相信我的故事，尤其是，如果讓夏立平得知他帶女孩進酒店的照片依然留存在這世上，原因只是你們不肯掏五十萬元銷毀，恐怕你們這位大領導會很生氣吧？」

胡一浪的手捏成了拳頭，靠在嘴巴上，冷冷地注視著江陽。過了一會兒，他咬牙寒聲說：「如果你非要這麼做，你會再次坐牢，一個人如果坐兩次牢，這輩子就廢了，而且，你還有老婆孩子，雖然你離婚了，可我相信你還是很在乎他們。」他明目張膽地威脅。

江陽低頭笑出了聲，似乎覺得他的話很好笑，過了片刻，他從包裡拿出一份文件，遞過去，說：「你覺得你們現在還能威脅得了我嗎？」

胡一浪的目光看向文件，這是一份醫院的診斷報告，他看了一遍後，歎息一聲遞還回去，抿抿嘴：「很遺憾看到你我交手這麼多年，最後你得到這樣一個結果，不過，這個病似乎再多的錢也沒用，你要這許多錢幹什麼？」

「正如你所說，我還是很在乎前妻和孩子的，我被你們害得沒了公職，死後也沒有撫恤金，我總想給他們留點什麼。你們可以考慮一下，是否願意用五十萬元買斷照片，我剩下的時間不多了，所以留給你們考慮的時間也不多了。」

胡一浪站起身，掏出手機，走到外面打電話，過了十幾分鐘，他回到包廂，問：「你這照片是哪裡來的？」

江陽笑道：「不用管我是哪裡來的，總之，我拿到了。」

「如果你告訴我照片是哪裡來的，我們加十萬元。」

「這不可能，沒有討價還價的餘地。」

胡一浪微微皺眉：「可是我們不知道你照片的來源，你把照片賣給我們後，我們怎麼知道你是否還有備份？」

「我手裡的照片原件就一份，你們也該相信侯貴平當年沒理由洗很多份，至於底片，在相機裡，相機早就被你們拿去了。」

胡一浪打量了他一會兒，點點頭：「對於你的遭遇，我們深表同情，我們並不是要和你做照片的交易，只是出於同情，給你六十萬元，而你，把原件給我們，我們之間的所有事，到此為止，怎麼樣？」

「隨你們便，交易也好，撫恤金也好，哪種說法對我沒有區別，錢到賬，東西給你們，就這麼簡單。」

「好，那我們怎麼交易？」

江陽道：「你們今天下班前向我賬戶裡匯足錢，我會把原件寄給你們。」

「先給你錢？」胡一浪瞇起眼，「為什麼不當面一手交錢一手交照片？如果你同意，我們今天就可以做完這筆生意。」

「當面？」江陽冷笑，「如果你們強行拿走照片不給我錢，我能拿你們怎麼樣？你們騙了我不止一次，我怎麼相信你們？」

「那麼如何保證我們給你錢後，你會把照片寄過來？」

「我留著照片過幾個月就沒用了，我也保證不會找你們三番五次要錢，這麼多年下來，你們應該相信我的人品。」

「這個嘛……」胡一浪笑笑，「我們做生意沒遇過全款匯過去再發貨的，我老闆也不會同意。」

江陽皺眉道：「那就今天先給我匯二十萬元訂金，我們過幾天見面結清剩餘的，這樣我至少能有二十萬元的保證。」

胡一浪思考了一會兒，道：「好，我同意。」

68

接著的幾天，胡一浪多次打電話給江陽，希望能盡快做完交易，江陽每次都說原件在平康，他還在杭市醫院裡，很快就回去，讓他放心。

直到過了十天後，江陽依然如此答覆，胡一浪忍不住了，再次打來電話，問他：「你具體哪天能回平康？」

「很快，很快的。」

「不要再耍花樣了，你到底想怎麼樣？」胡一浪這次顯然徹底失去了耐心。

江陽也不再偽裝：「很抱歉我拿你們開了個玩笑，原件是在我這裡，不過我從來沒打算給你們。不要忘了你們當年怎麼設計我的，我只不過在臨死前最後幾個月玩你們一次罷了。」

胡一浪冷聲怒道：「你不怕死沒關係，別忘了平康還有你的……哼。」

「我前妻和我兒子對吧？」

胡一浪冷哼。

「很抱歉，我們所有的通話我都錄音了，包括這段，所以我前妻和兒子如果出什麼事，你很難解釋清楚。」

「你——」

「謝謝你的二十萬元，還想跟我聊點什麼嗎？」

胡一浪知道對方在錄音，沒法多說，只得怒氣沖沖掛了電話。

江陽望著張超和朱偉，笑道：「我這麼講行嗎？」張超豎起大拇指：「影帝！」

朱偉冷哼一聲，轉過身去。

江陽不解地問：「阿雪，怎麼了？」

朱偉反覆握拳，過了好久，轉過身，他的一雙虎目裡泛著淚光：「這個電話打完了，按計劃，你……你就剩最後一星期了。」他哽咽著，說不下去了。

江陽不以為意地笑起來：「這不是我們早就計劃好的嗎？」朱偉重重歎息一聲，沉默地坐進沙發裡。

「別這樣，阿雪，你都五十多歲的人了，什麼場面沒見過，別像個女人要我哄吧？」

朱偉瞪他一眼，忍不住笑出來。

「過兩天呢，我還要和張老師打架，你可是負責報警的，對了，報警用的匿名手機卡準備好了嗎？」得到肯定答覆後，他揶揄道：「阿雪，你報警時語氣可要自然啊，來，給我們示範下，你到時報警會怎麼說。」

朱偉紅著老臉：「我……我才不示範！」

「那怎麼保證你不會說錯話啊，照著計劃書唸台詞，太不生動了，到時別讓第一波調查就發現問題。」江陽調侃起來。

「反正我不會辜負你們的，但我心裡還是悶啊！你和老張現在誰反悔，我都求之不得。」他乞求地看向他們，他們都搖了搖頭。

這樣的對話已經發生了無數次，每次總讓他失望。

一切，都朝著他們的那個最終訴求，像被一股無法停歇的動力拉扯著，不斷向前推進。

二月二十八日晚上，江陽和張超打了一架，朱偉用匿名手機卡打了派出所電話報警，派出所上門做了調解登記。待警察走後，張超模擬勒死江陽，江陽掙扎著用指甲抓破了張超手臂和脖子的皮膚。送走張超後，江陽沒有洗手，為了將指甲裡的皮膚保留到最後。

三月一日晚上，江陽穿著張超的衣服，開著張超的汽車回到小區，他把遮陽板翻下，頭靠後躲在車內的黑暗中，讓小區的監控拍不到他的臉，讓事後警方查證案發時間時會認為這是張超進小區的時間點。回到房子後，他準備了一番，然後關上燈，把脖子伸進了設備上的繩圈，按下設備的遙控開關後，把開關直接擲出了窗外。他閉上眼，咬緊牙齒，握緊了拳頭，繩子在縮緊。

離房子很遠的地方，陳明章和朱偉望著燈熄滅了後，站在原地，等了很久很久，燈再也沒有亮過。朱偉一言不發地掉頭離去，消失在茫茫黑夜之中。陳明章歎了口氣，坐上他的賓士車，駛向了酒吧。

張超躺在北京的酒店裡，睜眼望著天花板，就這樣看了一夜。李靜在家裡，翻看著這幾個月江陽、張超拍的照片，無聲流淚。

郭紅霞在平康家中，哄睡了孩子，獨身坐在客廳，茫然看了一晚的電視，直到電視機裡出現了雪花，她也沒有換過台。

三月二日下午，喝了不少酒的張超故意穿上與平時風格截然不同的髒舊衣服，拖著裝江陽屍體的箱子，叫了輛出租車。經過地鐵站時，一輛私家車從後面猛然加速，追尾了出租車，雙方停下叫來交警協商。

私家車的司機是陳明章公司裡一位他極其信任、視為很要好朋友的員工，對方完全不知道他們的計劃，但他向陳明章承諾，無論交警還是其他警察問起，他都會說是自己開車不小心引起的追尾，這個說法不會惹上任何麻煩。

於是張超找到合適的理由拖著箱子離開現場，走進地鐵站，在地鐵站裡，陳明章和朱偉站在遠處，望著他，朱偉的心裡各種情緒交織著，但他只能怒瞪著眼睛，陳明章不動聲色地指了指自己的眼鏡，示意張超待會兒及時扔掉眼鏡，使得被捕後照片上的他與平時的外貌存在很大區別，以免被北京兩位客戶發現。張超朝他輕微地點下頭，讓他放心，隨機開始了主動暴露屍體的這場表演。

69

李靜輕咬著手指，就這麼安靜地看著刑警搜查書架，過了一會兒，她別過頭去，目光投向了窗外很遠的虛空。

嚴良瞥了她一眼，悄然走到旁邊，目光也平行地望向窗外，說：「你丈夫很愛你吧？」

「當然。」李靜平淡無奇地回應。「你也很愛你丈夫嗎？」

「當然。」

嚴良轉過頭：「那為什麼不阻止他？」

李靜鼻子裡發出一聲冷哼：「聽不懂你在說什麼。」

「你們的計劃我已經知道了十之八九了。」

「是嗎？」李靜依舊頭也沒回，很是冷漠。

「我相信只有其他所有可能的路徑都被封堵了，你們才最終選擇了走這條路，這一定是個很艱難的決定。我很早就意識到了一些東西，可我權力有限，幫不上什麼忙，唯一能做的，就是盡可能說服趙鐵民繼續調查下去。」

李靜慢慢轉過頭，看了看他，卻什麼話也沒說。

「我只是好奇，江陽是怎麼說服他前妻的，張超又是怎麼說服你的？」

李靜仰起頭，看向了天花板，呢喃著：「郭紅霞是個堅強的人，我也是。」

不消片刻，一名刑警從書架上找到了一個文件袋，拿給嚴良，打開後，裡面有一些照片。部分照片從像素判斷，隔的時間很久了，拍的是卡恩大酒店前的場景。另有幾張很新，上面是一個男人和一個十來歲模樣的孩子走在一起的畫面。兩類照片都是偷拍的。

除照片外，文件袋裡還有一份名為「葛麗」的戶籍、現狀資料，以及一個男孩的戶籍、轉戶紀錄、就學、目前所在學校年級班級的資料。

嚴良看了一遍，把新舊兩種照片仔細比對了一番，然後挑出一張發黃的照片出示給李靜，指著上面一個似乎拉著一名女孩的手並行進入酒店的男人，問：「這個人是誰？」

「十多年前金市的副市長，現在省××副×長夏立平。」

嚴良皺眉思索幾秒，沉重地點點頭：「我明白張超想要什麼了。」他隨即告訴幾名刑警的頭兒，搜查結束。

就在他們準備離開張超家時，李靜突然叫住了他。「還有什麼事嗎？」

只見李靜緊緊握著拳，指甲都陷進了肉裡，渾身都在微微顫抖，她欲言又止，過了幾秒，終於艱難地說出幾個字：「拜託了。」

嚴良朝她用力點了下頭，轉身離開房子。這一刻，他覺得這個女人確實很美。

張超看到只有嚴良一人，沒有安排刑審隊員，又抬頭看了眼攝像頭，攝像頭對向了死角，他微微一笑：「看來今天又是一次特殊的聊天。」這時，他注意到嚴良面前放著的那個文件袋，不由歎口氣，說：「相信嚴老師已經知道了我的動機。」

嚴良點點頭：「你們的計劃很謹慎，並沒有直接要求專案組為十年冤案平反。」

張超苦笑：「我知道專案組權力有限，如果我要求專案組平反十年冤案換取我交代真相，結局一定是，我的要求實現不了，你們也得不到江陽之死的真相，何必彼此傷害，陷入一個永遠沒有結果的死局。」

「所以你的最終訴求很簡單，要我們拿那個孩子和夏立平、葛麗的基因做親子鑑定，只要證明這孩子是夏立平與葛麗生的，加上出生時間倒推，就能證明夏立平與當年未滿十四歲的葛麗發生性行為，觸犯刑法。只要夏立平被採取強制措施，這個犯罪集團的一條線就能被打破，江陽的十年努力才不至於白費。」

張超沒有否認，說：「做個親子鑑定，這個要求對你們而言並不困難。」

嚴良反問：「你覺得以趙鐵民的級別去調查夏立平，不困難嗎？」

「我並不奢望直接調查夏立平，只不過要一份親子鑑定，你們一定能想出很多辦法實現我的這個小訴求。」

嚴良笑了笑：「看來你對警方的能力很了解，想必這個計劃一定有那位傑出的老刑警，平康白雪朱偉的功勞吧？」

「朱偉完全與這件事無關，是我想出來的，他可一直恨我害江陽入獄，見我就想揍我，怎麼可能合作？」

「是嗎？」嚴良不置可否，「那麼陳明章又是如何幫助江陽自殺的？」

張超停頓片刻，道：「我不是很明白這句話。」

「胡一浪他們是不會去謀殺江陽的，因為江陽已經肺癌末期，活不了多久，而且他手裡也沒有任何能對胡一浪他們造成威脅的實質性證據。他的死因，只可能是兩種，自殺，或者你們協助他自殺。在中國，安樂死不合法，屬於犯罪，江陽是不會忍心讓朋友協助他自殺，觸犯故意殺人罪的，所以，他只可能是自殺。不過，普通人自殺是不可能讓公安鑑定出他殺的，技術上要做到這一點，只可能是得到了陳明章的幫助。此外，我們還知道了，當初你進地鐵站前坐的出租車被一輛私家車追尾了，而那輛私家車的車主正好和陳明章相識，這未免巧合了一些。」

張超眼睛微微一瞇，嚴肅道：「陳明章與這件事無關，是我和江陽誘騙他，問出如何做到偽裝成他殺，他壓根兒對江陽最後的決定完全不知情。」

嚴良歎息一聲：「也罷，江陽為了翻案不惜提前幾個月結束自己的生命，你為了救贖過去的錯誤自願入獄，朱偉和陳明章就不要牽涉進來了。那麼，等我們拿到親子鑑定報告後，你希望我們接下去怎麼做？」

「把報告向專案組全體成員公開。」

「你覺得公開就一定能把夏立平繩之以法嗎？」

張超冷笑：「我一直在賭博，但我們不得不相信我們會贏。我們只是覺得，如果連這次的賭博都不能贏，那麼十年的真相就可以徹底畫上一個句號，因為我們都盡力了，再也不可能了。」

他歎息一聲，目光直直看著嚴良，「專案組成員來自省公安廳、省高檢、市公安局，還有很多人都在關注這案子，親子鑑定結果向專案組這麼多領導公開後，他們會向各自單位報告。我就不信這麼多人這麼多單位都知道的犯罪事實，夏立平依然可以安然無恙！」

嚴良投去了敬佩的目光，朝他點點頭，過了半晌，說：「假如這起案子你並沒遇到趙鐵民和我，而是一個……比如希望息事寧人的專案組組長，你有考慮過嗎？」

張超笑了笑：「當然做過你的這種假設，所以我一直要引導警方的調查，讓專案組更多的人逐漸知道十年的真相，越多的人知道真相，真相才越不容易被掩藏。而不是一開始就告訴刑審隊員真相和我的訴求。如果警方不願繼續追查下去，那麼江陽一案也將成為永遠的死案，公安無法給社會各界一個滿意的答覆。這是我和警方之間的博弈。」

他頓了頓，朝嚴良重重點頭，說：「我內心很感激嚴老師，嚴老師第一次接觸我就開始懷疑我的動機，但你沒有阻止，反而促成警方順著我的提示調查下去。」

嚴良微笑問：「你怎麼知道我們第一次見面我就產生了懷疑？」

「因為你是第一個問我眼鏡和裝扮的人。我有近視，那天地鐵站的行動籌劃很久，不能出錯，我必須戴著眼鏡。但被抓後，我必須摘掉眼鏡，裝扮和髮型都顯得土裡土氣，這樣才能讓新聞裡的我看起來和平時不一樣，避免被北京的證人提前辨認出來，不然計劃在一開始就破功了。所以你多次問到我眼鏡的事，我很緊張，我知道瞞不住你，我一心期盼你能保守我這個秘密。」

嚴良坦承道：「我一開始只是好奇你究竟想幹什麼，所以沒有把我的懷疑直接告訴趙鐵民，等了解了更多信息後，我唯一能為你們做的，就是讓趙鐵民查下去。」

70

周末晚上，杭市濱江區的一條空曠馬路上，非機動車道上停著一輛不起眼的私家車，嚴良坐在駕駛座上，車窗搖落一小半，他和趙鐵民正朝遠處看去。

遠方的路口停著一輛交警的巡邏車。

這時，遠遠一輛奧迪快速駛來，警員林奇揮手向奧迪車示意，很快，奧迪車緩緩靠邊停下。車窗搖落，林奇走到了駕駛員一側。

嚴良隔得太遠看不真切，詢問一旁的趙鐵民：「你確信夏立平沒帶司機，是他自己開的車？」

趙鐵民點頭道：「對，他周末都是獨自去看那小孩的，然後自己開車回到錢江新城那邊的省直機關居住區，估計對於有一個私生子的秘密，他不希望更多人知道吧。」

林奇拿出一個呼吸器，讓奧迪車的駕駛員朝裡面吹氣。

夏立平拿過吹氣嘴，朝裡吹了一大口，正準備離去，突然，林奇嚴厲喝了句：「下車！」

「下車幹什麼？」夏立平不悅地望著對方。

「105，酒駕，下車，去醫院抽血！」林奇喝道，同時，另兩名警察也走了上來，攔住奧迪，擺出不可能放他離去的架勢。

「絕對不可能！」夏立平瞪眼道，「我沒喝酒，怎麼可能酒駕！」

林奇舉起儀器放到他面前，一副剛正不阿的樣子：「你自己看，別多說，下車！」

「我沒有酒駕，你們肯定測錯了，我沒喝酒，這機器肯定壞了！」夏立平坐在車裡不動。

「別廢話，趕緊下車！」林奇去開車門，車門上了鎖，他手伸進車窗，撥了下開門鎖，把車門打開，拉住夏立平，要把他拖出來。

夏立平大怒：「放手別動，我要投訴你！你哪個單位的，我要打你們領導電話。」

林奇冷笑：「隨便你投訴，現在可由不得你，走，去醫院！」夏立平被拉出駕駛座，並被強行押上執法車。

他雖是大領導，但他知道這時候對底層人員亮明身分根本不管用，對方只聽直屬上級的，越級這麼多反而沒用了，可他哪兒認識底層單位的小領導。杭市又是省會城市，社會新聞媒體發達，如果他為了這麼點事拒不配合執法，一旦被曝光，儘管他確實沒喝酒，在民眾的口誅筆伐裡也成了高官酒駕還倚仗身分目無法紀，抗拒執法。

無奈，夏立平雖然窩著一肚子火，但也只好跟他們上了執法車，前往醫院。

在警察陪同下抽完血等了十分鐘後，他得到了林奇的道歉，林奇承認確實是他們的酒駕儀壞了，數據亂跳。他雖惱怒，但作為有一定級別的官員，要保留自己的風度，不便跟這底層小警察計較，便氣呼呼地坐上執法車，被送回自己的車輛所在地。

等奧迪車走後，趙鐵民接起電話，打完後，朝嚴良笑了笑：「林奇這小子演得很不錯啊，夏立平從頭到尾也沒看過他警號。」

「看了也無妨，大可以說最近嚴查酒駕，交警人手不夠，就找刑警來湊，為這麼點事如果還要折騰，太有失他這級別的水準了。不過你可千萬別讓他知道是你在查。」

趙鐵民不屑地笑了笑：「他遲早會知道的，可他管不到我，我歸市局管，市局還能為這點事處理我？」

杭市一所外語小學，開學沒幾天，浙大醫學院的一位老師找到小學領導，帶著一份省衛生廳的文件，說他們正在做課題，調查全省兒童營養狀況，需要各地區抽檢不同年齡段兒童的微量元素狀況。

學校按他們的要求拿出了六年級的學生名單，課題組「隨機」抽了幾名學生抽血化驗，其中有個男學生姓夏。

課題組離開學校後直奔嚴良那裡，嚴良早已等候多時，接過那一小管子的血液樣本，表示了一番感謝，並再三懇請課題組的朋友萬望保密。對方欣然允諾。

71

高棟的辦公室門窗緊閉，他坐在辦公桌後，皺著眉，一動不動地看著手裡這份親子鑑定報告。

趙鐵民坐在對面，雙手十指交叉著，忐忑地等待領導的意見。

過了很久，高棟不知把這份報告看了多少遍，才慢慢放下，掏出香菸點上，深吸一口，問：「江陽的案子破了嗎？」

趙鐵民點頭：「破了，已經在最後的結案階段了，結果暫時還沒向專案組全員通告。我得到鑑定結果後，給張超看過，他很滿意，他讓我把結果給他太太一份。我帶給李靜後，李靜就表示突然想起張超翻供後在看守所與她會面時，告訴她家裡藏了一個隨身諜，能證明江陽死於自殺，而不是張超殺的。結果她因為那段時間心情太過緊張，把這事忘了，今天才想起來。」

高棟撇嘴道：「能幫丈夫直接脫罪的證據因為太過緊張忘了，現在突然又能想起來了，唉，這種演技在電視劇裡第一集就死了，居然能在警方面前晃了幾個月，真是……」

趙鐵民也忍不住笑出聲：「現在他們不需要演了，只需要隨便找個藉口把真相告訴我們罷了。」

「隨身諜裡面是什麼？」

「是一段錄影。江陽那晚自殺前，在面前擺了一台錄影機，他先坐在錄影機前，說了大半個小時的話，主要講了這十年的經歷，以及他為什麼最終選擇了自殺。他把很多這些年查到的間接性的證據做了展示。還說這件事是他一個人的主意，和其他人無關，懇請張超在看到這段錄影後，替他把錄影和證據在適當時候交給國家有關部門。說完這些話，他就站到了椅子後面，把頭套進一個設備的繩圈裡，按下遙控開關後，他把遙控器扔出了窗外，閉起了眼睛。過了一分多鐘後，他開始伸手去抓繩子，可是那時已經解脫不了，沒多少時間，他……他就死了。」趙鐵民輕咬了一下牙齒，無論任何人，哪怕再堅強再鐵石心腸的人，看到這段錄影，都會有一種徹底無力的虛脫感。

高棟聽完他的描述，手拄著下巴，抿嘴默默無言，過了半晌，才重新有力氣發聲：「這段錄影嘛……不用給我了，我不想看。」

趙鐵民默默點頭。

高棟又問：「這事難道和其他人都沒關係嗎？他求張超把錄影交給國家有關部門，張超卻去地鐵站棄屍，這計劃難道是張超臨時想出來的？」

「嚴良說這計劃是張超、江陽、朱偉、陳明章和李靜共同策劃很久才實施的，張超向他透露過，最後江陽拍下這段自殺錄影，是受了美國電影《大衛．戈爾的一生》（台譯《鐵幕疑雲》）的啟發。至於江陽的前妻，她是個老實人，相信只知道江陽是自殺，並不清楚整個計劃，否則面對警方調查容易說溜嘴。江陽和張超怎麼說服各自的妻子，就不得而知了，相信很艱難。不管對當事人還是他們親近的人而言，這都是一個很難的決定。」

趙鐵民頓了頓，繼續說：「嚴良判斷，這個計劃是在江陽死前幾個月就定下了，因為我們從江陽的通訊紀錄裡發現，一月初開始，他和朱偉、陳明章的通話頻率突然變得很低，而和張超的通話頻率變得很高，為的是解除陳明章、朱偉參與計劃的嫌疑。張超是跑不了的，必須自願入獄，可他們不願其他人都被牽涉進去。從整個計劃看，朱偉這個老刑警提供了反偵查協助；那個模擬人體力學勒死江陽的裝置，自然是陳明章的傑作，第二天張超到房子裡，拆了自殺裝置的所有零件扔在一旁，讓我們誤以為是廢棄的伸縮晾衣架。李靜在裡面也扮演了重要角色，配合張超，在恰當時機提供給我們線索，讓我們順著他們的計劃調查下去，別走錯方向。」

高棟微微思索片刻，笑起來：「恐怕嚴良這傢伙早就知道真相了吧？」

「嚴良一開始就懷疑張超有特殊的動機，可是他沒告訴我，反而佯裝不知情，催著我調查下去。隨著十年往事逐漸揭開，我懷疑張超是為了翻案，可嚴良說不是。他說張超如果有證據翻案，不必做出這麼大犧牲；如果他沒證據，自願入獄也沒法翻案。嚴良也一直想不通動機，直到最後才知道張超打的算盤是曲線救國，以破案為交換籌碼，逼我們替他做一份親子鑑定，然後以此作為夏立平涉案的直接證據，再來破解十年冤案，抓獲真凶。」

「不容易啊，不容易啊。」高棟抬頭望著天花板，呢喃著，「還記得我一開始告訴你的，這案子你只管查，別管背後涉及的事嗎？」

趙鐵民點點頭。

高棟解釋道：「江陽這幾年寫了一些信投給一些省裡領導，詳細描述了十年的經過，不過大領導每天都能收到一堆這種老上訪戶的信件，哪會留意。也是機緣巧合，有位省裡的領導私下轉給我這份信，我看了，對於信中所說，我很震驚，不過江陽手裡沒證據，我也無法判定故事的真假，何況涉及的官員級別在我能力之外了。直到張超翻供引起軒然大波後，我才留意到死者江陽正是那個寫信的檢察官，回想信中故事，我相信這場先認罪後翻供的大戲背後有大隱情，所以才讓你調查下去。」

趙鐵民說出他最糾結的問題：「現在夏立平強姦未滿十四歲女童已經是鐵證了，我接下去該怎麼做？」

高棟微微一思索：「專案組裡有多少人知道這事？」

「我告訴了一些檢察官，他們應該已經向省高檢匯報過了，不過暫時沒收到上面的明確指示。」

高棟冷笑：「××副×長，也不知道他身後還有什麼背景，大家都不願主動出頭調查他。」

趙鐵民皺眉道：「還有個別人找我，建議我不要管這事，對我不好，說只要把江陽的案子結了就行，結案報告裡關於他們的動機方面，避開不談。」

高棟又點起一支菸，歎息道：「夏立平已經知道這事了，他此刻大概也是坐立難安。我不瞞你說，也有人向我打了招呼，我……對方級別很高，我無法拒絕，我只說我根本沒關注這案子，如果我見到你，會好好點撥你的。」

「這……」趙鐵民面容糾結，「這……這就不管了嗎？他們做了這麼多事，這幫人性侵、殺人、毀滅證據、迫害司法人員，簡直——」他咬了咬牙，痛苦道，「我答應了嚴良，也答應了張超，我說……我說我會盡我所能，把真相公開。」

高棟看了他一眼，笑了笑：「我說我見著你時，會幫人帶話點撥你，可是你這刑偵支隊長，自視甚高，極其頑固，點撥不通，我又不是你直接領導，你又沒有違法亂紀，只是忠於自己本職工作，我也拿你沒辦法。」

趙鐵民皺眉道：「您的意思，我應該把真相直接公開？」

高棟莫名其妙地問了句：「今年全國各地都在平反冤假錯案，這股浪潮是從哪個案子開始興起的？」

「是？」趙鐵民不像高棟這樣，有著豐富的政治敏感性，回答不出。高棟指了指趙鐵民：「就從你們支隊刑審隊隊長聶海芬被查開始的，她用刑訊逼供一手製造了蕭山叔侄五人殺人冤案，去年年底才平反。這個案例國家級媒體多次報導，最高檢以此為典型大力宣傳，各地意識到這次的司法改革是動真刀了，這才開始了冤案平反浪潮。平反這案子的，正是市檢察院的吳副檢察長。吳檢是個極其正直的檢察官，為了平反案子，他奔波了很多年，遇到了很多的困難和阻撓，他始終沒有放棄。你這專案組組長不適合直接把真相向社會公開，如果江陽的故事和親子鑑定報告擺在吳檢面前，也許是最合適的處理辦法。」

72

二〇一三年十二月三日，浙江省人民大會堂。

會場外掛著一條橫幅：「二〇一三年全國優秀檢察官吳××事蹟學習報告會」。

會場裡，主席台上擺了十多張牌子，分別對應著省市兩級檢察院、政府、宣傳部門的領導，台下，坐了幾百個來自全省各地的檢察官，還有一些公安、法院等兄弟單位來捧場的代表。

在一片閃光燈中，幾位主要領導按照級別大小排序，先後做了發言，等一輪講完，主持人把話語權交給了今天的主角，剛剛在上個月被最高檢授予二〇一三年度全國優秀檢察官稱號的吳檢。

吳檢五十多歲，頭髮花白，一張天生的「紀委臉」不怒自威。他拉過話筒，先向領導和台下來賓說了幾句客套話後，接著咳嗽一聲，換上了一副嚴肅的面孔，朝所有人打量一番，然後做出一個出人意料的動作——他把胸口的那枚優秀檢察官獎章摘了下來，雙手緩慢地放在了桌子上。

這時，他緩緩開口：「我不敢把這枚獎章掛在身上，因為我只是做了一些力所能及的本職工作，根本算不了什麼。有那麼一位檢察官，他遠遠比我更適合這枚獎章。他為了查清一個真相，歷經十年光陰，為此付出了青春、事業、名聲、前途、家庭等等無數代價，甚至……甚至還包括他自己的生命。可是——」他音調提高了一分，神情更加嚴肅，「可是真相明明就在這裡，在座的有些人卻偏偏對此視而不見！」

擲地有聲的開場白，令所有人都為之一愣，可是沒有人打斷他，他繼續說了下去。

這場報告做了很久，沒有人睡覺，原本按計劃中途離場的省裡領導也停下腳步，留了下來。

看守所會面室，隔著厚厚的壓克力，嚴良告訴張超：「吳檢在省裡的檢察官表彰大會上，一字沒提表彰的事，他在這個不合時宜的場合，講了你們那個不合時宜的故事。」

張超微瞇著眼睛，久久沒有動作，過了好久，眼裡兩股熱流溢了出來。

嚴良繼續說：「我很佩服吳檢，他在這樣的大會上說這些，需要很大的勇氣。現在全省司法機關都知道了這件事，夏立平的罪證已經公開，沒有人能保得住他了，他很快會被批捕，相信孫紅運等一干涉案人員都難逃法網。江陽可以安息了。」

張超的眼淚流到了脖子，他渾然不覺。

「你的行為觸犯了法律，但是我想，檢察機關知道了你的隱情，會為你向法院求情，最後獲得輕判，你不必太擔心。」

「我一點不擔心。十年啊，太久了。」張超平靜地吐出這句話，看向了不鏽鋼柵欄，那裡有他的倒影，隱約可見，大半年前還是那麼容光煥發的他，如今已白了大半個頭，他朝影子歎息一聲，「人啊，就這樣老了……」

73

二〇一四年三月六日杭市××報

杭市公安局近日破獲去年備受關注的地鐵運屍案，嫌疑人張超並非殺害死者凶手，具體案情涉及個人隱私。張超涉嫌製造偽證、妨礙司法調查、威脅公共安全，一審判處有期徒刑八年，張超當庭表示服罪不上訴。

……

二〇一四年三月九日浙××報

浙江省××新聞辦披露，××副×長夏立平於三月八日從單位西樓墜樓身亡，警方確認夏立平為跳樓自殺。根據警方調查和夏立平本人遺書來看，夏立平跳樓的主要原因是本人及妻子長期患病，其心理負擔十分沉重表現出厭世傾向。

……

二〇一四年三月十四日×報網站

三月十三日上午十一時左右，金市公安局政委、××主任李建國，自市公安局六層辦公室失足墜亡。金市公安局工作人員告訴記者，事件係意外事故，李建國是在擦玻璃時失足墜亡。李建國將於十六日出殯。

據接近李建國的消息人士透露，李建國今年四十九歲，生前工作兢兢業業，待人誠懇，得知他出事的噩耗後，單位裡的同事都深感惋惜。

二〇一四年三月十九日深交所卡恩紙業公告

公司董事會秘書胡一浪先生因突發心髒病搶救無效，不幸於二〇一四年三月十九日下午逝世，享年四十六歲。

目前公司董事會成員為八名，人員組成符合《公司法》和《公司章程》的相關規定，合法有效。董事會決定：在選舉新任董事會秘書之前，由公司副董事長呂××女士代為履行公司董秘的職責。公司各項經營和管理活動一切正常。

……

二〇一四年五月八日杭市公安局網站

市公安局刑偵支隊支隊長趙鐵民涉嫌嚴重違紀，在案件偵破期間向非警務人員透露重大機密，造成嚴重後果，免去一切職務，交由司法調查。

……

二〇一四年七月六日杭市××報

浙江××微測量儀器設備股份有限公司涉嫌逃漏稅、偽造賬單，法人代表陳某某被判處有期徒刑三年，並處個人罰金一百萬。據悉，長期以來……

一間酒樓包廂，趙鐵民推門而入，裡面只有朱偉和嚴良，他們倆桌前擺著一些酒，嚴良看了他一眼，說：「李靜剛剛來過，哭了一會兒，又走了。」接著很艱難地歎口氣，「最終是這樣啊……」

趙鐵民抿抿嘴，苦笑一下：「高廳讓我轉告他對你的謝意，感謝你面對調查時，沒透露案件偵辦過程有他的授意。」

嚴良歎息著：「可是你向我這非警務人員透露國家機密，現在什麼職務都沒有了。」

趙鐵民哈哈一笑：「高廳說幾年後會把我調去其他部門。我不幹刑警換其他警種，也是為人民服務嘛，怕什麼。」他指了指朱偉，「平康白雪在派出所不也幹得很開心嗎？」

朱偉望著他，也忍不住哈哈大笑起來，三人舉起杯碰了一盞。

朱偉凝視著窗外，這個夜晚天空如墨，想起被帶到異地關押的陳明章，他不禁悲從中來，拿過酒瓶，用力灌了幾口。

嚴良也是喪氣地搖頭，對這個結果完全無法理解。

趙鐵民苦笑道：「高廳說了，我們最大的失算在於夏立平。我們以為夏立平是這裡面最高的官，恐怕錯了，所以夏立平墜樓了，孫紅運反而活了下來。」

「還有誰？」

「不知道。」

嚴良沉默不語，過了片刻，他們三人都笑了起來。這一晚，他們喝了很多酒，說了很少的話。

天很黑，他們不知道什麼時候才能亮起來。

中紀委辦公室，王書記一臉鐵青地看著面前這份卷宗，周圍的紀檢官員全部忐忑不安地望著他。

他肅然站起身，把卷宗扔在了面前，沒看任何人一眼，向外走去。

二〇一四年七月二十九日，大老虎落馬。

（全文終）

Storytella 83

長夜難明

長夜難明 / 紫金陳作. -- 初版. -- 臺北市 : 春天出版國際, 2018.11
面； 公分. -- (Storytella ; 83)
ISBN 978-957-9609-95-1(平裝)

857.7 107018674

ISBN 978-957-9609-95-1
Printed in Taiwan

本書通過四川一覽文化傳播廣告有限公司代理，
經上海浦睿文化傳播有限公司授權出版中文繁體字版本

作　者　紫金陳
總編輯　莊宜勳
主　編　鍾靈

出版者　春天出版國際文化有限公司
地　址　台北市信義路四段458號3樓
電　話　02-7718-0898
傳　眞　02-7718-2388
E－mail　frank.spring@msa.hinet.net
網　址　http://www.bookspring.com.tw
部落格　http://blog.pixnet.net/bookspring
郵政帳號　19705538
戶　名　春天出版國際文化有限公司
法律顧問　蕭顯忠律師事務所
出版日期　二〇一八年十一月初版

定　價　299元

總經銷　楨德圖書事業有限公司
地　址　新北市新店區寶興路45巷6弄6號5樓
電　話　02-8919-3186
傳　眞　02-8914-5524
香港總代理　一代匯集
地　址　九龍旺角塘尾道64號 龍駒企業大廈10 B&D室
電　話　852-2783-8102
傳　眞　852-2396-0050